鏡道

靈奇仙傳 陸

作者
陳郁如

推薦序

令人迷醉的奇幻小說——《仙靈傳奇6：鏡道》

文／暢銷作家．說故事訓練師　高詩佳

近年來，臺灣的奇幻小說創作繁榮發展，陳郁如老師的【仙靈傳奇】系列，是其中最為出色的作品之一。這個系列，繼《詩魂》、《詞靈》、《畫仙》、《陶妖》、《玉使》之後，現在終於迎來最後的結局：《鏡道》。其精采程度，讓我大開眼界、迷醉其中，想必也會讓書迷們大呼過癮！

《鏡道》講述關於主角月升，尋找五個徒弟後人，齊力抵抗邪惡的經過，它的故事舞臺主要架構在宋代，作者用迷人的筆法，呈現宋代的庶民文化。書中提到宋代特有的「點茶」、「勾欄」、街道和建築，透過細膩的描繪，讓人很容易就進入書中的世界，彷彿身歷其境。這樣一來，讀者不但能夠沉浸在作者深度刻劃的美好情境，同時也獲得了文化上的啓迪。

同時，作者也相當重視細節的描繪。比如說，書中對古鏡的描寫相當細緻，彷彿眞實的古鏡就出現在我們面前；而描寫它施展神奇魔力時，也充滿了視覺的想像力。不只古鏡，我也觀察到，作者對於其他物品，如古硯、墜子、書畫的描繪，都有著特別的審美品味。這些年我在教學現場上，觀察到「描述力」和「想像力」，其實是現今學生較缺乏的，若能多閱讀像郁如老師這類的好作品，我想對於提升學生的寫作力，一定會有相當大的助益。

另外，這部小說最值得稱道的，就是作者將奇幻故事融入了歷史、文化、政治和武俠的成分，使小說的內容豐富而多元。比如，書中提到了徐福、秦始皇、方臘等眞實的歷史人物，寫徐福對秦始皇獻鏡時暗藏的心機，使人會心一笑。至於方臘起義的歷史事件，曾經是古典小說《水滸傳》的故事主軸，現在郁如老師也在《鏡道》中，用來當作推動情節的主力。方臘是小說中的反派，但作者不忘反映方臘起義實爲當朝政治腐敗造成，含有對歷史的省思，在少年奇幻小說當中，是很突出的寫法。

多年來，我一直以爲自金庸以後，就沒有武俠了，但是《鏡道》所營造的「武俠感」，卻讓我非常的喜愛。小說中，出現相當多的打鬥場面，如果我們照著書中人物的拳腳動作，依樣畫葫蘆的比劃，就會發現，書中人物的每一拳、每一腳，都經過作者的精心設計，並非虛構的花拳繡腿、紙上談兵，純粹想像而已，這也是我很喜歡這部小說的原因之一。

這本《鏡道》，不僅具有魔幻的世界觀，還有扣人心弦的情節、極具代入感的人物形象以及優美的敘事風格。如果你是奇幻小說的愛好者，那麼這套【仙靈傳奇】的完結篇，一定不容錯過；如果你和我一樣是武俠的愛好者，那麼小說中的武俠元素，一樣值得你品味；如果你是年輕的小讀者，更要將這套小說列入必讀的書單，相信細細欣賞、品味完作者的文筆後，國語文素養必定更上一層樓！

推薦序

【仙靈傳奇】的餘音縈繞

文／杜明城

先前就已得知《鏡道》將是【仙靈傳奇】系列的終曲，我帶著些許忐忑與好奇，等待著看陳郁如如何收場。小說藝術最難的在於開頭和結尾，特別是長篇系列，情節的銜接與轉折，乃至前後如何呼應，稍有不慎，或是力有未逮，即成敗筆。仔細讀了兩遍《鏡道》，我疑慮盡消，作者延續了她的一貫風格，掌握了古物學的特色，讓人物穿越於今古之間，奇幻而富武俠之趣味。前幾集的人物陸續登場，對話如幻似眞。第一回以傳統小說「楔子」的形式交代古鏡的上古來歷，歷經唐宋，末回則再回歸源頭，無論自整個系列或是單篇小說，讀來都毫不生澀，一切歸於圓滿。

不妨試從「結果論」來看【仙靈傳奇】廣受讀者歡迎的原因。首先，在飽嘗西方奇幻小說的種種敘事風格後，陳郁如所展現的是獨特的中華文化內涵，《詩魂》、《詞靈》《畫仙》、《陶妖》、《玉使》逐一召喚著民族的靈魂，絲毫沒有扞格不入的隔閡。作者對於故宮文物的理解無疑是下過苦功的，但她把這份功夫完全消融在故事的安排，舉重若輕，讓讀者免於艱澀進而感受親切。其次，陳郁如所構思的情節宛如拼圖，遊戲性十足。《鏡道》中人物的會合，在故事推進中已陸續埋下伏筆，穿梭於古今或是藏身於畫中，只等適時現身，塡補上那一處拼圖。

再者，【仙靈傳奇】雖然不是歷史小說，卻有著濃厚的歷史感。從秦朝、唐宋到當代，故事不乏眞實人物。以張萱的《搗練圖》和張擇端的《清明上河圖》取材發想，作爲情節發展的軸心，巧妙的交融了藝術史的知識與創作的想像。好奇的讀者可以沿著這條指引，搜尋相關的美術史資料。

作者對宋徽宗、李師師和周邦彥的三角愛情並沒有多加著墨，甚至連後者的名號都予以省略，以免故事失焦，但熟悉這段掌故或是詩人的〈少年遊〉的讀者都可會心一笑。陳郁如經常不著痕跡的與讀者分享古代的民俗知識，所謂「勾欄」、「瓦舍」，寥寥數筆就令人產生鮮活的印象。《鏡道》中最吸引人的角色莫過於能隱於畫的月升，她令我聯想到蒲松齡的〈畫壁〉，不是人物上的肖似，而是時空交錯的想像，虛者亦爲實，莫之能辨。

【仙靈傳奇】系列華麗的落幕了，正是行於所當行，止於不可不止！在飽嘗這一道道豐盛的饗宴之後，實難想像陳郁如接下來的作品會以何種姿態讓我們眼睛一亮。我的直覺是，這些作品很可能只是她創作生涯的序曲，至少，我是如此期許的。

（作者杜明城教授，目前專事文學講堂教席）

推薦序

從人品到書品，橫空出世的陳郁如

文／國文教師・作家陳怡嘉

推薦一本書我總是大費周章，扣除出版社給的書稿外，必定會自行像論文式的研究起作者、風格和作品。身為一個推薦者，除了告訴讀者這套書有多麼值得一讀外，我更希望在作品之外，讀者亦能讀到或知悉作者的人品，那是一本書蘊藏其中的靈魂，那樣的靈魂有著作者的力度。

陳郁如是青少年界最耳熟能詳的作家，從【修煉】、【仙靈傳奇】、《養心》、《長生石的守護者》，無一不是圖書館中借閱的前幾名，孩子們等待新書出版，捧書一讀就是百頁以上的專注，都是我親眼所證，也是分心時代下的傳奇。

我原先想著：這樣一位優秀的華文兒少奇幻作家必定是從年輕開始就筆耕不輟，才可累積如此的深厚。待真正讀到關於作者的訪談，才驚覺陳郁如經歷了十七年婚姻的桎梏，直至四十歲才開始創作，待命運再逢枯木開花之際，竟又遇乳癌波折。她的創作史與人生，就像一個武林奇才橫空出世，走過長年閉關的熬煉，用勇氣和堅毅恆常練功，不驚不懼、不疾不徐，默默打下了一片奇幻的江山。

陳郁如的小說情節緊湊，總讓人不知不覺跟著主角一起遁入幻境之中，在栩栩如生的人物，和生動創意的故事裡，也常學習到許多面對考驗、人我之間和自我突破的智慧。

這套【仙靈傳奇】系列的深度和廣度具足，第一本《詩魂》，作者以十五歲的當代柳宗元與唐詩結合，從〈江雪〉的美景出發，讓主角意外穿越到另一個世界，展開一連串的故事；而接續的《詞靈》、《畫仙》、《陶妖》、《玉使》亦是巧妙融入詩、詞、古畫、陶俑、玉冊，讓孩子們除了閱讀，更經常好奇故宮的珍寶，想要一探究竟。到了最磅礡的終章《鏡道》，沒想到竟是連結了我最喜愛的《清明上河圖》，張擇端從畫師變成和月升一同冒險的角色之一，書中不論是跌宕起伏的故事或對藝術、宋朝繁華市井的細緻描繪，都讓我讀得開心又陶醉！

身爲國文老師也是母親，在爲孩子挑選課外讀物時，會有三大期待：一是希望讓孩子能夠進入長篇閱讀的心流中，畢竟現今考試趨勢皆是長題敘述，倘若孩子缺乏閱讀的耐心和實力，未來必定辛苦；二是素養當道，藉課外書補充所學，提前布局未來學科知識，都是統攝各類學問又能無痛吸收的最好作法；三是希望孩子能藉由作者的文筆領略文字之美，在閱讀中無形提升美感的鑑賞力，鍛鍊自己的遣詞造句。

以上三點，陳郁如的一系列著作都具備了，看著孩子們能拋開電子產品沉浸在閱讀的世界中，這應該是身爲師長的我們最感到欣慰的事了！

【仙靈傳奇】結束了，但相信陳郁如的更多作品與人生傳奇都會繼續開始！

1

西元前二二〇年。

「恭喜大王！大王齋戒沐浴七七四十九天，心誠意靈，終使大法完成，現在鏡子鑄好了，吾等在此獻給大王！」一名仙風道骨的男子躬身行禮，他是秦王近日最爲信任的方士之一，徐福。

「嗯，抬上來。」王座上是一名頭寬體壯的魁梧男子，雙目有神，鷹鼻，面容凌厲，他是當今秦朝的大王嬴政。

幾名男子搬了一座銅鏡來到嬴政面前。這面鏡五呎九寸高，四尺寬，異常的沉重，壯漢們搬得氣喘吁吁，腳步沉重，滿身大汗。

「我不是說要一面可以照出人心的鏡子嗎？」秦王看著光亮金黃的銅鏡中只是映照出自己的相貌，粗聲不滿的說。

「大王請息怒，」徐福再一躬身，「這次南征百越時，在一個深山祕洞中得到稀有紅銅，吾等鎔鑄銅液冶煉成銅鏡，其後放置泰山之頂，吸收日月山河精華，加上各方術法，經過七七四十九天養氣，注入靈法，具有神性。此鏡可顯人心，心念存善，則鏡影光明，祥雲纏繞，霞光瑞現；心念有邪，則鏡影昏暗，汙穢之氣纏身。」

「哦？那我怎麼才能看到異象？」秦王搖晃著腦袋觀看鏡子裡的影像。

「大王只要右手扣心，面向神鏡，意正心和，自可看到。」徐福口氣虔誠的說。

接著，秦王舉起右手，拂在左邊胸前，果然沒多久，鏡中出現自己的影像，而且還可以看到背影、倒影，全數顯現，無所遁形。接著，四周出現紫色的雲朵，像是清晨的初霞，光亮祥和，瑞氣四散。

「神鏡！神鏡！好！好！」秦王滿意的點點頭，「來人，賞徐福美玉一塊。」

「謝大王。」徐福歡喜領賞退下。

徐福回到自己的住所，三位年輕男子迎了上來。

「師父回來了？大王滿意嗎？」大弟子周麟問。

「是啊，大王看到什麼？」二弟子林上石問。

小弟子唐印也好奇的看著師父。

「當然看到祥雲纏繞啊！」徐福手撫著下巴面帶微笑。

「眞的？」周麟瞪大眼睛。

「什麼眞的假的！大王當然看到祥雲纏繞啊！」林上石瞪他一眼。

「師父是不是施了法，讓每個人在鏡中都看到祥雲纏繞？」唐印眼珠一轉問道。

「你們不要亂猜，我什麼也沒說。」徐福板起臉，不再回話。

「那這面新鏡子呢？也是用同一塊銅做出來的嗎？」林上石壓低聲音問。

徐福拿起架上的一面小銅鏡，輕撫著鏡背正色說，「沒錯，我用剩下的銅製成這面鎭邪鏡。最近觀天象，不久的將來可能會有奇事發生，是福是禍還不可測，於是做了這面鏡子用來祈福鎭邪。」

三名徒弟看這鎭邪鏡鏡面平滑，鏡背上刻有奇花異草、仙人神獸，外圍還有一圈文字：「吾作明鏡映空無，鎭邪避禍迎祥福，七星朗耀通三界，一道靈光照萬年。」

2

（北宋汴京）

月升再度深呼吸一次，她知道自己恢復得差不多了，越來越接近了。

被徐靜用計打傷後，眞氣大損，張萱擔心子滑再回來對她不利，想到一個保護她的方式，就是把她畫進畫裡。

她在畫裡慢慢調養，不僅法力體力慢慢恢復，她發現自己並不是完全被限制在這幅畫裡，還可以在畫境裡走動，來去自如。

她找到《五星二十八宿神形圖》，五星分別是太白、鎭星、熒惑、歲星、辰星，是五行中的金、土、火、木、水，用人形或獸形呈現。

太白是一個騎坐在五彩鳳上的女子，她頭上戴著鳳冠，身披黃衫，神情優雅，右手伸出捏成一個訣。

鎮星是一個肌肉結實，皮膚黝黑的男子。他蓄著黑亮的長鬚，半裸著上身，騎在一頭黑毛長角大牛上。

熒惑是一個有驢頭人身的男子。他裸著上身，有六條臂膀，每一隻手上都各握著一種武器。他盤腿坐在一隻驢背上，全身散發勇猛的氣息。

歲星是一個豹頭男子。他穿著長袍，銅鈴大眼炯炯有神。身下的坐騎是一隻有著野豬頭馬身的神獸。

辰星是五星中唯一一個沒有坐騎的人。他頭戴豹冠，身穿飄逸長袍，右手執筆，左手抱書簡，面目清秀明朗。

五星的個性孤傲清高，就像天上的星星那樣遙遠。即使是最和善的太白，也是在確定月升本身已經有法力底子，知道她具有非一般常人的天命，才願意放下身段傳授她金氣。其他四星看她學習勤奮，天資聰穎，也慢慢開始傳授她心法。

她除了經常跟五星討教外，也在各種山水畫中遊走，取大自然的精華來修補失去的眞氣。她的個性本來就不急躁，這對修習非常有幫助，眞氣的恢復日益精進。

月升待在畫裡，可以看到外面的世界，這是當初張萱施法時的用意，讓她可以知道人世間的改變。不過要等她完全恢復才能走出畫，這也是張萱保護她的方式，不希望她在法力修復前離開畫境，再度被徐靜傷害。所以他用法力設了一個畫屏來隔絕畫境跟真實世界，待月升的法力恢復後，自然可以打開這個屏障。

她在畫裡修習，知道這幅《搗練圖》輾轉被很多人收藏，也知道唐朝就跟她以往經歷過的其他朝代一樣，都沒能長久，現在來到宋朝，此時，《搗練圖》被宋朝當今皇帝趙佶[1]，收藏在宮裡。

她讓五行之氣全身繞行，如果這一次可以順利衝過全部的穴道，帶動真氣，她的恢復就完成了。經過幾次的嘗試，緩緩吸氣、吐氣，真氣行過全身，四肢百骸都感到非常的順暢，她知道自己終於成功了！

她再深呼吸一口氣，看向畫外的世界，此時天色濛濛，夜色將盡，太陽卻還沒完全升起，東方地平線散發微弱的光線。不到一個時辰天就要大亮，現在是容易離開的時候。

她對著眼前那面看不見的畫屏施法，那道介於畫境跟外面世界的畫屏在眼前顯現出一圈圓形霧氣，這就是出入口了。月升跨進這圈霧氣，全身一冷，然後發現自己來到一個大房間。

這裡到處掛滿字畫，她看到另一幅《搗練圖》，那是皇上臨摹原先那幅畫而來。不得不說，他的畫工高超，筆法流暢不滯礙，描繪得唯妙唯肖。

她回頭看這幅徒弟張萱的畫，這幅畫幫助她修習了幾百年，與她的精氣緊密相連，如果畫受到損壞，她也會受到傷害。

月升小心的捲起畫軸，決定把畫帶在身邊。

月升恢復法力，身形輕盈，夜可明視，即使在戒備森嚴的皇宮裡，也可以來去自如。她輕易的出了宮，走出宣德樓，來到城中。

她在城裡四處行走，這裡是汴京府，宋朝的都城，天子腳下最熱鬧的地方。天色漸漸明亮，人也越來越多，小攤子聚集起來，有賣雜貨的，也有賣食物的，桐皮麵、胡餅、百味羹等的香氣在身邊暈了開來。

天色又更亮了些，月升此時感覺到餓了。在畫裡，她不用吃飯喝水，靠眞氣支撐。但在這個世界，她需要食物，跟周遭的人一樣。

只不過，她剛從畫裡出來，身上沒有銀兩，待在畫裡不需要銀兩，但是不管是哪個朝代，皇帝是誰，小老百姓都要用銀兩換糧食、衣物、住所。

1 趙佶，宋朝第八任皇帝，去世後追尊的廟號為宋徽宗。

她在街上隨意走著，沒有任何盤算，不久來到一處熱鬧的地方，她想這應該就是瓦舍了。她在畫裡知道外面世界的變化，也聽得到人聲。皇上說過自己喜歡微服出巡，視察民情，說穿了就是想去宮外蹓躂、找樂子，其中便提過瓦舍，那是市井小民聚集的地方。在這裡，可以看到許多的表演，說唱娛樂，樣樣熱鬧吸引人。

月升看到各路人馬出現，不同的表演派別用繩索或欄杆各自圍出一塊區域，跟其他派別的人隔開，這應該就是勾欄了。

不同的勾欄有不同的表演，有人翻跟斗，有人耍刀劍，有人秀拳腳，有人說書，有人唱小曲兒、傀儡戲、影戲、諸宮調等，各有各的技藝，各有各的才能。

她看著這些人，想到自己在唐朝時收的五個徒弟，不知道她被收進畫裡之後，這五個人的後代現在在哪？是否有將隱靈法順利傳下去？還有徐靜。張萱把她畫進《搗練圖》前說過，王冉奇從他的銅鏡找到徐靜的後代，他會帶著子夏、冉奇、鄭涵一起前去處理。徐靜之後有沒有新的子嗣？

她站在一旁沉思著，覺得應該要想辦法尋找這些後代。

這時候，一個小女孩從她身邊跑過去。

「娘，我要去看吞火劍！」小女孩急促嬌聲的喊著，往前面的一個表演臺子奔去。

月升看著小女孩，她穿著整潔體面，細細的眉毛，圓圓的臉蛋，讓她想起第一次在山上看到徐靜的樣子。她當時也是這個年紀，對世界充滿好奇。她輕輕嘆了一口氣。

月升看著小女孩向前跑，忽然，小女孩停了下來，然後身體一軟，向一旁倒去。

一名婦人匆匆趕上，她來到小女孩身邊，驚駭的把她扶起來。只見小女孩全身痙攣，四肢抽搐，眼球上翻，口吐白沫。

「迎兒！迎兒！」婦人哭喊著坐在地上，按壓女兒的手腳，可是小女孩都沒有反應。

「大夫！有沒有大夫啊？救救我家孩兒啊！」婦人害怕又驚慌的喊著。一堆路人指指點點的，卻沒人上前幫忙。

月升心中浮現當年徐靜進屋，在自己面前虛弱昏倒、需要救治的影像。難道這孩子也是要來傷我的眞氣嗎？

月升微微搖頭，把這個念頭壓下去，走到婦人的身旁。

「讓我看看。」她緩聲的說。

婦人停止哭泣，換了個姿勢，讓月升更容易看到孩子。

月升執起女孩的手，輸入點眞氣進去，發現小孩的氣血有些不足，脈象有些混亂，但不是什麼大問題，對於剛才自己的過度揣測感到好笑。

「謝謝大仙，請大仙救救我家孩兒的命啊！」婦人看到月升不過拉起女兒的手，她就不再抽動，開心的謝恩。

月升沒有回話，而是再度從女孩周身穴道輸入一些真氣進去，沒多久，女孩臉色恢復血氣，也不再口吐白沫，大約一炷香時間，她睜開眼睛，站了起來。

「迎兒，快謝謝大仙！謝謝、謝謝啊！」婦人拉著女孩猛磕頭，小女孩剛轉醒，不知道發生什麼事，但是乖巧的跟著磕頭。

「大仙心腸好，人又美，日後必有大福。」婦人站起身來，從懷裡掏出個錢袋，拿出一兩銀子，「請大仙收下，聊表謝意。」

月升想了想，沒有推遲，收下銀兩。「我寫個方子，你去抓藥，讓她一天兩次服下，滋陰補氣。」

她跟旁人借了紙筆，寫了一張單子，婦人喜出望外的接過後說，「我們在東水門外虹橋邊經營古董店，只要說是秦家古董，就會有人指點怎麼去，大仙他日得空時前來寒舍，必當好好答謝救命之恩。」

月升點點頭，婦人再三道謝才帶著小女孩離開。

月升身上有了錢，決定先吃點東西，她沿著御街走，御街是宣德樓出來後，往南的一條長街道。這裡有一排攤子和飯館，是城裡最熱鬧的地方，街道兩旁占滿做各種買賣的店家，她隨意找了一家看起來乾淨安靜的地方，叫了香糖果子、煎夾子和水飯，一邊吃，一邊想著如何去找五個徒弟的後代。

王冉奇的法力讓他可以在鏡子裡看到其他的後代，如果能先找到他的後代和那面鏡子，那就事半功倍了。不然的話，就得去她遇到這五個人的地方下手。

只是物換星移，改朝換代，恐怕早已人事全非了。

正想著，外面傳來一陣騷動，她抬頭看向街道，一名年輕女子走過，她身穿一襲鵝黃色窄袖，對襟衣裙，外披淡紫輕紗，隨著微風吹過而飄揚，若有似無的顯露女子嬌柔身段，盤起的長髮露出線條柔美的頸項，髮髻上面插著精緻的金釵，一步一搖晃。她的手腕上戴著一只翠綠玉鐲，襯著纖細的手腕更是白嫩。另外，月升注意到她的腰間掛著一塊玉，造型古樸，看起來像隻老鷹，倒是十分特別的一款玉飾。

年輕女子的容貌絕美，五官清麗，眼神媚而不俗，朱脣微揚，引人遐思。不僅路上的男子都看得目不轉睛，月升也忍不住多看她幾眼。

「那是誰啊？」旁邊響起一個低沉的男聲。月升眼角瞄了一下，聲音來自隔壁桌一個清瘦男子。

「你是外地人吧？」茶博士回答，「她可是京城最有名的角妓李師師啊，琴棋書畫唱歌跳舞樣樣精通，既有才華又長得美，城裡的王公貴族，都希望得到她的青睞啊！」

「人的確長得美！嘖嘖嘖！」清瘦男子低沉的聲音似乎是刻意裝出來的，聽起來不太自然。

「人家不僅美，還才藝雙全呢！她眼界很高，不是手捧著金銀珠寶就可以得到美人心，還要有才氣、有品味她才看得上眼呢！」茶博士繼續說。

「這有意思。」清瘦男子說。

「而且啊，」茶博士壓低聲音，語氣曖昧，「聽說，當今皇上也會去找她呢！嘿嘿！」

「我都想去找她了，呵呵呵。」清瘦男子笑著說。他輕佻的語氣讓月升皺起眉頭。

不過茶博士的話提醒了月升。她還在畫裡時，趙佶常常來欣賞《搗練圖》這幅畫，後來她才知道皇上是在臨摹。他常常一邊作畫一邊自言自語。有一次聽到他說：「想不到我終於見到師師了……她眞是位大美人啊，眞希望我也可以把她的美麗容貌畫下來，永垂千古。」

原來當時皇上說的師師就是眼前這位啊！

只見李師師走到一旁的攤子前，兩名侍女跟在身邊，她仔細的選了五個橘子，每一顆都飽滿黃澄。

她們轉身要走時，旁邊突然冒出四個大漢，領頭的髯鬚男子高大健壯，他攔住師師，色瞇瞇的看著她。

「這麼漂亮的姑娘，走在街上多不安全啊，來來來，跟大爺回家，給你吃香的喝辣的！」他說完便伸手要去摸師師的臉。

師師一臉嫌惡，閃過他的手，轉身要走，卻被另外三個大漢擋住。

「來當我們的大嫂可是你的福氣啊！」其中一人邪笑的說。

「讓開！」兩名看起來嬌怯的侍女此時站出來，擋在師師面前高聲喝道，同時對著三人出招。

想不到這兩名侍女會武功。月升見狀，沒有馬上出手救人。

兩名侍女的功夫不弱，但是這幾個人更是慓悍，武功高出她們許多，沒多久，兩個人都被制伏，剛才買的橘子散落滿地。

3

「大哥，這兩個就賞給我們當小妾好了。」三人言語輕浮的大笑。

一旁看熱鬧的人這下更不敢出面幫忙了，紛紛躲得遠遠的。

師師臉上顯露害怕的神色，髯鬚大漢得意的伸出大手，向她抓去。

忽然，月升感到身旁人影一閃，剛才說話的那個清瘦男子已經出現在髯鬚大漢面前，擋在師師跟大漢之間。月升看他身穿褐色短衣，緊腿縛鞋，看起來只是一個普通工匠，不過男子生得眉清目秀，五官端正，倒也有幾分書卷氣。

「哪來的乳臭未乾的小子，鬍子都還沒長出來，就想跟大爺來搶女人？」髯鬚大漢輕蔑的哼了一聲，出拳對他擊去。

清瘦男子冷笑一聲，抓住大漢的手，看他神情輕鬆，好像也不怎麼用力，大漢居然瞪大眼睛，滿臉痛苦。大漢怒氣上來，另一隻手伸出，出掌如風，招式快速，對著清瘦男子打去，心想這個看起來弱不禁風的小子就要立斃在他的掌下，沒想到清瘦男子一個輕巧側身就閃了開，同時把大漢的手往背上一轉，大漢痛得哇哇大叫，清瘦男子再往大漢的屁股一踢，大漢整個摔倒在地，唧唧哼哼的爬不起來。

「大哥！」沒抓侍女的那個精壯大漢看到大哥被摺倒，大吃一驚，從懷裡掏出小刀，面露凶光，對著清瘦男子刺去。「你嫌命太長了！」

清瘦男子撇嘴一笑，身形又一晃，對方的小刀撲了個空，清瘦男子右手一個翻轉，中指點著拇指，用力一彈，一個小銀點飛出，噹的一聲，落在大漢的虎口上。

「噹！」大漢手中的刀子馬上離手落地。

「啊！」精壯大漢痛得大叫，只見他的手上出現一個豆子大的紅色傷口，上面沒有見血，卻冒著一縷細煙，那個小銀點彷彿是一顆火球一般，燒融他的皮膚。大漢另一手握著受傷的手，痛得在地上打滾。

另外兩名大漢看著兩個同伴倒在地上爬不起來，對望一眼，猶豫著要不要上前。

「怎麼？你們兩個的屁股比較硬，還是皮比較厚？」清瘦男子看著他們，作勢要彈出另一個銀點。

兩個大漢驚駭的對望一眼，趕忙放開侍女，轉身就跑。

清瘦男子手插著腰，看著地上兩人，「還不快走，難不成要我扶你們起來？」他走過去各在他們的腰間踢了一下，兩人狼狽的爬起來，灰頭土臉的跟著同伴離開。

清瘦男子趕跑大漢後，走過來對李師師微微一笑，把散落的橘子撿起來遞給她，說：「姑娘受驚了。」

「謝謝公子救命大恩。」李師師欠一欠身，餘悸猶存的表情讓人心疼。

「不要叫我公子啦，在下高羽。世道不寧，讓在下送姑娘回府如何？」高羽禮貌的問。

李師師想了想，點點頭，「那就有勞高公子了。」

「姑娘稍候。」高羽說。

月升看他走進小攤子，回到原本的座位，扛起剛剛留下的一個箱子。月升這時才注意到他隨身帶的東西。

「姑娘請帶路。」高羽對師師說。

師師看了他的工具箱子，眼睛一亮，「太好了，我正需要呢！」

高羽背起箱子，跟著李師師和兩位侍女往前走，月升也付了茶食費，悄悄的跟在他們後面。

清瘦男子與師師順著御街往北走，轉了幾個轉角，來到另一條熱鬧的街道，這裡的熱鬧跟御街不同，兩旁都是煙花酒樓，柔軟的歌聲，清脆的樂器聲伴著酒香菜香不時從屋子傳出來。

李師師領著男子來到一家格外別緻的樓坊，只見屋外掛著青色布幕，窗內懸著斑竹簾，大門雕花刻鳳，顯得富麗堂皇。

月升看到招牌寫著「樊樓」二字，看來這裡是李師師住的地方。

高羽跟著李師師進到屋內，月升不方便就這麼闖入，於是轉入樓坊另一頭，這裡沒有人跡，院子的高牆擋得住行人卻擋不住月升。她略施內力，向上躍起，悄聲翻上高牆。

樊樓樓高三層，每一層都蓋得氣派非凡，它也不只一棟，前後左右相連共五棟，樓臺相連，迴廊相通。

月升凌空拔起，躍上屋簷，她把身子伏低，在層層的屋簷間遊走，仔細聽著每個屋內傳來的聲音，花了一番功夫終於找到李師師的閨房，位在最深處那棟最高的一個房間。

她在屋簷上無聲的移動，算好位置，略爲施法用力，一塊屋瓦被她鬆動，稍微開出一條細縫，剛好就在李師師房間上方，月升湊上前，可以清楚看到屋內的動靜。

只見李師師一人在房裡，她仔細用剪刀剪去剛買的橘子上的枝葉，一個個的擺在木桌的大盤上。月升沒看到高羽，正想要去別的地方找他時，一個侍女走進來。

「要不要請高公子進來？」侍女問。

師師還沒回答，一個年長女性的聲音從屋外響起，「師師姑娘，周公子來看你了！」

「是，姥姥，請他進來。」師師朗聲回答。

「你先請高公子在隔壁房裡稍坐，晚點再讓他過來。」師師低聲對著侍女說。

月升聽到這話，知道高羽還會再來，那她就繼續在屋簷上等著。

侍女答應一聲，走出房間，隨後一位身穿青袍，風采翩翩的文人走了進來。

「師師姑娘，聽說你今天在街上遇到惡人，一切可好？」他心疼的執起師師的手，仔細的看著她問道。

「托周公子的福，沒事了。」師師感激的看著他，「要不要吃個橘子，我剝給你吃，今天買的。」

「好啊！我這幾天做了幾首詩，我來唸給你聽。」周公子興致高昂的說。

師師才拿起一顆橘子，姥姥的聲音又傳來，「師師姑娘，皇上來看你了，快準備一下。」

「什麼？這也太巧了！皇上居然這時候來？」周公子大驚。

「不好讓他看到你在這……」師師皺起眉頭，左右張望，想找個地方安置他。

「啊！我躲這裡好了。」剛才風雅瀟灑，玉樹臨風的文人，現在竟驚慌得鑽進床底。

師師確定周公子躲好後，她攏攏自己的頭髮，對著鏡子抿抿嘴，才高聲說，「讓皇上進來吧！」

月升忍不住想，這李師師還眞是高姿態啊！居然連皇上也要看她三分顏色。

進來的是一個寬臉男子，月升認出來是當今皇上沒錯，他身著輕鬆便服，但是一看就知道是上好的衣料。

「師師啊，聽說有地痞流氓欺負你，眞是太囂張了，天子腳下動美人，朕明天一定派人查辦！」皇上哼了一聲，一臉怒氣。

「皇上不要太操心，國事如麻，不需爲小女子費這種神，來這裡就是要放鬆的，不要講這些惱人的俗事了。」李師師果然善體人意，一番話讓皇上臉色立刻和緩。

「你眞的沒傷著？」皇上仔細端詳李師師的臉，心疼的問。

「沒事、沒事。來，讓我給皇上吹個小曲兒。」李師師拿出笙，吹出清脆的音曲，皇上心情大好。

李師師吹了一段之後，皇上興致一來，也吹了一曲。李師師在一旁，細心的幫他剝橘子。

月升耐心的看皇上吃完橘子，跟李師師聊了一會才離開，之後床下的周公子爬出來，沒待多久也告辭了。

李師師在兩人離開後，坐在桌前，望著桌上的獸型香爐發呆了好一會，直到侍女再度進來。

「師師姑娘，那位高先生還在等，要打發他走嗎？」侍女問。

「你把他帶過來吧！我這裡有幾面鏡子需要他磨光。」李師師說。

這就是月升跟蹤他們來到這裡的原因。

高羽是一名磨鏡匠，月升看他跟那些地痞流氓過招時，發現他的武功招式和內力跟自己的有幾分相似，之後看他用的工具箱子，知道他是專門行走大街小巷，幫人磨拭昏鏡的磨鏡匠。她猜測這個高羽很可能就是王冉奇的後代。當年王冉奇有一面銅鏡，在跟她學習法力的時候，她曾看過他耐心的磨鏡，保持鏡面的光亮。同時，因爲他灌注不少法力在這面鏡子上，所以鏡子裡可以看到很多一般人看不到的東西，像是五名徒弟的後代。

如果她能證實高羽就是王冉奇的後代，那就太好了！

月升繼續在屋簷上耐心的等著。

沒多久，高羽扛著工具箱進了房間，李師師把桌上的橘子、剪刀和笙都撤去，放上幾面鏡子，這些鏡子明顯的已經有些鏽斑，模糊得看不清影像了。

「今天非常謝謝公子相救。這裡有一些鏡子，再麻煩公子了。」李師師說完，轉頭吩咐侍女再度表示謝意，「你去廚房弄些點心茶水來。」

「謝謝師師姑娘。」高羽恭敬的說。

高羽坐在隨身帶著的長板凳上，拿出磨鏡磚，這個圓形磚大約一寸厚，一尺長，接著他把磨鏡磚放在長凳的前端，先拿刮刀修整鏡子上比較明顯的凹凸不平處，然後從小罐子裡倒出一些東西在小缽裡。

「這些是什麼？」李師師好奇的問。

「我把白鐵跟沙子充分混合後倒入水銀，細細磨成泥狀，再加入鹿角灰、白礬，還有一些祖傳祕方，研磨到非常非常細才能當作磨鏡藥劑。我磨的鏡子可是比一般工匠磨的鏡子還平滑閃亮，可以維持一年呢！」高羽驕傲的說。

「你今天用來對付那幾個流氓的小銀丸就是這些東西做的？」李師師仔細的看著這些粉末。

「姑娘好眼力，沒錯，我獨自一人行走江湖，難免會遇上惡人，這個是我發明的暗器，我在磨鏡藥劑裡加上四味藥物，可以炙人皮膚。其實今天身上只剩下最後一顆，本打算晚點再做，沒想到遇上那幾個大漢。還好他們被我出言嚇走，不然我也沒有小銀丸可以對付他們了。」高羽對她眨眨眼說。

高羽手法靈巧，一邊細心的打磨，一邊跟師師聊天，說了不少行走江湖趣事，逗得師師呵呵發笑。

「……我拿出藥丸逼那個小賊吃下去，我跟他說：『這是我用老婆婆的指甲磨成粉，再加上獨家祕方做成的，如果你靠近老婆婆半里之內，就會印堂發黑，毒發身亡。我看你前額開始有黑氣了，最好快走！』小賊聽了差點昏倒，馬上轉身走了。」

李師師睜大眼睛問：「你真的用老婆婆的指甲做毒藥？」

「哈哈，當時情況緊急，哪來的時間幫老婆婆慢慢剪指甲，偷偷告訴你，那其實是我挖出來的鼻屎配上藥丸捏出來的，哈哈哈。」高羽得意的大笑。

李師師掩嘴而笑，「你也真壞。」

「我可好心了，我跟小賊交手時，發現他體弱氣浮，可能是身體不好，找不到工作才來當賊，偷老婆婆的東西。那個藥丸我可是多加了一味藥，是我家中祖傳的祕方，名叫清心丹，可以強筋健骨，幫他一把呢！」高羽拿起第三面銅鏡，一邊工作一邊說。

月升聽到清心丹，幾乎確定他就是王冉奇的後代。

「算你有心。」李師師點點頭。

「那個瘸腿老婆婆看我打退小賊，非常開心，給了我一百銅錢外，還拿出一面古銅鏡送我呢。我臨走前，她很認眞的問我她的指甲是不是有毒，要我幫她剪指甲。」

李師師又被他逗得笑起來。

高羽繼續說，「當然，也有遇到想占我便宜的人。一次我到玉城縣，縣太爺的小妾拿了十面鏡子要我磨，我磨好後，居然不想給錢，還叫家丁把我趕走。」

「那你這次怎麼懲罰他們？」李師師好奇的問。

「我不甘心做白工，所以當天晚上潛進縣太爺的屋子，找到那個小妾的房間，拿走九面鏡子。」高羽語氣保留的說。

果然李師師更好奇了。「爲什麼是九面？你剛剛不是說你磨了十面鏡子？」

「我留給她最光亮、最清楚的一面鏡子，因爲我臨走前順手用毛筆沾墨，趁她睡覺在她臉上點滿痲子，不讓她自己看看太可惜了。」高羽一本正經的說。

李師師笑得連連拍手。

「難怪你有這麼多鏡子。」李師師看著掛在工具箱外大大小小的銅鏡說。

「是啊，我收集了不少銅鏡呢。不過最特別的是我祖傳的這面。」高羽停下手邊的工作，從懷裡小心的拿出一面銅鏡。

他把鏡子拿到李師師面前，師師的臉龐映照在光亮的鏡子裡，「你看，是不是很漂亮？」

李師師很開心，知道高羽間接在稱讚她的美貌。高羽在外行走，靠磨鏡爲生，知道平常時日，這些夫人閨女們鮮少出門見人，難得有人可以說說話都會很開心，所以他一邊做生意，一邊也會多跟她們聊天，陪著解悶。

李師師纖細修長的手翻轉著鏡子。「這眞是面特別的銅鏡，背面好多紋路啊！」

在屋簷上的月升也清楚的看到了。這個鏡子背面中央有個半球形鈕，鈕上有孔，綁了條繫帶，讓人可以懸掛或手持。圓形鈕座有九個小乳丁，外面一圈主要飾紋是七個大乳丁，鏡背上刻著許多神獸、鳥、羽人等雕飾。這就是當年王冉奇手上的那面鏡子！

「這鏡子，來歷可大了。我爹跟我說，當年秦始皇有面大銅鏡，五尺九寸高，四尺寬，那面銅鏡是神物，鏡面透明光亮，人站在鏡子前，除了顯現一般鏡中的身影外，還會出現倒影、背影，把你上上下下前前後後都照出來。每天上朝時，秦始皇讓臣子們一個個輪流站在鏡前，看他們是否私藏武器，然後要他們用右手按著心口，這時候鏡子會顯現這人的五臟六腑，如果這人心術不正，那他就會膽張心震，內臟氣息不順，鏡面也充滿穢氣。秦始皇就會當場命令侍衛殺了此人。」

「這是眞的嗎？」李師師一邊聽，一邊下意識把手放在胸口上，「如果這樣，荊軻當年應該也過不了銅鏡識人心這關吧？」

「哎呀，你不要太認眞啦，說不定鏡子是荊軻行刺後，秦始皇害怕再有刺客，才叫人做的。而且世代口耳相傳的傳說，如今也難印證了。」高羽繼續說下去，「劉邦攻進咸陽宮時，看到那面鏡子，知道這東西雖有神力，但也沒辦法保佑秦朝長治久安，不能留在身邊。於是他就假好心給了項羽，你也知道後來項羽怎麼了。」

「自刎而死。」李師師低聲說。

「對啊，一代梟雄，下場如此淒慘。」高羽也嘆口氣，「項羽死後，那面銅鏡跟一堆寶物流落人間，有個道人拿到，知道此非凡物，於是請製鏡匠熔去銅鏡後，重製了幾面銅鏡，我們家祖傳的正是其中一面，上面刻有銘文和神獸，就是要鎮住鏡子的邪氣。直到傳到唐朝的時候，有個先人習得法力，在那之後，這面鏡子就具有特殊力量，可以照出妖怪喔。」高羽說完，對著師師眨眨眼。

「好啊，你說我是妖怪。」李師師斜睨他一眼，嬌媚動人。

「你是最美的那種妖怪。」高羽微笑的說。

李師師聽過無數人稱讚她的美貌，卻是第一次有人稱她是美麗的妖怪，覺得很有趣。

「我也有個祖傳的寶物，喏，給你看。」李師師從腰間解下一個東西遞給高羽。

「這是什麼鳥？」高羽問。

「哎呀，什麼鳥！」李師師白了他一眼，「是老鷹！」

高羽抓抓頭，「我一個粗人，不懂玉，也不懂鳥……我是說不懂老鷹！」

兩人談笑間，高羽磨好鏡子，李師師拿出兩貫銅錢，說是要謝謝他的救命之恩，高羽也大方收下，挑起他的工具箱子，準備離開樊樓。

高羽走回御街，往南走經過州橋夜市，這裡又是另一種熱鬧，各色食攤林立，勾欄瓦舍人聲鼎沸。

高羽很有興味的四處張望，不過沒有停留，他從朱雀門離開內城後，向東南方走，月升在後面遠遠跟著他。此時天色已暗，月升以爲他在找客棧準備過夜，卻看他直接朝著城外的方向去。這時城門應該都關上了，他要去哪？

沒想到，來到東水門，城門是開著的，這跟唐朝時夜晚實施宵禁，城門緊鎖的規定不同。

月升跟著高羽之後來到城外，這裡不像城裡的建築那麼密集，處處可見垂楊柳樹，樹影扶疏。雖然已經入夜三更，路上還是有不少的行人，許多茶肆、腳店還晃著燈火，宋朝汴京的繁華熱鬧，從城裡一路延伸到城外。

高羽走過一個平橋過溪後，左轉避開大街，沿著溪岸往北走，這裡偏離大街，人跡稀少。最後他來到一間廟前，這廟看起來占地不小，但是似乎年久失修，呈現頹敗之勢，然而高羽竟不假思索的走了進去。

4

高羽從城中離開，到了城外就意識到有人跟在他身後，他不動聲色，來到平日寄宿的寺廟，誰知才推開廟門，跨過門檻，就看見院子中站著一名女子。

此人素衣素裙，身形修長，五官清爽明亮。跟剛才李師師比起來，少了嬌媚柔氣，不過清麗冷冽，又是另一種動人的神態。

「姑娘也是來這裡投宿的嗎？」高羽問，「這廟曾經發生過命案，沒人敢靠近半步，你若不怕，我可以好好陪陪你。」

院中的女子就是月升。

月升看著他，微微皺眉，這個高羽，口中不三不四，偏偏語氣又很真誠，不知道他在搞什麼鬼。她在唐朝時收的五名弟子，資質個性各有差異，但是都不是輕浮的人。如果這個高羽真的是王冉奇的後代，也太令人失望了。

她得要試試他。

月升沒有回答，她眼光一凜，右手一揚，一股眞氣對著高羽衝去。

高羽大驚，這女人怎麼這麼凶，一見面就出手。

「喂，要打也要等我把東西放下啊！」高羽一邊喊著，一邊把背上的工具箱放到地上。

這是他慣用的招式之一。在行走江湖時，這些笨重的工具，不能成爲累贅。他低身放下工具的同時，身子一矮，避開了月升的攻擊，但是月升那股力量還是從他頭上掃過，高羽覺得對方力氣若是猛烈些，恐怕他的頭皮就被削去了。

不過這女子似乎並不想置他於死地。讓他驚訝的是，這女子的內力讓他覺得非常熟悉，但是明顯的比他的功力高強深厚許多。

高羽趁著蹲低的一瞬間，朝著工具箱子後面一個機關一拉一提，嗤嗤兩聲，兩顆火球從箱子後衝出來，飛上空中。

月升微微一愣，不過馬上就知道那是煙火，沒有殺傷力，只是用來擾亂她的注意力。果然，她感到一股掌風向她的右方襲來。

她略一側身，但是沒有全避過去，她故意要看看這個高羽的力量有多少。她右手一翻轉，卸去剩下的力量，同時另一道掌力對著高羽打去。

高羽感到這股力量強大，不敢硬接，他輕巧一個轉身閃過，讓月升這一掌打到工具箱子上。

「喂！你不要打我的生財工具啊！」高羽大呼小叫，卻沒有眞的生氣驚慌的樣子。掛在工具箱旁鉤子上的大小鏡子被震落，高羽對著它們手一揮，四面鏡子向空中飛去。這些鏡子晃動著，居然發出光芒，對著月升閃來閃去，黑暗中擾亂她的視線。鏡子自己不會發光，月升意識到是煙火還在噴發，煙火亂竄，鏡子亂閃，這高羽也算有一套。

這對一般市井流氓可能有驚嚇擾亂的作用，但是對月升來說只是小孩子的玩意兒。她伸手一揮，一股勁風四下掃出，啪啪啪啪，四面銅鏡應聲而裂，八個半圓，落在地上，兩道煙火也馬上滅去。

「喂，你毀了我的……」高羽的話還沒說完，人一歪，瞬間便倒了下去。

月升看著高羽直挺挺的躺在地上，後者瞪大眼睛看著她，眼神有著驚恐。

月升緩緩在高羽身旁蹲下，她伸出右手，蔥白的食指朝著高羽的眉心點去。

高羽動彈不得，以爲這次眞的要死在這個白臉姑娘手裡，雙眼緊閉。

他感覺一陣清冷的氣息從眉心鑽入，通過腦子，在全身繞一圈後，又回到眉心，然後食指離開了他。

高羽睜開眼睛，好奇的看著她。

「王冉奇。」月升說。

「我叫高羽。」高羽說，他發現自己不僅能開口，四肢也可以動了，趕忙坐了起來。

「你是王冉奇的後代。」月升再次開口，聲音簡潔清亮。

「我？等等，你跟著我大半天，就是來告訴我，我是誰的後代？」高羽皺著眉頭。

「你知道我跟著你？」月升有點驚訝，看來高羽也不是那麼草包。

「我把銅鏡拿出來給師師看時，看到映射在鏡子裡的屋頂有片瓦不見了，換成你的半張臉在上面。」高羽沒好氣的說，「你是誰？幹麼跟著我，王冉奇又是誰？」

月升站起身來。「我叫月升。夜深了，先休息，明天我再告訴你。」她說完就往廟的內堂走去，消失在高羽的面前。

高羽愣了愣，收拾起地上的破鏡和煙火，扛起工具，也往內堂走去，卻驚訝的發現，怎麼也找不到月升的蹤跡。他知道這裡沒有後門，懷疑她又爬到屋頂上去，於是也爬上屋頂張望，但屋裡屋外都沒看見月升。

「眞是撞鬼了。」高羽嘀咕。他倒是不害怕，這幾年獨自到處闖蕩，早已天不怕地不驚了。他找了間乾淨的禪房，這一天下來也累了，他倒頭就睡。

月升其實哪裡也沒去，第一天離開畫就遇到這麼多事，還找到王冉奇的後代，實在意外又驚喜。但是最後的打鬥跟測試，用上她不少眞氣，必須再回到畫裡去修習，那也是最快的方式，所以她快步來到後面的一個房間，先把畫藏好，然後進入畫中，等到高羽跟來時，當然不見她的人影。

第二天一早，天才剛亮，高羽半睜開眼，朦朧的神智尚在昏睡中，卻被榻前的人影嚇得猛然驚醒，眼皮全開。

「啊！」他一聲尖叫，發現是月升，趕忙換個低沉的聲音，「我以爲你離開了。」

「我要看一下你的祖傳銅鏡。」月升語氣平平說。

「不行，這東西我絕不離身的。」高羽斬釘截鐵的說。

「你昨天有拿出來給李師師看。」月升說。

「對吼，我怎麼忘記你昨天鬼鬼祟祟在屋頂上偷看。」高羽白了她一眼，「人家李師師比較漂亮，我當然答應給她看。」

高羽也知道月升長得標致，和李師師是不同的美，不過昨晚被她制伏，還打破了四面鏡子，心裡有些餘怒，故意說來氣月升。

月升面色不變，直直的盯著他。

高羽看月升不說話，怕她眞的生氣，畢竟他不是個愛記仇的人，許多事情過去就算了，懶得去傷神。

「你找我就是想看我的祖傳銅鏡？」高羽看月升微微點頭，繼續說，「好，那你要跟我說爲什麼？」

月升沉思了一會，緩緩道出自己爲了對抗闇石，在唐朝時收了五名弟子的過程，還有她最近剛從畫中出來，想找到五名弟子的後代，想要知道她創的隱靈法是否成功，另外，她想要知道徐靜後來有沒有後代。

「王冉奇的法力跟這面鏡子相通，可以看到五名弟子的後代。」月升說。

高羽聽了月升的話，從懷裡拿出鏡子，若有所思。

「你不相信我說的話？」月升問。

「當然不信，你這樣一個嬌滴滴的姑娘是秦朝人？而且住在唐朝古畫裡？當我沒見識嗎？要編故事也編得像樣點。」高羽粗著聲音說。

「我說的都是眞的。你也確實是王冉奇的後代。」月升語氣平淡。

高羽不理她，逕自整理自己的東西。

「我要看你的銅鏡。」月升再次提起。

高羽看了她一眼，聳聳肩，從懷裡拿出鏡子。「你自己看。」

月升接過銅鏡，看著裡面映出自己的臉龐，除此之外沒有看到其他的東西。

高羽看她的神情，「沒什麼特別的對吧？就是一面普通鏡子，沒你說的那麼神奇。」同時拿回祖傳銅鏡。

月升眉頭微蹙。「你什麼也看不到嗎？」

「沒有。」高羽斬釘截鐵的說。他一邊說，一邊打理自己，收拾東西。

「只要我傳授你當年我教給王冉奇的法力，就可以看到了。」月升說。

高羽認眞的看著她。「我幹麼要學法力？看到那些後代又怎樣？」

月升愣了一下。之前的五名徒弟，資質各異，但是對於能跟著她學習法力都覺得是無上的榮耀，對師父萬分尊重，全心全意學習，還離鄉背井和她一起住在山上好幾年，就是想讓自己更加精進，想不到這個王冉奇的後代——高羽，居然一點也不希罕。

「好了，我要去工作了。」他扛起工具箱，往大門走幾步。月升身形一動，已經來到他面前。

「你眞的不想學法力？」月升問。

「不想。」高羽說完，繞過月升，逕自向廟外走去。

高羽深呼吸幾次，推開心裡深處不愉快的記憶，那些遙遠卻又驚駭的記憶。

他甩甩頭打起精神，往南走到大街上，他知道月升還在身後不疾不徐的跟著。

他左轉進入大街朝東走，初春的空氣都還是溼潤的，太陽灑著金光，在霧氣中暈染出絢麗的光彩。

路上的人們已經熱絡起來，趕牛的吆喝聲，行人的腳步聲，商店的叫賣聲，越靠近汴河，越是熱鬧鼎沸。

汴河斜穿過汴京，連接黃河長江，便利的水運系統，讓大江南北的財貨輸送到汴京，這也是大宋定都在此的原因。此時接近清明，河水初漲，船隻來往絡繹不絕，繁華的景象讓人也跟著輕快起來。

「這位小哥，我看你滿面春風，要不要幫你看看姻緣？我估算很快就有姑娘看上你了。」一個頭戴方布帽，留著落腮鬍的中年男子對著高羽招呼著。

高羽抬頭看，一個小攤子上面掛著「決疑」、「看命」、「神課」三個木牌。原來是算命攤。攤子前面一個人也沒有，冷冷清清的。

高羽不理會他，心裡翻個白眼，這算命的看人技術這麼差勁也敢來京城擺攤！不過月升還眞的步伐穩定的在後面跟著他。他心裡暗暗好笑。

前方右邊有一家賣酒和食物的腳店，這家「十千腳店」沒有城裡的那家「孫羊正店」那麼富麗豪華，但是在虹橋這邊可是數一數二的大店。店前那座彩樓歡門[1]高聳矗立，耀眼明顯，門前藍白相間的大旗上寫著「新酒」兩個字，隨著河面吹來的風搖曳，向旅客們招手。

高羽看了一眼，沒有停下腳步。他盤算著銀兩，昨天李師師給他的兩貫錢足夠在這裡吃一頓好的還有剩，不過他還是打算省著花。

他來到前面另一家小店，店面稱得上樸素乾淨，就決定在這裡吃點東西。高羽點了道虛汁垂絲羊頭、三顆梅花包子、一碗粉羹，再叫上一壺茶。這是幾天來，他吃得最好的一餐。

他把工具放在桌旁，啜一口茶，等著上菜的空檔，他看向晨光中的河水。這小店正臨著汴河，坐在店裡可以看到虹橋橫跨河的兩岸，滔滔水流，從橋下向東而去。

虹橋是汴京十三橋之一，這座橋沒有柱子，用五排巨木做成拱架，再用橫木支撐，加上精密的卡榫、釘接等技巧，讓一座木構之橋像一道彎彎的彩虹橫跨於汴河上。

高羽看著船隻來往，想起月升剛才的話。

其實，他是完全相信的。

娘曾經說過，爹爹的先祖在唐朝時得到高人傳授法力，這位先祖有一面漢朝流傳下來的古銅鏡，他死前把畢生的法力灌注在這面銅鏡上，讓銅鏡保護後代子孫。同時，他也口述心法將法力傳承下來。

只是，一代代傳下來失誤很多，到他爹爹這代，只勉強記得一些內功修習、拳腳功夫的心法。爹爹心有不甘，到處打聽哪裡可以學法力，常常把他跟娘丟在家裡，隱入某個山上幾個月甚至幾年沒有蹤影，失心瘋一般追求道法，想擁有高深的法力。當然他爹爹從沒有負擔家計，都是娘辛苦的帶著他過日子。

記得有一年除夕，爹爹忽然回來了，娘雖然還是板著臉，但是高羽知道娘心裡開心，她忙裡忙外，還把雞宰了，做了豐富的四菜一湯，但爹爹吃飽喝足後，第一件事就是要錢，說要去泰山上拜師。娘不肯拿出辛苦攢的錢，兩人大吵一架，爹爹把家裡上上下下翻得亂七八糟，最後找出藏在甕裡娘存了好幾年的銀兩，拿了錢便拍拍屁股走人。

1 指宋代酒食店的店門裝飾，以彩帛、彩紙扎建門樓，以吸引客人。

娘又哭又號，又罵又氣，傷透了心，最後還是擦擦眼淚，繼續辛苦過日子，爲了養家，她什麼粗重工作都做，被鄉里的人欺負看不起，這些高羽一一看在眼裡，小小年紀就知道替娘抱不平。

等他稍微大一點，他拿起爹爹留下的磨鏡工具，在家裡附近的村落行走，幫人磨鏡爲生。還好爹爹教他這門手藝讓他可以賺錢，而另外一個爹爹教會他的，是拳腳功夫，雖然不是什麼高深的武功，至少讓他在外面不會受人欺負。

一直到那天……

外頭吵鬧的聲響打斷他的思緒，河邊傳來吆喝聲，聲音越來越近，越來越大，他抬頭看，虹橋上也有人大聲嚷嚷，面東的橋欄上這時聚集好多人，大家對著河水指指點點，揮臂喊叫。

高羽好奇的走到店外，這下他也看到了，一艘偌大的客船逆著江流而上，桅杆卻高高豎立，遠高過橋身，若是這樣直直駛入虹橋，勢必迎面撞上。

「喂！桅杆太高了！」「快撞上了！」「快放倒桅杆啊！」

一群人大聲的叫著。

大客船上已經有人驚覺，幾個船夫身手矯捷的跳上船篷，合力把桅杆放下。

語。

四周、岸邊、橋上的人都在大喊，高羽注意到，眼前有個人表情怪異，嘴裡喃喃自

「天呀！怎麼可能？一模一樣……怎麼會這樣？」這個身穿青衫的年輕男子雙拳緊握，黝黑的方臉上一副不可置信的樣子。

「什麼事情一模一樣？」高羽問他。

男子不理會他，只是睜大眼睛，表情專注的看著那艘客船。

「等下，河水會沖歪客船。」方臉男子喃喃的說。

「什麼？你怎麼知道？」高羽忍不住又問。

果然，桅杆才被放倒，湍急的河水沖來，船頭被水沖歪，整個船身傾向一邊。

5

「啊！」船上許多人嚇得尖叫。

「李三，快穩住舵啊！」船上一個看起來像船主的人焦急的大喊。

「快快，用力划槳！」「向左點！」「穩住船身啊！」

岸上的人也忙著指揮。

高羽看得膽戰心驚。

「等下會有兩人上去幫忙。」方臉男子又指著橋上說。

他才說完，兩名縴夫[1]推開人群衝上橋，從橋面拋下兩條粗繩，船篷上的船工連忙接住，穩住船頭，另外有四、五名壯漢滿頭大汗的划著槳，終於，船身慢慢打直回正，緩緩的穿過橋下，向西而去。

看到船平安駛離，群眾浮動的心也恢復平靜，回到原來的忙碌熙攘。

「你是算命的嗎？不然這些事怎麼都在你意料之內？」高羽好奇的問方臉男子。

方臉男子這時才回過頭看高羽，「不是，我是畫師。」

「公子怎麼稱呼？」高羽說。

「張擇端。你叫什麼名字？」

「小弟高羽，以磨鏡爲生。」高羽說。

「聽口音，你不是汴京人？」張擇端問。

「不是，幾天前才來到這裡。相遇也是緣分，要不要一起喝杯茶聊聊。」高羽大方的邀請他。

張擇端點點頭，跟著高羽回到店內，剛才他點的食物已經上桌了，高羽要店小二多添副筷子和杯碗。

「來！」高羽端起茶壺，替張擇端倒茶。

張擇端也不客氣，大口喝下一杯茶，拿起包子吃了起來。兩人天南地北的聊著，張

1 是以體力拉動駁船為生的人。

擇端個性開朗，愛畫成痴，講起丹墨更是滔滔不絕。高羽覺得這人挺有意思，又多叫了一盤炒羊肉。

「你剛才未卜先知，是怎麼回事？」高羽問。

張擇端想了一下後說，「你想不想看一幅畫？」

「畫？好啊！」高羽不懂畫，不過他對張擇端感到好奇。

兩人吃飽喝足後，高羽付了飯錢，張擇端也沒搶著付，站起來說，「跟我來。」

高羽拿起工具箱跟著他往樓上走，這才知道這間店二樓是客棧，張擇端投宿在這裡。高羽一走進房間，就看見桌上、地上，到處堆滿了畫，大部分還沒完成，或只是草圖。

這房間不大，但位在邊間，從窗戶可以清楚的看到汴河和虹橋。高羽朝外張望一下，果然，月升站在橋頭附近，她彷彿知道高羽在看她，她抬起頭，眼神對上高羽，高羽對她微微點一下頭，還眨一下眼。

「你看。」張擇端稍微清理桌子，挪出一大塊空間，拿出一個卷軸，在高羽面前慢慢展開。

這畫右邊畫的是樹木、小橋、溪水、旅人、小屋，高羽一開始沒什麼感覺，只是隨意瀏覽點頭，但是隨著畫面向左延伸，高羽瞪大眼睛，露出不可置信的表情。因爲他看到汴河出現在畫裡，船隻停靠在岸邊，到處都是店家跟行人，然後虹橋在畫面中間橫跨汴河，橋下一艘客船的桅杆傾倒，船身在湍急的水流中歪斜，兩名縴夫在橋上，用兩條粗繩穩住船頭。

「你……這麼快就把剛剛發生的事畫出來？」高羽講完就發現不對，張擇端跟他並肩在河岸目睹這一切發生，之後兩人一起吃飯、喝茶、聊天，現在才帶他過來，根本不可能馬上畫出這一幅畫。

「不是，這幅畫我畫了三年了，一直到兩天前才完成。」張擇端說，「今天一早，我看著這幅畫，忽然有個奇怪的念頭，覺得這畫裡的事件即將發生，我看向窗外，就看到一艘跟我畫中一模一樣的客船，桅杆高高撐起，逆水而上。我趕快來到河邊，果然，這船就快要撞上虹橋，然後就像畫中那樣，所有人的注意力都集中在船的桅杆上，船夫一個分心，讓湍急的河水打歪船身，之後發生的事你也看到了。」

張擇端展開整幅畫作，高羽雖不懂畫，但也知道張擇端畫得有多仔細跟考究，場景、建築、人物、動物，都描繪得非常精細，栩栩如生。像是今早走過的算命攤、十千腳店，連他們身處的這間店都在這幅畫中出現。

「眞是神奇啊！」高羽喃喃的說。

「是不是？」張擇端的眼睛閃閃發光。

「所以你覺得你的畫可以預知來日？」高羽問。

「我爹說，我們張家在唐朝時，出了一名有法力的道人。可是年代久遠，法力現在已經佚失，我想，說不定是我得天獨厚，得到先人的眞傳，擁有過人的法力。」張擇端的方臉上滿是期盼。

高羽聽到這裡，忍不住翻白眼嘆口氣。又來了，怎麼就是有人對學法力這件事這麼執著？

「你剛才說，你在這裡看著虹橋和汴河，足足畫了三年？」高羽問。

「是啊！」

「所以嘍！你肯定對這些船隻每天來來往往很熟悉，也知道這條河上的船長什麼樣子，每艘船上配有多少縴夫，也知道遇到春季河水上漲，船隻容易被水流打歪。你花了三年畫這幅畫，三年的時間，總有一天這些情況剛好都遇上，說穿了，就是湊巧而已。」

高羽兩手一攤，努力想用事實推翻張擇端的說法。

「你不相信我的話？」張擇端漲紅著臉。

「我當然相信你的『畫』啊！」高羽指著桌上長長的一幅畫，「但是什麼過人的神蹟，那就不必了。」

「可是，我今早有預感，覺得畫裡的情景會發生，而且沒多久眞的發生了！這你要怎麼解釋？」張擇端不服氣的說。

「你如果今天早上跟我講這件事，我可能還會多信你一些，但事後才說『我之前就有預感』，那我也可以說，我昨天就感覺今天會遇到你，你信不信？」高羽說。

「你、你……強詞奪理。」張擇端漲紅著臉。

「還有，你看看這個算命攤，」高羽繼續說，「我早上經過時，只看到算命先生在招呼客人，攤子前冷冷清清的一個人也沒有，而這幅畫你畫了五個人。」

張擇端看著他，眼睛又一閃，「你早上經過那裡？那時候一個人都沒有？」

「是啊！」高羽說，不曉得爲什麼張擇端又激動起來。

「走，我們去算命攤！」張擇端抓著他的手，高羽臉色一變，漲紅著臉，一時不知道怎麼辦，只能讓他拖著走。

兩人來到大街上，高羽沒看到月升，心裡有點納悶，不過想想也好，這樣被人跟蹤監視著也是不太舒服。

「爲什麼要去算命攤？」高羽問。

「我想確定一件事。」張擇端說。他眼睛直直望著前方，大步向前走。

他們倆一起來到算命攤前，此時攤子後方還是那個戴方帽的中年男子，但旁邊多了一個少年。少年跟中年男子樣貌相像，一看就知道是父子。兩人的面容和順，雙眼有神，少年的臉比較細長。

「兩位兄弟要不要算命？不準不收錢喔！」算命先生看到生意上門，熱情的招呼著。

「我們不是來算命的，我有個問題想問你。」張擇端說。

高羽看算命先生堆起來的笑臉馬上消失，趕快放五文錢在桌上。

「說吧！」算命先生把錢收下。

「剛才虹橋下有艘大客船經過，桅杆沒放倒，差點撞到橋面，你有聽說這件事？」張擇端問。

「知道啊，我聽到喧鬧聲，不知道大家在吵什麼，以爲有人打架，結果我兒子跑來跟我說，是有大客船經過。」算命先生說。

旁邊的少年點點頭，他身材削瘦修長，褐色布衣在他身上顯得特別寬大。

「那時候，你這裡有客人嗎？有多少人？」張擇端問。

算命先生看他一眼，「你剛剛說問一個問題。問話如問卦。」

高羽心裡暗罵這個貪財的算命先生，不過還是又掏了五文錢出來。

「有，有客人。」算命先生故意只回答上半個問題，然後把嘴閉得緊緊的。

張擇端抓抓頭顯得著急，他不好意思讓高羽一直出錢，但身上沒有銀兩，又很想知道答案。

高羽正要再度掏錢時，那個少年看不下去，朗聲說，「我跑過來時看到五個人，四個人坐桌子那邊，一個人在桌子這頭，都是男的！」

「你這死兔崽子，胳膊向外彎，老子賺錢供你吃住容易嗎？要你多嘴！」算命先生氣得拿起一卷書冊，對著少年擲去。少年嘻嘻一笑避開，跑掉了。

張擇端不理會他們，興奮的拉著高羽的手，「這裡有五個人！」

「大庭廣眾，不要拉拉扯扯。」高羽皺著眉，臉色漲紅的把他的手甩開。

「你我都是男子，有何問題。」張擇端瞪他一眼，心思又轉回他的畫上，興奮的說，「你早上經過時，這裡沒人，因爲當時大客船還沒過來。後來，大客船準備要過橋時，這裡有五個人，而且跟我畫的位置一樣！你說，這不是神蹟是什麼？」

「好，就算你說的都是眞的，你畫了三年的畫，預知了今天河上這件事又如何？你也沒阻止事情發生，船上也沒有人傷亡，你畫的也只是歷史。」高羽還是不客氣的說。

張擇端愣愣的看著他，一時回不出話。的確，花三年的時間預知一件芝麻小事，那樣的神力好像也沒什麼了不起。

不過張擇端不放棄，「或許我有天分，只是沒有遇到名師而已。」

高羽嘆口氣，自從他有記憶以來，他爹爹爲了求仙求道，對他跟娘萬分冷淡無情，他對那東西一點興趣也沒有。

「那祝你早日覓得良師，我要回客棧拿工具，還有工作要做呢！」高羽說完轉身離開。

張擇端謝過算命先生，趕快跟上高羽，算命先生還在懊惱少賺幾文錢，並不理睬。

兩人回到大街，並肩朝客棧走去。

「你今天要去磨鏡？」張擇端問。

「當然啊，不然等人家來問問題賞銀兩嗎？」高羽說完，兩人想到那個算命先生，一起大笑。

「謝謝你陪我走這一趟。」張擇端的方臉帶著笑容說。

「別客氣，雖然我還是認爲是湊巧，不過你畫得眞好！」高羽說。

「眞的？」張擇端臉上的笑容更開了，咧著嘴很開心的樣子。

「眞的！尤其是橋下那一幕，那種客船快撞上橋身的樣子，畫得唯妙唯肖。」高羽打從心底的佩服。

「兄弟，你是我的知音啊！」張擇端興奮的攬著他的肩頭。

高羽頭一低，趕忙把他推開。

「待會回到客棧我拿錢還你。」張擇端眞誠的說。

「不用啦，那點……」高羽的話還沒說話，前面虹橋出現一陣騷動。

「不好了！」「有人死了！」「快去找仵作！」

高羽隨手拉著一個匆匆走過的路人問道，「大叔，發生什麼事了？」

「剛才有艘大客船，桅杆傾斜，差點翻船，後來過橋靠岸沒多久，發現裡面有人被刺死。」胖胖的男子說。

「是誰？有抓到凶手嗎？」張擇端好奇的問。

「我哪知道，我正要去通報官府。」胖男子說完快步離開。

高羽轉過頭瞪大眼睛看著張擇端。

「你幹麼這樣看我？」張擇端問。

「你不會在畫上也畫了凶殺案吧？」高羽壓低聲音說。

「胡說！當然沒有，誰會把這種事畫在畫上。」張擇端漲紅著臉辯解。

「剛才還忙著舉例證明自己的畫有多神奇，可以預知未來，現在倒是忙著撇清關係。」高羽心裡好笑，白了他一眼。

「喂，人命關天，不要亂講話，到時候我被懷疑是凶手，那就跳進黃河也洗不清了。」張擇端瞪他一眼，語氣頗爲緊張。

「放心，我可以證明，大客船穿過橋下時，我就在你旁邊，之後也一直跟你在一起，你不會是凶手的。」高羽說。

兩人談話間，回到客棧張擇端的房間，他們打開門，進到屋內。

「這什麼怪味道啊？」高羽眉頭皺起來。

「窗戶怎麼是關著的？」張擇端往房內走去，只是他還沒碰到窗子人一歪就倒了下去。

高羽看了大驚，往前要去扶他，卻也眼前一黑，不醒人事。

6

「你們是怎麼辦事的！」

「要不是這艘船……」

「先不要說了，這兩人醒了。」

高羽恢復意識時，覺得頭好暈，伸手想要揉，卻發現手不能動。

他張開眼睛，看向四周，發覺自己身處一間陰暗的土房。張擇端在旁邊似乎也剛醒，眼神茫然，兩個人都被綁著丟在乾草上，不能動彈。

「陳九。他們醒了。」一個聲音從身後響起。

一陣腳步聲傳來，高羽看到一個短小精悍，額頭上有一道刀疤的人走到他們眼前。

「你們倆是誰？說！爲什麼要打聽我們的行蹤？」陳九語氣威嚴的拷問。

「你們抓錯人了，我連你們是誰都不知道，怎麼會去打探什麼行蹤！」張擇端喊著。

高羽看陳九粗眉一皺，下巴一抬，「吳二。」他喊著。

只見一個高瘦、臉頰凹陷的男子走過來，他用力搧了張擇端兩巴掌。

「啊！」張擇端痛得叫了出來，臉頰馬上腫得高高的，方臉變圓臉了。

「我問話，你最好老實回答！到底誰派你們來的？」陳九喝道。

高羽覺得這些人眞是莫名其妙，「誰派我們來？明明就是你們把我們抓來的啊！」

「耍嘴皮子！」吳二也狠狠在他的脛骨上踢了好幾腳，高羽痛得眼淚都流出來了。

「你們爲什麼要去柳算命那裡探問我們五個人的行蹤？」陳九湊上臉，一臉陰鬱的問。高羽仔細打量眼前的陳九，腦中靈光一閃，陳九跟張擇端畫裡，坐在算命攤前的那名男子有七分像，他們也是五個人！

「我們去問算命先生，只是要求證一件事，根本不知道就是你們啊！」高羽說。

「求證什麼？」陳九臉上露出緊繃的表情，隱隱顯露殺意。

高羽和張擇端心裡知道，如果不解釋清楚的話，這些人是不會放過他們的。

「是這樣的，」張擇端趕快說，「我是一名畫師，花了三年畫了一幅畫，而今天……」

他把爲什麼去找算命先生的經過簡短快速的說出來。

「是啊是啊，事情就是這麼簡單。我們根本不知道你們是誰，在做什麼，就這樣莫名其妙被抓來了。」高羽也附和。

陳九看著兩人，臉上的橫肉一抖一抖的。

「你們在他們的房間還搜到什麼？」陳九問吳二。

「就是一堆畫和磨鏡的工具，沒有其他特別的東西。」吳二說。

張擇端皺起眉頭，想到他那批寶貝的畫被這些人翻得亂七八糟，心裡一陣疼，但是面對現下這種情況不敢有任何抱怨。

「你說，你先畫完那幅畫，大客船的事情才發生，你也畫了我們五人在算命攤前，那我問你，你把童貫畫在哪艘船上？」陳九問。

「樞密院太尉，童貫？」張擇端驚訝的問，「沒有，我沒畫他。他今天在那艘大客船上？」

「陳九，你真的相信他們的話？這個畫師真的可以預知來日？」吳二低聲問。

「今日行刺失敗，跟大客船的桅杆沒有收起來有很大的關係，如果真的是受這小子的畫的影響，那他就是破壞我們計畫的人。」陳九似乎還沒決定要不要相信張擇端和高羽的話。

兩人被綁起來，又遭受輪流毆打，知道這幾個人不是什麼好人，聽陳九的這番話，心中非常惶恐。

「我當然沒有畫童貫，也不知道童貫在哪。我不曉得什麼計畫，絕對沒有要破壞你們的計畫。」張擇端連忙的說。

「對啊對啊，如果他眞那麼厲害，可以知天知地知未來，那就應該算到你們會來不是嗎？我們大可以避開，怎會還會在客棧等著你們來抓人？」高羽伶牙俐齒的辯解。

他的話似乎打動陳九，陳九沉吟一會說，「這麼說，就是無關緊要的人。」

高羽聽到他這樣說，鬆一口氣，看來陳九是相信了。

「那怎麼處理這兩人？」吳二看著他們。

「他們知道太多事了，殺了滅口，晚上丟進汴河。」陳九說完看也不看兩人，起身離開土房。

「是。」吳二答應。他眼睛閃著精光，對於要殺人這件事顯得很亢奮。

「等等，我們什麼事情都不知道啊！」高羽恐懼的喊著。

「你放我們走，我保證什麼也不說出去！」張擇端顫抖著說。

他們驚恐的聲音似乎讓吳二更開心，他從綁腿抽出一把刀子，刀光一閃，兩人更是害怕。

吳二嘴角露出邪惡的笑容，手上的刀對著高羽揚起。

「這不關他的事！」張擇端大喊，「畫是我的，我一人承擔，他只是剛好路過，被我拉去算命攤，放他走吧！」

高羽驚訝的看著他，想不到張擇端會替自己求情。只是他的感動維持沒多久，刀刃上的光芒已經逼到眼前，喚出內心最深的恐懼。

他驚恐的張大嘴，吳二用力朝他砍去。

「不！」高羽只喊得出這個字。

刀尖來到胸口，高羽以為要親眼看到自己開膛濺血，卻在這時，吳二瘦長的手臂忽然以怪異的姿勢上揚，像是被人用力往上扯。他雙眼圓睜，臉色流露驚恐，手上的刀飛了出去。

高羽順著刀的方向看去，一名女子不知何時出現在土房中，她右手隨意一舉，輕輕鬆鬆的接住那把刀。

是月升。

高羽眼睛一亮。

吳二當然也看見她了，他知道這個看起來清秀細緻的女子是個勁敵，不敢大意，從綁腿抽出另一把刀子，對著月升砍去。

月升面無表情看著他，沒有拿刀的那隻手一揚，一股眞氣射出。吳二感到一股強勁氣勢撲面，逼得他後退一步，但是他不放棄，攻勢更是凶猛，招式更加瘋狂，連連對著月升出招。

月升試著用手中的刀子迎戰，但她不擅長用刀，沒過多久就發現自己使得不順手，吳二以爲自己占了上風，使出更多凌厲的招式。

月升手再一揚，把刀擲回去，吳二馬上接住，現在雙刀在手，他更加得意，覺得一眨眼就可以把這三人一起立斃刀下。

月升空出兩手後，順勢從胸前推出，一股陰涼清爽的眞氣對著吳二漫去。吳二先感到一陣舒爽，並沒有抵抗，然而，這股氣忽然變得強勁，對著他的周身穴道衝去，令他胸口痠麻，頭一暈便倒下昏了過去。

「太好了！你來救我們了！」高羽大喊。

「她是你朋友？」張擇端好奇的看著月升。

高羽想到他跟月升認識的經過，瞪她一眼，「你一路跟蹤我，居然現在才出手救人，害我們白白被迷昏痛毆。」

月升語氣輕緩的說，「我沒跟蹤你。」

「那你怎麼找到這裡的？」高羽不相信她的話。

「兩位，」張擇端打斷他們的對話，「我們是不是先離開這裡再來敘舊？」

月升點點頭，手一揚，一道冰銳之氣來到兩人身邊，割斷綁住他們的繩索。

高羽身體恢復自由後摸一摸懷裡，發現祖傳銅鏡還在，看來這些人沒有搜他身，他大大鬆一口氣。

他起身看著地上的吳二，「他怎麼辦？」

「讓他去吧，我試探過，他功夫底子不錯，不過沒有法力，不足爲懼。」月升說。

「姑娘如何稱呼？你的法力高超……」張擇端的話還沒說完，高羽也打斷他。

「她叫月升。這位叫張擇端。我們先離開這裡，拜師學藝的事之後再說。」高羽的話讓張擇端臉紅起來。

高羽打開土房的木門向外探看，沒有人看守，看來陳九決心要殺他們，三人不敢多逗留，快速離開這個地方。

「這裡。」張擇端在前面領路，這時天色漸暗，一些店家和屋舍已經點起油燈。

「現在去哪？」高羽問。

「回客棧。」張擇端簡短的說。

三人抄小路行走，繞過幾間房子來到大街上，前面燈火閃爍，代表他們接近汴河邊。

「虹橋在前面。」張擇端朝西指了指。

他們一邊走，一邊小心看著四周，確定沒有被人跟蹤，不久後終於來到虹橋，三人過了橋，回到客棧。

他們剛進入房間，就被眼前的景象嚇到了。裡面一團混亂，東西被掃到地上，張擇端的畫作被扯破，高羽的工具箱整個被打開，前一天被月升打破的銅鏡也散落一地。

張擇端衝進去，他一邊翻著畫稿，一邊哀號嘆氣。

高羽也過去清點自己的東西，幾面破鏡子沒有引起這幫人的注意，工具也都還在，讓他放下心，不過他聽到張擇端又發出一陣氣憤的哀叫。

「他們把《清明上河圖》拿走了！這群土匪！」張擇端雙拳握緊，非常氣憤。

「《清明上河圖》？」月升問。

「他是一名畫師，用了三年的時間，畫了汴河四周的情景。」高羽簡單解釋。

「一定是剛剛那夥人！」張擇端忿忿的說。

「你把那五個人畫進畫中，他們肯定會設法毀掉這幅畫。那五個人行事不正，還會綁架殺人，不知道哪來的盜匪。」高羽嘆口氣。

「我知道他們是誰。」張擇端說。

「真的？不過等等再說，我們先離開這裡，他們發現我們沒死後一定會再來這裡找人。」高羽提醒他。

「可是要去哪？」張擇端抓著頭，「接近清明，附近的客棧早就客滿了。」

「我們要躲他們，也不能住客棧了，」高羽想了想，「不然你就跟我去城外的廟待一陣子。那間廟荒廢已久，沒人會去。」

「廟？」張擇端想了想，「我知道你說的那個地方。好，只能先這樣了。」

高羽幫忙張擇端收拾東西，他忍痛放棄那些殘破的畫稿，帶著自己珍貴的畫具、幾件簡單的衣物便起身離開客棧，前往城外的破廟。

「這裡這麼久沒有人住，整理得倒是乾淨。」張擇端走進廟裡，前後看了看說。

「我剛來汴京時，身上銀兩不夠，沒辦法住客棧，有人指點我這個地方，我可是花了好大功夫才打掃乾淨的。」高羽得意的說。

「月升姑娘也住在這裡嗎？」張擇端問。

「你是一名畫師？」月升沒有回答他的問題。

「是。」張擇端恭敬的回答。

月升似乎在想什麼，不再說話。

高羽忍不住心裡的好奇，問張擇端，「你剛剛說，你知道那夥人是誰？」

「他們是方臘的人。我看到他們脖子上聖火的刺青。」張擇端說。

「你是說，在東南造反的方臘？」高羽瞪大眼睛說。

「方臘是誰？」月升問。她剛從畫境出來，對於當時朝廷民間之事不全然清楚。

「你聽過花石綱嗎？」張擇端問。

月升搖搖頭。

張擇端解釋道，「當今皇上喜歡奇花異石，爲了一己的收藏，派人到處去民間收刮珍奇寶物和造景怪石。朝廷將這些石頭從江南運到汴京，爲此設立了一種專門的運輸工具，叫『花石綱』，十艘船爲一『綱』。花石綱所到之處，強徵民役，還要當地豪紳出錢出力，有時候還要拆橋讓大型船隻通過，人民怨聲載道，苦不堪言。

「方臘是睦州青溪人，他在家鄉擁有一片漆園，跟當地不少富商巨賈有來往。據說，有個摩尼教的使者找到他，這個使者對他展露神蹟，說他領有天命，要爲蒼生做一番大事，救人民於水火。使者還說要幫他成大事。

「他個性豪邁，人面廣闊，馬上就號召許多農民跟隨他，去年十月起兵造反，自號聖公，年號永樂。追隨他的人都會在脖子紋上代表摩尼教的聖火刺青，所以我才認出來。方臘起兵短短半年，便攻破六州五十二個縣，殺死上百萬民眾，所到之處燒殺擄掠，手段殘忍。

「當今皇上派童貫領軍攻打他們，別看朝廷積弱不振，剿滅這些匪寇仍綽綽有餘。童貫大破方臘的軍隊，收復許多縣，不過無法杜絕餘孽到處逃竄，方臘帶著一群貼身護衛跟家人躲了起來，現在童貫到處在找他的下落。陳九問我把童貫畫在哪裡，又說什麼刺殺失敗，看來方臘計劃殺童貫！真是大膽，居然想殺朝廷命官。」張擇端說。

「是說那個童貫也不是什麼好東西，個性巧媚，恃功而驕，當今皇上不也是被他蒙蔽？」高羽撇撇嘴。

「沒錯！所以內憂外患，統統都來了！」張擇端重重的嘆口氣。

兩人說了好一會朝政上的事情，張擇端轉向月升，「剛才真是多謝姑娘相救。」

月升只是淡淡的點一下頭，沒說什麼。

「你是怎麼找到我們的？」高羽問。

「我在測試你是不是王冉奇的後代時，灌注了你一點法力，讓我可以感覺到你在哪。」月升說。

高羽忍不住伸手去摸額頭中心，月升昨晚在那裡點了一下，「那你也不早點出現，害我們倆受這麼多苦。」

「法力非萬能，我只能感應大致的方向，花了一些時間才找到你們。」月升說。

「原來月升姑娘是修行高深的道人，難怪武功高強，在下佩服。」張擇端恭敬的說。

月升看了他一眼，臉上沒有表情。

「所以，我這一生都遭受你掌控，到哪都逃不出你的手掌心？」高羽語氣帶著抱怨。

「如果你肯好好跟我學習法力，說不定可以找到破解的方式。」月升微微一笑。

張擇端聽到這話馬上說，「月升姑娘願意收徒弟？不知道肯不肯收在下爲徒？」

月升微微皺眉不語。

「張大哥一心求道，天資過人，不如你讓他拜你爲師，」高羽在一旁敲邊鼓，「他可不是一般的畫師喔，他畫的那張《清明上河圖》可以預知未來，所以方臘那夥人才會忌憚我們，想殺人滅口呢！」

高羽稍微加油添醋，把整件事說了一遍。

張擇端心裡覺得好笑，之前高羽才說自己的畫是巧合，沒什麼了不起的。不過，他還是很感激高羽願意幫忙說項。

「你爲什麼要畫這幅畫？」月升問。

「我從小就愛畫畫，可是我爹認爲只是雕蟲小技，不准我碰丹青，他希望我取得功名，光耀門楣，所以賣掉祖產，籌措旅費把我送來汴京。我來到這裡後，拜入一個畫師的門下跟他學畫，我學得很快，不到半年，他就說沒東西可以教我了。之後我去考試，加入了翰林畫院，但不過是個沒有職位的畫學生。我一直想畫一幅名垂千古的畫，通常畫作講究高遠的意境，空靈的山景，可是我想畫不一樣的東西。

「三年前，我來到虹橋附近，街道上繁華的景象，汴河的風景船隻，讓我深深著迷，有了新想法，想畫一幅接近眞實生活的風俗畫。本來我只是東畫一張橋景，西畫一張酒樓，後來決定把整個大景畫出來，呈現虹橋周遭完整的樣貌。我每天認眞的觀察，不眠不休的畫，終於完成《清明上河圖》，唉，想不到被方臘那幫人奪去。」張擇端又忍不住嘆一口氣。

張擇端的一番話讓高羽覺得很感動，他看過那幅畫，眞的是畫得仔細又眞確，對張擇端的認眞執著感到很敬佩。現在這幅畫被搶走，他也感到難過。

「那你爲什麼想學法力？」月升又問。

「我們張家在唐朝一直都是宮廷的畫師，先祖張萱曾畫了一幅宮廷仕女圖，據說……」

「等等，」月升臉色一變，打斷他的話，「張萱是你的先人？」

「是，姑娘也聽過他？你看過他的畫嗎？」張擇端很開心自己的祖先這麼有名氣。

「你是不是家中獨子？」月升又問。

「是啊，你怎麼知道？」張擇端對月升越來越敬佩，「我們張家一脈單傳，人丁單薄，不過據說先祖張萱曾經拜一道人爲師，修得法力，所以可以保佑世代子孫平安，香火不斷。」

「我要求證一件事，你站著不要動。」月升伸出右手食指，點向張擇端的額頭。

高羽有點驚訝，他知道月升這樣做是什麼意思，代表張擇端可能也是她的徒弟後代。

張擇端不知道月升要做什麼，只是聽話的不敢動彈。他感到月升冰冷的手指尖觸碰到自己的眉心，彷彿一道冰涼的水氣注入體內，他忍不住一顫。

月升收回手指，微微點頭，清冷的臉上有著異樣的神采。

「他也是？」高羽瞪大眼睛看著月升。

月升點點頭。

「也是什麼？」張擇端看著他們倆問。

「我在唐朝的時候收了五名徒弟，分別是徐靜、柳子夏、鄭涵、王冉奇、張萱。當時我傳給他們一個法力，叫做隱靈法，這個法力……」月升把整件事講給他聽。

張擇端聽得一愣一愣的，沒想到，這位看起來年輕又冷清的女子，不僅救了他的命，還是他先祖的師父！

「姑娘……不，我應該要尊稱師父！師父在上，受徒兒一拜！」張擇端對著月升準備下跪。

「這些禮數就免了。」月升手一揚，一股渾厚的力道傳出，阻止了張擇端。

「師父，您說您從先祖張萱的畫出來，那幅畫現在在哪？」張擇端問。

高羽看得出來這個畫痴對古畫的熱忱。

月升手一揚，施了個簡單的法術，一幅畫卷出現在手中，她手輕輕一抖，張萱的《搗練圖》便在兩人的眼前攤開。

張擇端目不轉睛，嘴巴微張，直直的看著畫，他胸口起伏，忍不住心裡的激動。

高羽雖然不懂畫，但也覺得這些仕女畫得眞好，每個人動作都不一樣，或坐或站，端莊秀麗，神態自然，宮中搗練的情景躍然紙上。

「師父是哪一位仕女？」張擇端痴痴的望著畫。

月升指了指最右邊的綠裙女子。

「你可以進出畫境，那我們也可以跟著你進去嗎？」高羽異想天開的問。

「不成，這是當初張萱對我設下的法力，其他人無法進出。」月升說。

「也對，他既然想要保護你，讓你在畫裡安心修習，自然不能讓其他人等隨意進出。」張擇端說，語氣中對於不能進入畫境充滿惋惜。

「眞可惜，我剛剛還想說，如果有法力可以讓我進入畫的話，那我就跟你學法。」高羽說。

「你爲什麼不想學法？」月升問。

「對啊，如果我們有法力，就不會被方臘的人抓住，我的畫也不會被偷了。」張擇端不甘的說。

高羽臉色閃過一抹陰影，不過很快就回復，接著說，「你剛才不也是說，法力非萬能，你有法力，還不是被困在畫中幾百年？天色已晚，還是早點休息比較要緊。」

「這裡有兩間禪房，兄弟，你跟我一間，讓師父住比較寬敞的那間。」張擇端建議。

「我睡覺會打呼，向來習慣一個人睡，我去灶房窩著就好。」高羽拿起工具箱正要往裡走，張擇端攔住他。

「你這麼瘦弱，你去睡小禪房好了。」張擇端說著拿起自己的東西。

「我晚上在畫裡修習，不需要房間。」月升說完手一揮一轉，張萱的畫便飛上屋梁角落，隨後她也跳上屋梁，化成一道白光，遁入畫中。

「師父的法力實在高超啊！」張擇端讚嘆著。

高羽只是聳聳肩，扛起磨鏡的工具走進小禪房；張擇端也抱起一堆畫紙和畫具，走進後面的大禪房，各自歇息。

7

隔天一早，高羽是被一股香味喚醒的。他來到前廳，看到桌上擺滿食物。

「這是隔壁買的吧？好香啊！」他伸手要去拿燒餅，張擇端拍了一下他的手。

「要讓師父先用！」張擇端瞪他一眼。

「哎喲，她是仙人，不需要吃東西啦。」高羽嘴裡這樣說，還是放下手中的食物。

「沒關係，大家一起用吧！」月升的聲音傳來，她不知道何時出現了。

「師父請用早點。」張擇端恭敬的說，「不知道今天師父想去哪裡走走？我對這附近很熟的。」

「當然熟嘍，三年都在這裡。」高羽嘴巴塞滿食物含糊不清的說。

月升想了想，「我想要買一把拂子。那是我慣用的武器。昨天我在附近的店家都沒找到合適的。」

「我知道哪裡可以買到。」張擇端一拍大腿，興奮的說，「我們可以去秦家古董碰運氣，他們常常有特別的好貨。」

月升覺得好像聽過這間古董店，一會才想起，她前一天救了那個叫迎兒的女孩，女孩的爹娘在虹橋附近經營了一間古董店，就叫秦家古董。

「好巧，秦大娘要我去磨鏡呢！本來昨天該去的。」高羽說。

「那好，我們一起過去。」張擇端說。

三人吃完早點，離開寺廟，由張擇端帶路，向虹橋走去。

時間還早，但是一路上人來人往，早晨的汴京市郊依然熱熱鬧鬧的。

他們越過虹橋後往左走，經過一些腳店，但很多都還沒開張。三人轉過幾個街口，來到一個小店前面，紅色的大門緊閉著，門外蹲坐兩尊石獅子，上面雕刻的痕跡有些模糊了，不過線條優美古典，看來年代久遠。

「你們別看這秦家古董隱身在巷弄裡，他們的收藏可是琳瑯滿目，是京城數一數二的古董店。」張擇端說著，上前輕輕叩門。

不久，門被拉開一小縫，一個小廝打著呵欠向外看。

「劉弟，是我，張擇端。」

「請進。」胖胖的劉弟又打一個呵欠，含糊的說。

三人跟著進入屋內，劉弟倒了茶請他們坐下便轉進內堂。

高羽看著四周，這是他第一次拜訪秦家。之前他在朱員外家幫員外的小妾磨鏡時，剛好秦大娘去拜訪，兩人本是姊妹，一起嫁到京城來。只是一個是大房，另一個成了侍妾。秦大娘看高羽手藝好，要他過兩天去古董店一趟，幫忙磨幾面銅鏡。

茶才喝上兩口，一個婦人從裡面走出來，她身材矮壯，畫了濃妝的臉堆著笑容。

「哎呀，張畫師來了。你上次托我留意的端石硯，我找到了。我拿給你看。」秦大娘熱切的說。

「先不忙，我替你介紹，這位是月升師父……」張擇端還沒說完，秦大娘瞪大眼睛。

「哎呀，這不是恩人嗎？」秦大娘過來拉著月升的手，「前天眞的多虧恩人的大恩大德啊！」

「迎兒還好嗎？」月升問。

「好，好。我照恩人的方子去拿藥，大夫大大稱讚方子一番，也幫迎兒把了脈，說還好你解救及時，不然怕是要腦癱了。」秦大娘感激的緊握月升的手。

「原來你們認識？」張擇端驚喜的說。

月升點點頭。

秦大娘撫著胸口，把那天在勾欄瓦舍旁月升救她女兒的經過說出來。說完，她注意到張擇端身後還有個身材瘦小的男子。

「你是……」她看到他身邊的工具箱，「我想起來了，你是我在妹妹家看到的磨鏡匠，怎麼這麼巧，你們三個都認識？」秦大娘好奇看著三人。

「緣分就是這麼巧。」張擇端沒有直接回答，「我們此趟前來，主要是月升師父想找一柄拂子，不知道店中有沒有什麼好貨？」

「拂子……」秦大娘沉吟，「這東西少人有興趣，我去庫房找找。」

秦大娘轉身走入內堂，隔了一陣子才回來，後面跟著劉弟，劉弟的手上捧著五個盒子。

「放在桌上。下去吧！」秦大娘揮揮手。

她等劉弟離開後，拿起其中最長的一個盒子，打開蓋子，裡面果然是一柄拂子。木頭柄大約前手臂那麼長，尾端束著白色的長毛。秦大娘小心拿起拂子交到月升手上。

「這個是後周宣懿符皇后的拂子，據說是一個佛教高僧給她的，被她視爲珍貴的隨身之物。當年她跟後周世宗一起出兵征討南唐，也帶著這柄拂子，絕不輕易離身。只是征戰並不成功，符皇后中途生了重病，回到汴京後，沒多久就病死了。

「這把拂子手柄是紫檀木做的，表面光滑，黝黑發紫。你們看這白長毛，可是上等白犛牛的尾毛做成，叫做白拂，非常稀有，人間難得。」

月升拿著拂子，掂掂重量，運氣揮舞一下。

秦大娘一口氣介紹完拂子，喘口氣，喝口茶又道，「這東西好雖好，但是不瞞您說，這拂子來自前朝皇后，她帶著此物出兵打仗，然後死於重病，很多人認爲是不祥之物。所以擺在店裡許久乏人問津，就被收到庫房了。」

「我不介意，我要了。」月升淡淡的說，「多少錢？」

「不用不用！恩人救了小女的命，我們拿金山銀山都不夠報恩，一把拂子算什麼？這東西沒人要，您拿了，庫房就有多的空位進新貨，又了卻我一樁心事。」秦大娘搖著手，開心的說。

「多謝了。」月升微微一笑，也不推辭。她收下拂子，在店裡隨意看了起來，這裡的收藏的確非常多，她看到一些秦朝的錢幣、銅器，唐朝的玉器、木雕等，牆上的櫃子堆滿了各色古董。

秦大娘打開另外四個比較小的盒子，高羽一看發現都是古銅鏡。

「這些就是我希望你幫忙磨的鏡子，一面鏡子二十文錢。」秦大娘說。

高羽仔細看了看，搖搖頭，「這些鏡子年代久遠，要花費的時間比較長，用的藥粉也比較多，三十文。」

「四面鏡，一百文錢。」秦大娘也是精打細算的。

高羽想了想，「好！」

張擇端看兩個人來這裡的目的都達到了，心裡覺得開心，轉頭問秦大娘，「對了，你說的端石硯呢？」

「哎呀，我送人古董，請人磨鏡，差點忘了自己也要賺錢。」秦大娘笑笑說，接著從身後的櫃子裡，小心的拿出另一個盒子後將蓋子打開。

一方硯臺躺在盒子裡。這硯臺方方正正，灰黑的硯身上布滿橢圓型、黃綠色的石眼，硯池內雕著一隻鳳在雲上飛翔盤旋。

「好硯。」張擇端小心拿起，仔細看著，「這要多少錢？」

秦大娘用手指比個三。

「這樣一塊石頭，要三百文錢？坑人啊！」高羽張大眼睛。

秦大娘瞪高羽一眼，對他一擺手，「如果是別人問，我會說四十千文。不過張公子不一樣，我收三十千文就好。」

「天啊！這硯是黃金打的嗎？黑漆漆的，居然要這麼多銀子，眞不懂文人墨客在想什麼！」高羽驚呼。

「兄弟不知。這硯臺來自端州，取石料於廣東端溪之斧柯山，開採不易，價格高，但是品質上等，從唐朝開始，就得到許多文人的喜愛。唐代詩人李賀在詩中寫道：『端州石工巧如神』，你看看這上面的石眼，這叫鸜鵒斑，秦大娘肯賣三十千文，那是不可多得的好價錢啊！」

「你當眞要買？」高羽小聲問。

張擇端面有難色，「我是很想收藏，可是錦囊羞澀……」

「秦大娘，這柄玉簪是打哪來的？」月升忽然說道。

她的語氣有異，高羽和張擇端也湊上去看。

櫃子上有個木檯，檯上橫躺一柄白色玉簪。

「上面有鳳鳥的那隻玉簪嗎？」高羽問。

「那是朱雀。」月升說，眼睛看著秦大娘。

秦大娘把玉簪從木檯上拿下來，放到月升的手上，「這玉簪是一個漢子拿來店裡賣的，恩人有興趣的話就贈予你了。」

月升用手輕撫朱雀玉簪，又問，「那人你認識嗎？住哪？是他家祖傳的東西嗎？」

秦大娘冷哼一聲，「那種粗野之人怎麼可能祖傳這樣的玉簪？他是搶來的！」

「你怎麼知道？」高羽問。

秦大娘神情警戒，左右張望一下。

「我看到他脖子上的記號，他是方臘的人。」秦大娘壓低聲音說，「傳說他們攻打城鎮時，沿途燒殺擄掠，我這裡就不知道收了多少他們拿來變賣的東西。這玉簪八成也是搶來的。」

「那他跟你要多少錢？」高羽好奇的問。

「他想要二十兩銀子。我說最近世道不好，這東西不好賣，只能給他七兩，後來討價還價以十二兩成交。」秦大娘說，表情非常得意。

「你知道這人是誰嗎？哪裡可以找到他？」月升平靜的臉色下隱含著冷意。

「師父爲什麼對這個玉簪的來源這麼感興趣？」張擇端好奇的問。

月升看了他一眼，沒有回答。

「這人長什麼樣？他拿玉簪來是什麼時候的事？」高羽問。

「就兩天前，」秦大娘回答，「我不認得他。這人不高，眼神不正，頭上還有一道疤，好像姓陳……」

「一定是那個陳九！」張擇端低喊。高羽也點頭同意。

「我去找他！」月升說完，轉身就往大門走，張擇端在後面快步跟上。

高羽原本也準備跟上，但秦大娘拉住他，「欸，你不能走啊，要幫我磨鏡子啊！」

高羽無奈，聳聳肩坐回長凳上，拿出工具，認眞的磨鏡子。

＊＊＊

當天稍晚，高羽離開古董店時天已經暗了。本來秦大娘只給他四面鏡子，結果秦老闆從外地採買貨品回來，其中有三面漢朝古鏡，秦大娘滿意他的手藝，一定要他把這三面也給磨了，所以又耽擱了些時間。還好秦家夫婦倆對他很禮遇，準備飯菜茶水讓他吃飽喝足才走。

不知道月升有沒有找到陳九？高羽邊走邊想。她似乎很在意那支玉簪，難道那關係到某個徒弟的後代？在唐朝時，月升曾經收了五名徒弟，結果其中一名背叛她，讓她身受重傷，必須躲在畫中修習，現在她從畫中出來，遇到他和張擇端，都是當年的徒弟的後代。感覺好巧啊！冥冥中好像有股特別的力量，把他們拉在一起。

想到張擇端令高羽胸口一緊，昨天在危急中他求陳九饒自己一命，想一人承擔整件事，雖然陳九最後還是打算對兩人下手，但是那份心意直揪著他。那可是生死關頭啊！能說出那樣的話實在太難了。在那種情況下，顧自己都來不及，還能想到別人，他忍不住心一熱。

不過，想到張擇端對月升事事遵從，一心一意想學法學道的態度又讓他心一冷，忍不住回想起娘的遭遇，爹的無情。

哼，張擇端學了法，一定會找不到老婆，躲在山上只能啃樹木，吃草皮，全身被蟲咬，而且走路腳會抽筋，到時候一拐一拐的來找我訴苦。

「然後，我就會跟他說，『活該！』」高羽一邊走一邊想東想西，忍不住把腦海中的想法說出來。

「誰活該啊？」一個聲音忽然響起，高羽跳了起來，是張擇端。

「你、你火……火冒三丈的樣子，發生什麼事了？」高羽趕快改口。

「我哪有火冒三丈？你到底在說什麼啊？」張擇端奇怪的看他一眼。

高羽聳聳肩，沒有回話。

「你有沒有看到月升師父？」張擇端看看周圍。

「沒啊，你們不是一起走的？」

「師父要去找陳九，我本來要跟去幫忙的，可是師父不讓我去。」

「噗……」高羽忍不住笑出來，白了他一眼，「你去的話，她還要忙著救你！」

張擇端回瞪了他一眼，繼續講下去，「她要我在廟裡等，直到現在都還沒回來，我心裡著急，所以出來四處看看，就在路上看到你，叫你幾次也沒聽見。」

「她是個有法力的仙人，你不用擔心啦。」高羽撇撇嘴。

「可是……」

正說著，一個娉婷的身影出現在暗處。

「月升師父！」張擇端趕快迎了上去。

高羽看她只有一人，「沒找到陳九？」

月升微微搖了搖頭，「我去了你們被俘的土屋，也在附近找了很久，都沒看到人。」

「這批賊人行蹤飄忽，他們看我們跑了，一定也馬上離開，不會留下痕跡。」張擇端說。

「你爲什麼想找他？那支玉簪是怎麼回事？」高羽問。

「我認出那支玉簪，是當年我徒兒鄭涵的傳家寶物。陳九搶劫的那個人，很可能就是鄭涵的後代。」月升說著，三人一起走回廟裡。

「所以師父想從陳九下手，然後去找鄭涵的後代？想不到我先跟高羽師兄弟相認，現在又有另外一個後代的消息，這實在令人振奮。」張擇端搓著手，語氣帶著興奮。

「誰跟你是師兄弟？我可沒答應拜月升爲師啊！」高羽瞟了他一眼。

「不用拜也是師承一派，不能否認。師父的隱靈法已經在我們體內了。」張擇端說。

「我要找到陳九，找到鄭涵的後代。」月升語氣和緩但堅定的說。

「你怎麼知道那個人還活著？陳九心狠手殘，他很可能搶了寶物後殺人！」高羽說。

月升微微皺眉。

「隱靈法一脈單傳，如果陳九殺了那人，那隱靈法不就傳不下去？」張擇端的方臉顯露擔心。

「如果那人已經有子嗣就沒問題。」月升說。

「如果沒有呢？」高羽問，「這樣隱靈法是不是就失傳了？」

「師父可以再找人替補啊！」張擇端眼睛一亮。

「先找到陳九再說。」月升淡淡的說。

「要去哪找人啊！」張擇端雙手抱胸沉思。

「這種到處搶劫，殺人不眨眼的賊匪，還能去哪呢？」高羽想了想，眼珠一轉，臉上露出笑容，「有了！我去打聽一下！」

「你要去哪打聽？再去問那個算命的？」張擇端好奇的問。月升也看著他。

「我去去就回。」高羽對兩人一眨眼，轉身走出廟門。

8

高羽再回到廟裡，已經過了三更天了，他悄悄走進去怕吵醒他們，卻發現兩人都還沒睡。

「你回來了！」張擇端看到高羽，非常高興的站起來迎接，「剛剛師父傳授我一些呼吸吐納的基本功夫，真是獲益良多。」

「找到陳九了？」月升問。

「沒有，不過我知道他三天後會去哪。」高羽嘴角上揚。

「真的？去哪？」月升問。

「樊樓。」高羽的微笑中帶著得意。

「樊樓？汴京最大的酒樓？你怎麼知道他三天後會去那？」張擇端的口氣似乎不太相信。

「我在想，這幫人來到汴京，一定有什麼圖謀，那天聽吳二的語氣，他們好像要行刺童貫，卻不知道爲什麼沒有成功，還認爲我們跟這件事有關。既然第一次沒有成功，他們很可能會再找機會下手，所以我猜，這些人一定還在京城。

「這種人，平日行蹤隱密，但是到了晚上能去哪？總不會躲在客棧裡讀《詩經》、《論語》吧？他們最喜歡流連酒樓，這種地方不會問客人的出身，有錢就是大爺。我今晚在幾個大酒樓裡打聽，果然得知陳九和他的手下這幾天常去樊樓，他還訂了三天後晚上的酒席，要宴請幾個當地仕紳，說要延攬人才，說穿了，就是到處斂財，招募狐群狗黨，找人替他們做事。」

「兄弟，眞有你的，用這方式打聽到他的下落。」張擇端用力拍了一下高羽的肩膀。

「哎喲，會痛耶！」高羽瞪他一眼。

「一個大男人這麼嬌貴。」張擇端挑起一邊眉頭，看了他一眼。

「三天後，我去樊樓找他。」月升說。

「師父，我跟你一起去。」張擇端熱切的說。

「你們打算就這樣大剌剌的走進酒樓，然後來到陳九的面前，直接問他玉簪從哪來的？」高羽來回看著兩人，搖搖頭，「別忘了，他還認得我們的長相，可能還沒靠近他，他就叫人把我們拿下了。」

「我去就好，他們也奈何不了我。」月升臉色平平，但是口氣中帶著傲氣。

「師父……」張擇端正要抗議，高羽又打斷他。

「你不會眞以爲你練了幾個呼吸的方法就可以打敗陳九吧？到時候讓月升師父再來救你？」高羽的話讓張擇端吞了一口口水，說不出話來。

高羽繼續說下去，「月升師父法力高超，要打贏陳九並不難，但是你眞的想在人來人往的大酒樓裡大開殺戒，擄人問話？」

「我沒有要殺人。」月升皺起眉頭。

「是沒錯，不過想知道玉簪的來歷，問一問就好，哪需要用到法力是不是？」高羽說完，眼睛一轉，臉上顯現得意的笑容。

「難不成你有更好的法子？」張擇端不服氣的問。

「三天之後，你們就知道了。」高羽神祕的說。

之後兩天，高羽都一個人進出，買了一包包東西，但不讓另外兩人知道他的計畫。

張擇端問半天問不出來，也不再追問，纏著月升繼續教他法力。

三天之後的傍晚，高羽要兩人在前廳等他，他獨自在後面的禪房待了許久，沒有動靜。又過了好一會，張擇端開始失去耐心，正想著要不要去催一下，一陣細碎的腳步聲傳來，張擇端跟月升看向腳步聲，兩人又驚訝又疑惑。

一名穿著長衫交領，淺紫色衣裙的女子走進前廳。女子面貌姣好清秀，兩眼靈活有神，左邊嘴角有顆硃砂痣，顯得俏皮活潑。

月升銳利的看了女子一眼，張擇端則是雙眼直盯著不放。

「姑娘是……」張擇端張大嘴，說不出話。

「見過張公子。」女子巧笑倩兮，瞄了張擇端一眼，然後她聲音壓低，「是我高羽，你的兄弟。」

「你、你……你扮女裝？」張擇端盯著他，不敢相信，「難怪我覺得眼熟。」

「怎樣？還像吧！」高羽又笑了笑。

「連聲音都像女人。」張擇端兩眼瞪大說。

「你打算這樣去樊樓？」月升問。

「我懂了，你要去陪陳九喝酒，藉機套出玉簪的來由。」張擇端恍然大悟。

「沒錯。陳九的手下吳二認得我們的面孔，要靠近他們不容易，恐怕還沒問到話就先被抓起來。所以我扮女裝，混到他身邊，他絕對認不出來的！」高羽拍拍手，刻意顯得嬌羞的樣子。

「可是你要怎麼進樊樓？那地方可不是隨便人等都可以進去的。」張擇端問。

「你知道李師師嗎？」高羽看他點頭，繼續說，「我上回在街上救了她，這次跟她商量一下，她馬上就答應幫忙了。」

「眞有你的。」張擇端語氣佩服，他仔細看著高羽，指著他的臉，「你什麼時候嘴角長痣？」

「我畫上去的。」高羽白了張擇端一眼，揮開他的手。

「這也是假的，塞了襪子吧！」張擇端指了指他的胸部。

「喂！我現在扮成女生，不要動手動腳。」高羽往後退一步，瞪了他一眼。

張擇端臉一紅，覺得哪裡怪怪的，又說不上來。

「所以你這幾天就是在準備這些行頭。」月升說。

「是啊，」高羽轉向月升，「對了，我想跟你借一下朱雀玉簪，好讓他跟我說話。」

月升想了想，點點頭，把玉簪拿出來。

「我的計畫是這樣的……」高羽說。

＊＊＊

時間已過二更，陳九看正事談得差不多了，命人拿來更多的好酒，這時高羽和幾名女子，跟著李師師一起進入這間廂房。

「京城最有名的師師姑娘！多謝賞光，來來來！」陳九看到李師師出現非常開心，馬上站起來迎接。

李師師跟高羽悄悄交換一個眼神，兩人分別挨著陳九左右兩邊坐下。

高羽打量四周，陳九跟吳二都在，其他人不認得，聽陳九的介紹，都是地方上一些有錢的仕紳。

這間廂房位在二樓，面臨大街，高羽可以透過窗戶看到街上人來人往，熱鬧喧譁。有酒有美女，一群男人開始大聲談笑，還有人唱起歌，氣氛熱絡。李師師也在大夥的要求下吹起了笙，唱了幾首小曲，幫大家助興。

李師師聲音清脆中帶著溫柔，隨著樂器的音符繚繞，在場每個人都痴痴的聽著。

一曲完畢，眾人如夢初醒，大聲鼓掌喝采。

李師師微微一笑，欠身作爲答禮。

「謝謝客官們捧場，」李師師舉起酒杯，「來，一起乾一杯。」

「好曲兒！乾！」陳九豪邁的灌下一杯酒，高羽拿起酒壺，傾身彎腰。

「啊！」高羽一聲嬌呼，假裝不勝酒力，身體一歪，倒向陳九。

陳九哈哈大笑接住了他。

「姑娘酒喝多了，要小心啊。」陳九看著他，臉上帶著陰險的笑。

「謝謝陳爺。」高羽輕聲答謝，摸著頭上的髮髻，「哎呀，我的玉簪掉了。」

陳九轉頭一看，露出詫異的臉色，接著彎下腰將朱雀玉簪撿了起來。

「這不是……」陳九皺著眉頭看著手上的玉簪。

「陳爺認得這玉簪？」高羽從他手中接過玉簪，用一種天眞隨意的口氣問，「我昨天在古董店買到的，秦大娘說這來自一個商朝公主的古墓，千辛萬苦才尋來，本來要賣一百兩的，算我便宜，賣我八十兩呢。」

「這個奸詐貪財的賊女人！」陳九瞇起眼睛，臉色不悅，「什麼商朝古墓！這是我賣給她的！」

「眞的？」高羽瞪著無辜的大眼睛，「不可能啊，她信誓旦旦的說是一個皇室公主的陪葬品呢！」

「哼，千眞萬確！是我前幾天賣給她的，她還說什麼這東西不值錢，可惡的婦人。」陳九可能覺得很丟臉，哼哼兩聲，沒有說下去。

「陳爺，這玉簪哪來的？上頭的朱雀眞漂亮，我也想要有一支呢！」李師師在一旁輕聲細語，又斟酒又端酒，適時的加入話題。

「是啊，我看陳爺一表堂堂，應該不會是盜墓賊吧？」高羽刻意拿話激他。果然，陳九馬上臉色一正說，「我怎麼會是盜墓賊！我跟隨方臘聖公起義。聖公爲民請命，抵抗朝廷的腐敗，義軍一路攻陷青溪，去年十二月時攻下指揮花石綱的杭州，全盛時期統整六州五十二縣。這支玉簪是我和聖火使者在杭州一個想要反抗義軍的家裡搜到的，據說是他們店裡的傳家寶。」

陳九看著在場的仕紳們，意有所指的說下去，「這種大戶人家仗著家中的寶物財產，作威作福，而尋常百姓們卻民不聊生，世上還有公理嗎？我們義軍就是要匡正這樣的頹敗風氣，如果有能力的人願意捐出財物，相助義軍，那將來滅了宋軍，江山就是我們共有的，不然的話，嘿嘿，下場就跟杭州何家一般，不僅要被抄家，財產充公，性命還可能不保，聖火使者可是殺人不眨眼的！」

這杭州何家一定不是尋常百姓之家。高羽心裡想，這下有線索了。

「陳爺放心，聖公大仁大義，我等一定盡心盡力，解囊相助。」一個看起來胖胖矮矮的男子站起來拱著手說。其他人也馬上應和。

一群膽小的馬屁精。高羽心裡暗罵，不過臉上還是展現可親的笑容。

「王員外急公好義，我久仰大名，今天一見果然不同凡響，來來來，我們一起敬聖公三大杯！」陳九自己喝下一杯又一杯的酒。

酒酣耳熱之際，陳九摟著高羽的肩膀，也逼著他喝酒。

「不了，我喝多了。」高羽努力的推辭，心裡想著等等再來追問何家人的下落。

「等等……」陳九看著高羽好一會，「你看起來很眼熟。」

「怎麼可能？小女子今天是第一天和陳爺見面！」高羽開始緊張，難道他認出來了？她把頭壓低。

「我們是哪裡見過面呢？」陳九的頭偏來偏去，搜尋高羽的臉。

高羽覺得胸口心臟怦怦跳著，劇烈到頭都快暈了。

「怎麼可能呢！陳爺認錯人了。」高羽細著聲音說。

「陳爺人面廣，見的人多，可能弄錯了。」師師也幫著說話。

陳九看著高羽，「我們真的沒見過面？」他的尾音拉長，聽起來令人毛骨悚然。

「沒有，沒有。今天第一次見到陳爺，眞是覺得三生有幸啊，我相信在座的各位也是這樣覺得，是不是？」高羽努力東拉西扯的。

陳九又左右端詳，「你是那天在凝香樓的那位……珠媛姑娘？她也是嘴角有顆痣。」

原來是認錯人了。高羽很慶幸自己事先點了那顆痣。

「哎呀，陳爺好眼力，我就是豬圓，還以爲陳爺忘了我呢！」高羽心裡暗罵怎麼會有人的名字稱自己是豬，不過還是趕快揚起左邊的下巴，讓那顆痣更明顯的在他眼前晃。

陳九伸出左手，扣著高羽的下巴。高羽覺得他的力道有點大，可是又不敢亂動，害怕引起更多注意。

「所以我們是見過面，還是沒見過面？」陳九語氣緩和，還帶上微笑，但是一點都不讓人感到親切。

「我們……之前在凝香樓見過面，但是沒在這裡見過面。」高羽腦筋轉得飛快。

「我這人啊，有個特長，」陳九忽然嘆口氣，高羽臉上被噴滿酒氣，味道難聞極了，「見過的人不會忘記，從沒認錯過。」

高羽覺得他的手扣得更緊了。

「我明明見過你，卻又認不出你是誰？」陳九臉一沉，「凝香樓根本沒有什麼珠媛姑娘，你東拉西扯有何居心？你到底是誰？」

高羽知道陳九還沒認出來，但是已經起疑心了，他緊張得手心冒汗。

「哎呀，陳爺，」李師師扯扯陳九的另一隻手，柔聲的說，「一個酒樓姑娘不值得您生氣，她人笨記性不好，陳爺不要在意，我等下再好好罵她。今天宴會來了這麼多人，多熱鬧啊！您是身分尊貴、有權有勢的大人物，幹麼跟小小女子計較？您不要動氣，我再給您倒酒，我們乾一杯。」

陳九被她捧得心裡舒坦，臉色放鬆許多。

高羽感覺到陳九的手放開自己的下巴，他趕快把手伸入懷裡。

「你要做什麼？」陳九警戒的抓住他的手。

高羽的另一隻手拿著玉簪在面前晃晃，「剛才我的玉簪不是掉了嗎？我要插回去，想拿鏡子出來照而已，插歪了多難看啊！」高羽用嬌嗔的語氣說。

陳九把高羽的手拉出來，果然手上握著一面銅鏡，他瞪了一眼，把高羽的手放開。

高羽白了他一眼，同時也鬆一口氣。李師師這時端了一杯酒過來哄著陳九喝下，其他人也鬧烘烘的繼續喝酒聊天。

高羽對著鏡子左瞧右瞧，似乎都不滿意玉簪在頭上的位置，一直變換鏡子的角度，一下子拿高，一下子拿低，一旁的燭火映照在鏡子上，反射出陣陣光芒。

「你還沒說，你叫什麼名字？」陳九雖然又多喝了兩杯，可是並沒有忘記這件事，眼神灼熱的看著她。

高羽又把鏡子換個角度，「我叫……」

他的話還沒說完，大街傳來震耳的爆炸聲。

「砰！砰！」

同時還傳來各種尖叫聲。

「快跑啊！」「方臘軍來了！」「那是信號，方臘殺進城了！」「快關上門！」「砰！砰！砰！」「打仗了！」「砰！」

宴會上所有人臉色大變。

一個高高胖胖的男子站起來，一臉不悅的說，「陳爺，你不是說義軍要來汴京前會先通知我們，讓我們有所準備，把家人和家當處理好？」

「是啊是啊，」另一個穿綢緞大衣，手拿著念珠的男子說，「今天這樣算什麼？甕中捉鱉？把我們一網打盡？」

「各位，陳某今天絕對是誠心誠意請大家吃飯，共商大事的。」陳九一臉陰鬱卻努力保持誠懇的樣子，「這些信號絕對不是我們義軍弄出來的，陳某可以用腦袋保證！讓我查出誰在搞鬼，我一定讓他生不如……」

他的話還沒說完，一樣事物從窗外飛進來，嗤嗤作響，然後大家還沒來得及反應，便砰的一聲炸了開來。

9

「啊！」「有火藥啊！」「快跑啊！」

屋內的男男女女嚇得大叫。

「方臘殺進酒樓啦！」高羽跟著喊著。

一群人聽了更是驚慌，嚇得衝向大門，飛快離開。

高羽跟著大家，下樓後趁亂來到酒樓後面的暗巷，換下一身淡紫女裝，剩下裡面平常穿的工匠服，又拔下髮髻上的玉簪，抹去嘴角的硃砂痣，確定附近沒有人後，才走進大街裝著跟一般人一樣驚慌失措的樣子，快步出了城門，回到棲身的廟裡。

「你回來了！太好了，你沒事。」張擇端的方臉上堆滿開心的笑容，高羽看他擔心的樣子，心裡覺得暖暖的。

「謝謝你救了我。」高羽給他感激一笑。

「是你的計畫好。」張擇端佩服的說。

原來，高羽除了安排自己接近陳九外，也想好了退路。他讓張擇端扛起自己的工具箱在街上行走，但是裡面卻裝滿煙火，這也是他事前去不同的店家買來的。他吩咐張擇端收買幾個路邊的乞丐，等到高羽用鏡子反射的光線做信號，張擇端便點起煙火，而這些乞丐們則到處叫嚷「方臘殺進城了」，引起人們的恐慌，製造混亂，高羽便能趁機逃跑。

「你居然膽子那麼大，把一個煙火丟進屋子！」高羽瞪大眼睛說。

「我不是故意的，」張擇端抓抓頭，表情不好意思的說，「我只是想讓煙火靠近樊樓一些，沒想到風一吹，就掉進你們的廂房了。」

「沒事沒事，這招妙啊！你沒看到那些人嚇得在地上爬的樣子，有一個用滾的，還有一個人尿溼褲子呢！」高羽大笑起來。

「你問到了什麼？」月升平靜的聲音傳來，帶著一股安定人心的力量，讓高羽亢奮的心情冷靜下來。

「玉簪來自杭州何家。」高羽說，「這是有錢的大戶人家，應該很容易就打聽到消息。」

「那何家人呢？還活著嗎？」月升問。

「不清楚，」高羽說，「對了，陳九說到什麼聖火使者，和義軍一起去抄家。那個聖火使者好像手段殘忍，會到處殺人。」

「那個就是我提過的摩尼教的聖火使者。」張擇端說，「因爲這個使者展現神蹟，又大力鼓吹，方臘才開始招兵買馬，起義作亂。」

「這個使者會法力？」月升晶亮的眼睛帶著一抹寒霜。

張擇端聳聳肩，「關於她的傳說很多，像是她已經一千多歲了，滿頭白髮，卻有著少女的面容；她不用出手，用眼睛一瞪就可以殺人；她會讀心，知道你在想什麼；她可以把石頭變成黃金……」

「眞的這樣的話，幹麼辛苦去搶民宅？隨便撿撿石頭就行了，滿地黃金啊！」高羽撇撇嘴，不以爲然的樣子。

「這些傳聞聽聽就好。」張擇端笑笑說。

高羽從懷裡拿出玉簪，遞給月升，「你要去杭州找何家人嗎？」

「師父，如果你要去杭州，我也跟你去！」張擇端表情誠摯的說，接著轉過頭看著高羽，「你也會一起去對吧？」

「我……」高羽猶豫了一下，「哎呀，我們功力那麼差，跟著去只會礙手礙腳。」

兩人同時望向月升，她沉默一陣，淡淡的說，「先休息吧，明天再說。」

第二天早上，高羽還在睡夢中，就聽到張擇端慌慌張張的喊著，「不好了！你們快起來。」

高羽立刻驚醒，披上外衣來到前廳。

只見張擇端神色緊張，手上拿了一些食物，這幾天都是他一早起床，買早點給大家吃。

「怎麼了？今天沒買到饅頭？」高羽打個呵欠。

此時，月升也從畫中出來，現身在兩人面前。

張擇端不理會高羽的諷刺，瞪他一眼說，「昨晚，秦家古董店全家上上下下都被殺了，一個活口也沒留。」

「什麼！」高羽一陣冷汗，睡意全消。

「我去買早點的時候，賣包子的說，昨夜裡大約寅時，秦家鄰居聽到淒厲的尖叫聲，卻沒有聽到打鬥聲，一早起來，發現秦家大門敞開，院子都是血，他們趕快報官府，消息才傳開來。他們一家三口，加上僕從，總共五條命啊。」張擇端難受的說。

「是誰做的？」月升的口氣冰冷。

「現場留下了聖火記號，是方臘那幫人慣有的示威方式。」張擇端說。

「陳九！」高羽整個人癱坐在地上，「都是我，是我害死秦大娘！我為了要套陳九說出玉簪的來歷，騙他秦大娘低價收購玉簪後高價賣出，他聽完非常生氣，才去殺了秦家全家洩憤。」

高羽覺得好痛心，他無意的一個謊竟害死了一家人。

「你先不要把一切攬在自己的身上，我再去打聽更多的消息。這裡有包子跟大餅，你們先吃。」張擇端說完放下早點，匆匆離開。

兩人看著食物，卻沒有人有胃口。

「唉，想不到，我救了那個女孩，結果還是難逃一死。」月升嘆口氣。

「都是我……都是我亂說話，才害死他們的。」高羽雙手掩面，淚如雨下。

月升靜靜的等他哭過一陣子，從廟後方的井打了一盆水，拿條棉巾，讓他把臉洗淨擦乾。

「謝謝。」高羽低聲說，口氣還是很悲傷。

月升盤腿坐在高羽面前的地上，直直的看著他。

「你為什麼不肯學法力？」月升問。

高羽搖搖頭，沒有說話。

「你是女兒身，一直扮成男裝，為什麼？」月升的口氣平緩有力。

高羽驚訝的抬頭看著她，「你……早就發現了？」

「沒有，你以女裝出現的時候，我才明瞭。你扮得很像，我也被蒙在鼓裡。」月升兩眼清明的看著她。

「那……張擇端？」

「他沒看出來。」月升微微一笑。

「那個呆頭鵝。」高羽低聲嘟囔。

「他沒看出來的東西才多呢。」月升意味深長的說。

高羽臉一紅。

「你女扮男裝，跟你不想學法力有關係嗎？」月升問。

高羽深深吸一口氣，過了好一會再嘆一口氣，緩緩說道。

「從我小時候有印象開始，我爹就著迷於修道修法，他說我們有一套祖傳的練功心法，在我五歲時開始傳授給我。他一直想精進自己的法力，所以到處尋找道人、師父練功練法。」

高羽口氣幽幽的繼續說：「他常常不在家，少則數日，多則數年，只有我跟娘相依爲命。娘親獨自扶養我，出去幫人洗衣掙錢，受了很多委屈。我從小就盼著自己長大，這樣才能掙錢，分擔娘親的辛勞。於是，當我可以扛起爹爹的工具箱時，就開始幫人磨鏡，我立志要讓娘過好日子。」

說到這，高羽的眼眸蒙上一層霧氣。她眨了眨眼，繼續說下去。

「我爲了不受人欺侮，扮成男人的模樣，這樣在路上行走比較不會受人注目。在這世上，當男人比當女人容易多了。我每天早出晚歸，背著工具箱上街吆喝，附近的人家都需要有人幫他們磨鏡，尤其是愛美的少婦們，更是要確定自己的鏡子常保光亮清明。

「我憑藉著手藝做出口碑，開始去鄰近的村落幫人磨鏡，娘親不需要再外出掙錢。她在院子裡種菜養雞，我們兩人簡單過活。但爹爹不時會回家討錢，他到處拜師，探訪不少名山，這些都需要銀兩。每次他出現，就是錢用完了，回家裡討，好再去拜師。」

高羽想到爹爹回家後的惡形惡狀，嘆口氣。

「有一次，爹爹回來，剛好我去幫人磨鏡回家，他看到我的裝扮，非常厭惡，罵我不男不女。娘爲了維護我跟他吵了起來……

「『羽兒這樣是爲了家計，你呢？替這個家做了什麼？』娘哭著說。

「『錢錢錢，你這個無知的婦人，眼裡只有錢！』爹爹大吼。

「『那你有本事，就不要回來拿錢！』娘也吼回去。

「『你說什麼？』爹爹走過去便給了她一巴掌，還把她推倒在地，『把好好的女兒養成這樣不男不女的怪樣，你有什麼資格說我？』

「他氣起來，又用力的踢了娘好幾下。我看不下去，衝上去把爹爹拉開，他看了我們母女一眼，拿走一筆錢，恨恨的離開。這一走，又是一年。有一天，娘不在家，他又回來了。我說娘去鎮上買米，我去喚她回來。爹爹說不用了，要我跟他坐下聊聊。

「他和顏悅色的叫我進房，問我這一年的生活如何，我一一回答，他和善的倒了一杯茶給我，我拿起杯子就要喝下去，忽然爹爹的胸口射出一陣白光，照在我的手上，我手一震杯子便掉到地上，茶灑了滿地。

「我驚訝的看著爹，他臉上的表情也是又驚又怒，他從懷裡拿出一面鏡子，放在桌上，好奇又驚恐的看著。我認得那面鏡子，那是爹爹祖傳的銅鏡，想不到，鏡子上面有股神祕的力量，會發出白光，還會打落我的杯子。這時，一名女子忽然出現在他房裡，看來在我進屋前，她就先躲在裡面了……

「『不能讓她跑啦！你的祖訓說你只能有一個後代，你想要兒子的話，就要先把女兒給殺了。我們才能有孩子。』這個比娘年輕的長臉女子說。

「『女兒啊，爹爹想要有個兒子，不是你這樣的兒子，是眞兒子，你若眞想當男人的話，就快快投胎，下輩子找個好人家。』爹爹看著我說。

「說完，他臉色沉重對那女人點一下頭，女人嘴角閃過一個微笑，一把刀出現在手上，對著我刺來，我當時功夫已經不錯，擋過她的攻勢，正要抓住她的手時，我感到身體一緊，原來是我爹爹過來抓住我，我的功夫是他教的，他當然知道怎麼制住我。

「那女人露出可怕的笑容，手一舉，一落，刀子已逼近我面前，可是爹爹牢牢抓住了我，怎麼也逃不了。我以爲自己就要死在那女人手上了，結果又一道白光從桌上的銅鏡射出，這次直直射到女人的胸口，她兩眼一瞪，手上的刀子落地，然後往後一仰，倒了下去。爹爹大驚，他丟下手上的銅鏡，跑到女人身邊。

「『你這個不男不女的妖怪，殺了我的女人！』爹爹抬起頭瞪著我，臉上的表情扭曲。他撿起刀子，滿臉怒容的朝我走來。我嚇傻了，站在原地動彈不得。

「這時，娘剛從屋外回來，看到這一幕，一個箭步衝過來，擋在我身前，那把刀……那把刀就這樣刺進她的胸口。」

高羽講到這，發現自己滿臉的淚水。月升再度遞一條棉巾給她。

高羽停頓了好久，繼續說下去，「娘就這樣倒在我的懷裡，爹爹瞪了我一眼，過去抱起那個女人便離開了，那是我最後一次見到他。娘臨終前叫我離開村子，去外面討生活，不要再回來，不要再跟那個人有牽扯。她交代完就斷氣了。

「我把娘的後事辦妥，收拾東西的時候，發現爹爹的銅鏡遺留在房間角落的地上，我回想起這面奇怪的鏡子救我的情形，我想那天，爹爹恐怕在給我的那杯茶裡下了毒，於是我把這面鏡子收好，帶上磨鏡工具，離開我生長的村莊，開始在各地行走，磨鏡為生，最近來到汴京。」

高羽看著月升說，「這樣你懂我爲什麼不想學法力了吧？我爹就是被法力沖昏頭，所以才會做出殺妻殺女的事情，我有功夫可以防身救人就夠了，不想學什麼法力。」

月升點點頭，過了一會說道，「你知道鏡子後面那些字是什麼意思嗎？」

「不知道。」高羽搖搖頭。

「努力治事，日給月異。終身順護，至恭必富。宜子孫。」月升唸了出來，「你的祖先王冉奇給我看過這面鏡子，他當時在這幾個字上施了法，說要用來保佑後代子孫，希望世世代代都能平安和順。」

「你是說，這面鏡子上的法力在我面臨生死關頭時保護我？」高羽問。

「是的。」月升說，「法力可以害人，也可以幫人。」

高羽看著月升，思考她說的話。

「張擇端不是壞人，爲什麼你不讓他知道你是女兒身？」月升問。

高羽輕嘆一聲，「我曾立誓，這一生不婚不嫁。所以我扮成男裝，除了保護自己，也是希望沒有男人會對我有遐想，這樣我就不會有下一代，每代單傳的詛咒也不會傳下去了。」

「想不到，我創的隱靈法竟變成了詛咒……」月升低聲說。

「你爲了抵抗闇石的力量用心良苦，但是這東西先被你制住，後來又被你師兄徐福帶走，不知下落，從秦朝到現在過了一千多年，闇石都沒動靜，一定沒問題了。而且現在你恢復了法力，又長生不老，」高羽看著她，「或許，隱靈法不需要存在了。」

月升回應她的目光，「我想找到當年五個徒弟的後代，確定他們沒事。這需要喚醒你的法力，你的銅鏡可以幫我找到他們。」

高羽沉思了一會，「所以你希望我學法力？」

「是的，玉簪持有者杭州何家是鄭涵的後代，現在下落不明，陳九那些人，還有那個聖火使者都不是善類，如果此人不幸落在這些人的手上，我就得設法救他。」月升說。

講到方臘和陳九，高羽想到枉死的秦家人，她咬咬牙，眼神堅定望著月升。「好，我答應你。不過，我有個條件。」

月升定定的看著她。

「我幫你找到另外三個後代，但是找到他們之後，你要除掉我們身上的隱靈法。」高羽補充，「如果其他人想跟你學法，那是他們個人意願，但是你強加在我們身上的隱靈法可以消去了。」

「因爲你想跟張擇端在一起。」月升平淡的說。

高羽臉一紅，頭一抬，「是的，我喜歡他，未來的事難說，但是我不想還沒開始就注定不能有結局。」

月升點點頭，「好。我答應你。」

「眞的？」高羽沒想到她這麼快就答應，臉上不自覺綻開了笑顏。

「當然。」月升簡短的說，但是高羽知道，她是說到做到的人。

「喚醒我體內的法力很難嗎？需要很久的時間嗎？」高羽好奇的問。

「每個人的資質高下不同，而且經過這三百多年，你們這些後代的差異一定更大。

你先坐好，我看看。」月升讓高羽在地上盤膝坐正，自己起身坐到她的背後。

高羽感到月升的雙掌抵在她的後背，一股暖意從月升手心運送到她的體內，緩緩的漫向她的四肢。接著她感到月升手中傳出一道涼氣，像清水流過那般，通過全身穴道，感覺非常舒暢。

「試著運行你的內力跟我的力量相抗。」月升低聲道。

高羽深呼吸後緩緩的運氣，提拉體內的一股力量，讓它運行全身。

月升一暖一涼的力量在周身繞轉，跟她自己的力量相接觸，過了好一會，月升才收回這股力量站起身，高羽也跟著站起來。

「看來，你爹傳承不少王冉奇的心法，這也是你出手救李師師時我會認出來的原因。」月升說，「我只要六個時辰，就可以喚醒你體內的法力。」

「哇！要半天的功夫啊！」高羽吐吐舌頭，「所以我不需要像張擇端那樣從呼吸吐納開始練起嗎？」

「不需要，你已經有底子了，跟他不同。」月升說。

「說到這人，怎麼出去這麼久還沒回來？」高羽忽然覺得不安，走到門外張望，外頭沒有人影。

月升也眉頭微皺。

「他到處打聽，會不會又被陳九抓去？」高羽越想越不對勁，「陳九很會認人，若被他逮到，一定不會善罷甘休的。」

「你可以用法力看到他在哪嗎？」高羽停下來回走動的腳步，轉頭問月升。

月升搖搖頭。

「你測試我的時候，曾施法力在我身上，讓我們被抓的時候知道我們的下落，你沒有在他身上也施點法力嗎？」

「沒有。」月升只是簡短回答，沒有多做說明。高羽瞪她一眼。

「我去找他！」高羽說完就衝出廟門。

10

高羽先去包子攤，賣包子的說張擇端早上買了包子就沒再過去了，不過今天到處有臉生的外地人在附近走動。高羽猜想，可能是方臘的人。

她又去了幾個常去的店鋪，也都沒有人看到他，她打算再去一趟客棧，看他有沒有回去拿東西。

她沿著大路向東走，不停左右張望，到處詢問，可是都沒有張擇端的消息。

「小哥！」一個熟悉的聲音叫喚著，高羽轉過頭，一個身形修長的少年對她揮著手，高羽想起來，那是算命先生的兒子。

「太好了，又遇到你。」少年臉上帶著微笑，招手要高羽到算命攤前。

「你找我？」高羽睜大眼睛。

「這是你的錢，還你。」少年伸出手，掌心裡有十文錢，「你們又沒有要算命，不過問一些尋常問題，我爹還要收錢，實在不應該。不過他不是壞人，只是講到錢比較斤斤計較。」

高羽沒想到，這少年會把錢還他，覺得這個人挺光明磊落，「謝謝你。我叫高羽，如何稱呼你？」

「我叫柳定權。」少年朗朗的說。

高羽收下錢，「好，我交你這個朋友。這是你自己的錢？」

「當然是我的錢，我自己賺來的。」柳定權看她收下錢很開心，得意的說，「我娘生病了，我跟爹爹輪流照顧她，也輪流顧算命攤，所以我也會算命卜卦賺錢。」

「你娘生病了？這錢你給你娘看病，不用還我了。」高羽想把錢還給他，可是柳定權連忙搖手。

「我是眞心想還你的！」柳定權堅定的說。

高羽覺得不好意思，心生一計。

「你說你會卜卦？那你可不可以幫我測一下？」高羽問。

「好啊，你想測什麼？」柳定權很有興趣的問。

「我在找我朋友，他早上出門後就沒有消息，我想知道他在哪？」高羽說。

「你的朋友叫什麼名字？」柳定權問。

「他叫張擇端，你也見過他，那天跟我一起在算命攤上問你爹問題。」高羽說。

「生辰年月日？哪裡人？」柳定權又問。

「我不知道。」高羽忽然覺得自己對張擇端的事知道不多。

柳定權想了一下，「這樣好了，我們來測字。」接著拿出紙筆墨硯，「這邊有四張椅子，隨便坐，然後在紙上寫下你的名字，還有他的名字。」

高羽依言，拉開一張椅子坐下，然後在紙上寫下兩個名字。

「高羽，張擇端。」柳定權把紙拿過去，他仔細看了好一會。

「生辰八字是先天注定的；名字則來自父母，是後天加諸於人的。名字跟隨著人一輩子，所以也影響人的一生。」柳定權用手指在紙上順著筆畫比劃，「除此之外，還要看這人的心性，看這人身邊吸引什麼樣的人。你寫了你們兩人的名字，從這裡，可以看到很多事。」

「什麼樣的事？」高羽好奇的問，她沒有聽過這樣的算命方式。

「我剛才看你寫名字的時候，你自己的名字寫得非常快速，除了你寫習慣外，可以看出一種滿不在乎的態度。並非你對自己輕蔑不上心，而是你不把自己端在上方。你的筆觸娟秀中帶蒼勁，代表你有細膩的心思，同時又有開闊的胸懷，我猜你不是甘願長久待在一個地方的人，你喜歡到處行走，闖蕩江湖。」

高羽聽著猛點頭。

柳定權指著另一個名字，「你寫到張擇端時，慎重而仔細。這張紙上，你把他的名字寫在正中央，代表你很重視這個人，他對你來說很重要。我雖不知他的生辰，但是有一面之緣，幾句話中，我對他印象深刻。他面方額寬眼開，本是流順之命。但是在你認識他之後，他會遇到些波折，不過如果用心處理，一定能化險爲夷。」

「但是他早上出門去探聽消息之後，就沒有回來，我問了好多人都沒看到他。」高羽焦急的說。

柳定權看了看高羽，再仰頭看向四周，「你剛剛在四張椅子中選了南首的位置，你寫的端字的最後一筆勾起來時，朝向你的左邊，也就是西位。你朝西去尋應該可以找到他。」

「朝西？」高羽想了想，「那是汴京城內的位置，你是說，他在汴京城內？」

「我沒說他在那。我只是說，你要找他得朝西去，那裡有你要的訊息。」柳定權說。

「汴京城那麼大，要去哪找？」

「很抱歉，我只能看到方向。」柳定權不好意思的說。

高羽有點氣餒，不過想到另一件事，「對了，你說在大客船傾斜的時候，過來攤子找你爹，當時這裡有五個人，你記得他們的樣子嗎？」

「當然。」柳定權點頭。

「那你記不記得，一個叫陳九的人？他長得不高，但是身材結實，額頭上有道疤。」

高羽描述他的長相。

「記得。」柳定權微微皺眉，看來，他也知道陳九是什麼樣的人。

「那你可不可以也測一下，張擇端的失蹤，跟他有沒有關係？」高羽問。

柳定權把剛才那張紙再度推到高羽的面前，「你把陳九的名字寫在張擇端的旁邊。」

高羽看著紙，想了想，寫下陳九兩個字。

柳定權拿回紙，再度端詳，「你聽了我剛才的話，所以你這次下筆小心。刻意將陳九的名字寫得距離張擇端遠一些，而且寫在他的名字的右邊，也就是東邊，希望他的失蹤跟陳九無關。

「不過，你寫陳九這個名字時，看得出你下筆浮躁，九字最後一撇快速離手，還是指向西方。這兩人從算命攤開始就已經有關聯，現在又同出現在一張紙上，同指西方，這關聯還沒斷啊！」

高羽聽了一身冷汗，「有沒有化解的方法？」

柳定權想了想，「我畫個符給你。」

他拿出一個裝了水的盆子，拿起剛才寫了三個名字的紙，點火把紙給燒了，然後讓灰燼落入盆中。接著他又拿出紙筆，先用筆在水中攪一攪，然後在比較小的一張紙上，直接用盆裡的清水在上面寫字，寫完一張後再寫另一張。

「你寫什麼？」高羽只看到水漬在紙上暈開又乾掉，好奇的問。

「天機不可洩漏。」柳定權神祕的一笑，把兩張紙各摺了三折，對它吹了口氣，遞給高羽。「我只是個算命的，不是神仙，這兩個符是平安符。等下你拿去後……」柳定權詳細告訴高羽該怎麼做。

「好，了解。」高羽慎重的收下符紙，拿出剛才的十文錢，又另外添了十文，「這是你幫我測字解厄的酬勞。」

「可是，這……」柳定權遲疑的看著高羽。

「收下。」高羽把錢放在桌上，「這是你靠自己的努力賺來的錢，收下吧。」

「那我就不客氣了。謝謝。」柳定權爽朗的說。

「那我去虹橋了。」高羽對他一拱手，轉身離開。

高羽往前走來到虹橋，這裡一樣熱熱鬧鬧的。他依照柳定權的吩咐，走上虹橋最高處，面向東，嘴裡重複唸著，「厄運隨水東流去、厄運隨水東流去……」然後拿出其中一張符紙，撕成一小片一小片，手一揮，小紙片隨風落入河水中，隨著翻滾的汴水往東流去。

高羽做完這件事之後，覺得踏實安心許多。她離開虹橋，趕快回到廟裡。

「他回來了嗎？」高羽抱著一絲希望問月升。

「沒有。」月升搖搖頭，「你打聽到什麼消息嗎？」

「有人跟我說他在京城裡，而且跟陳九有關，很可能被抓走了。」高羽在廟裡來回走動，「我們要去哪找人？京城這麼大，唉，如果我早學了法，就可以用銅鏡看到他在哪了！」

高羽之前怎麼也不想學，現在卻懊惱了。

「記不記得你去會陳九前我囑咐你，在樊樓的時候，你讓玉簪落地時，不要自己去撿，讓陳九去撿？」月升忽然說道。

高羽用力點頭，「有，是陳九撿起來的沒錯。我以爲是要讓他親自看到玉簪，勾起對這根玉簪的回憶。」

「沒錯，不過你去見他前，我把玉簪插進你髮髻時也施了法，讓下一個人碰到它時，可以憑藉沾上的些微精氣追蹤。當時，我擔心你被陳九抓走，或是玉簪再度被他拿走，所以才這樣做。」月升解釋。

「太好了！不過，已經隔了一段時間了，現在法力還有效嗎？」高羽問。

「要試試看。」月升拿出玉簪，用左手掌心托住，右手對著玉簪施法，玉簪微微浮起。她右手平舉，掌心朝下，從玉簪上面慢慢掠過，玉簪微微震動了起來，但是沒多久，又停了下來。

「感覺還有效力，但是距離太遠，無法辨認出方向。還好你問出在西邊，那就有方向了，我先進城去。」月升說。

「我跟你去！」高羽看月升皺起眉頭，搶著說，「我的武功不弱，上次被陳九抓起來是因爲他們在房間裡下毒，事先沒有防備，現在我會更謹慎。而且，我會帶著祖傳銅鏡，你不是說它會保護我嗎？我不會有事的。」

月升想了想，說，「好，一起去。」

高羽決定扮成一個痲臉小婢女。她找出張擇端作畫的丹青，用水調色，點滿了臉，自己都快認不出鏡子裡的自己了。頭頂梳成小髻，穿上簡單的衣裙，跟著月升上街。幾天前月升在土屋救他們時，陳九已經離開了，兩人沒有照面，所以陳九不認得月升。

兩人來到大街上，朝西而去，不久後進了城門。

汴京城內比城外更加熱鬧，人們來來往往，小販大聲吆喝，道路兩旁商店林立，除了平民百姓，還有許多牲畜，有人騎馬，有人趕牛，還有西域來的駱駝商隊緩慢走著，帶著異國風情。

高羽警戒的看著四周，京城內歌舞昇平，看不出什麼不對勁的地方。

她們在城裡走了好一會，高羽低聲問，「我們是不是再看看玉簪能不能指出陳九的位置。」

月升點點頭，找了一個不引人注目的位置，拿出玉簪，她的右手再度對著玉簪施法，玉簪微微震動了起來，這次，震動的力量越來越大，接著玉簪的尖端抵著月升的掌心，朱雀那端微微浮起，慢慢站立起來。

高羽睜大眼睛看著，不敢相信玉簪就這樣直挺挺的立在手心，看來她們越來越接近了。

「朱雀朝著東方，我們走過頭了。」月升說。

她們折返又走了一會，月升再試一次，這次朱雀向著西。

高羽心臟怦怦的跳著，目標越來越明確了，就在這兩個點之間。

她們放慢速度來回走著，最後，看到朱雀停在月升的手上。

「這裡。」月升停下腳步，高羽看到她手上的玉簪轉向北方，她轉頭向右看，那是一家很大的正店——孫羊店。

「陳九可能在裡面吃飯喝酒。」高羽低聲說。

「也有可能這裡是方臘那幫人的巢穴。」月升說，「在天子的眼皮下伺機而動。」

「不知道張擇端是不是也在這裡？」高羽悄悄張望一下四周。

「我們先進去。」月升說完率先走進店裡。

「兩位裡面請，」店小二熱情的招呼著，「要吃飯還是喝茶？今天的百味羹特別鮮美，不然來個燒肉乾脯……」

「茶。」月升簡短的說。

「姑娘好品味，知道我們店的點茶是一等一的。」年輕的店小二咧著嘴笑容滿面，「我們上二樓，雅靜些。」

這正合她們的意。她們跟在店小二的後面，往裡從樓梯步上二樓。高羽裝成一個沒見過世面，樣樣好奇的小婢女，順便看看有沒有陳九或張擇端的行蹤。雖然她不認爲張擇端會若無其事的在這裡跟別人吃飯聊天，但是還是抱持希望。

店小二領她們到二樓靠近裡面的位置。

「我們可不可以坐靠窗的位置？」高羽問，那裡還有張桌子是空著的。

「不好意思，那裡有人訂了。」店小二陪著笑臉，那個戰戰兢兢的表情，好像是什麼大有來頭的人物。

會是陳九嗎？高羽馬上推翻自己的猜測，玉簪指著這裡，代表陳九已經在附近。

「靠窗吵啊，不如角落安靜些，兩位像仙女一樣的姑娘比較不會受打擾。」店小二伶牙俐齒，使盡招數安撫客人。

「兩位請坐，等下茶博士會來幫你們點茶。」店小二等兩人坐定後，轉身離開。

「什麼是點茶？」月升問。

「你不知道點茶？」高羽愣了一下解釋，「就是品茶的方式啊。」

「唐朝時叫煮茶。把水注入釜中，在炭火上煮，快沸時放入茶末，煮之沸騰，茶湯就好了。」月升說。

高羽這才想到，月升不是現代人，當然不知道宋朝的點茶。

「不是，點茶不一樣，等會你就知道。」高羽微笑的說。

不一會，一個瘦瘦黑黑的中年男子出現，他枯瘦的手上有個托盤，上面放滿茶具。

「在下茶博士，李建。」叫李建的男人不多說話寒暄，介紹完自己就開始工作。他先把一壺水放在炭火上煮。

「凡欲點茶，需先溫盞，盞冷則茶不浮。」李建拿起一個茶盞，這茶盞上寬下窄，裡面是深黑釉色，看起來深邃高雅又帶著神祕感。然後，他把剛煮滾的水，沿著杯緣倒進茶盞中，他拿起茶盞讓熱水在裡面繞一圈，確定茶盞都溫熱後，把水倒掉。

接著，李建從另一個容器中，舀出一小匙粉狀的茶末，放入盞中，倒入一點熱水，然後拿出一個像是小刷子一般的茶筅，把水跟茶末來回攪動成糊膏狀。

他將深綠褐色的膏狀物倒一點出來在一個小碟子中，然後在原來的茶盞中再加一點熱水，再次用茶筅旋轉攪打，如此加水、攪拌、加水、攪拌，一共五次，直到水位到達茶盞的邊緣，茶水表面浮出一層細細的白色泡沫。

「這叫湯花。純白為上，青白、灰白次之，黃白、泛紅為下。」李建指著泡沫說，「人說『白乳浮盞面，如疏星淡月』，點茶高明者就是可以打出這樣的感覺。」他的語氣中有著驕傲。

李建拿出一枝小楷毛筆，用筆尖沾了剛才倒出的茶膏，把白色泡沫表面當作畫紙，深綠褐色的茶膏當顏料，就在上面作畫。

只見一點、一筆，茶面上出現一個山峰，還有一株松樹。這畫當然不能跟張擇端精緻細膩的作品相比，但是在茶上作畫，對高羽和月升來說十分新鮮。

高羽來自貧苦家庭，在家裡有一頓飽飯吃，就已經是難得的幸福，雖然她知道點茶是什麼，但是這樣講究排場的消遣，根本不是她跟娘可以仰望的富有。這是她第一次親身體驗點茶，心裡覺得萬分佩服外，也忍不住感嘆貧富的差異這麼大，有人三餐無法溫飽，為吃一頓飯受盡委屈；有人則可以在正店裡，用高檔的杯子，喝有山水畫的茶。

李建畫完後，滿意的點點頭，把這盞茶端到月升的面前，月升就嘴喝了一口，點點頭，「好茶。多謝。」

李建臉上展現微笑，拿出另一個茶盞準備第二道手續。高羽覺得這是個好時機。「小姐，我需要解手。」高羽小聲的說，她對月升使個眼色，示意自己要去附近看看。

李建皺起眉頭，彷彿解手兩個字玷汙了他神聖的點茶工作，不過在瞪了高羽一眼後，還是告訴她茅房在正店一樓的後面。

然而，高羽才走下樓梯，就看到有人從外面進來，瞬間吸引她的目光。

11

那是一個穿著怪異的女子。她頭戴黑色帷帽，帽簷上圍著黑羅紗，令人看不清楚她的相貌。身上的衣服看起來像是道服，但是整個是火紅色的，上面繡著歪歪扭扭看不懂的符號，手上拿著一柄拂子讓人忍不住多看兩眼。

「姑娘裡面請。」剛才招呼她們的年輕店小二迎了上來。

「有人幫我備好了桌子。」女子身形窈窕，可是說話的聲音居然蒼老粗啞。

「啊，是是，沒錯，您老人家的桌子已經準備好了。」年輕店小二熱情的說。

「你剛才叫我什麼？」女子轉過頭去，即使隔著黑紗，高羽彷彿看到一道陰冷的目光投向店小二。

另外一名比較年長的店小二趕快迎上來，「聖女！是聖女光臨，小店蓬蓽生輝啊！」

他說完還順手打了一下年輕店小二的頭，「嘴笨！扣你的月錢！」

「哼！」女子沒再說什麼，但是走過年輕店小二身邊時，手裡的拂子對著他的頭上掃去，在眾人的驚呼中，他的髮絲一一落地，馬上變成一個大光頭，在場的人哄然大笑。

「下次說話小心點，不然落地的就不只是頭髮。」她手再一揮，拂子從他脖子前掃過，年輕店小二感到脖子一陣陰冷之氣，嚇得撲通一聲跪倒在地。

「謝謝聖女不殺之恩。」他說完馬上摀著脖子，連滾帶爬的跑開。

聽到聖女威脅要砍人腦袋，大家嚇得不敢再發出聲音，趕快低下頭吃飯喝茶。

聖女滿意的邁開大步，朝著樓梯走去。高羽可以肯定，這個女魔頭一定就是方才店小二說安排在靠窗位置的那個客人。

她升起好奇心，也跟著上樓回到角落的位置。

「姑娘沒找到？」李建皺起眉頭，連茅房兩個字都不想提。

「忽然又覺得不想去了。」高羽聳聳肩。李建瞪她一眼。

月升只是瞄了瞄她，沒說什麼。

「兩盞點茶都好了，請姑娘們享用。」李建恭敬的說。高羽打賞了他，讓他離開。

等李建離開，她朝聖女使個眼色，要月升也注意這個人。月升看了一眼，挑起一邊眉頭，眼神帶著疑問。

高羽想著該如何告訴月升又不讓女魔頭聽到，看向手上浮著白色泡沫的茶盞，心生一計，用小指末端沾點茶膏在茶面上寫字。

她先寫了「聖女」之後，又寫了「小心」。

高羽和月升悄悄看向那女子，只見她拿下帽子，揮手要店小二過來。

高羽看著她的臉，心裡一驚。圓圓的臉蛋上生著細長雙眼，皮膚細緻，像是少女一般，但是整頭乾枯白髮卻和年長女子無異，她脖子上的聖火刺青讓高羽想到張擇端說的話，原來這個手段殘忍的女魔頭就是鼓動方臘起義的聖火使者。

她看到月升眼神一凜，她也意識到了。

聖女在店小二耳邊講了幾句話，店小二躬身答應，轉身離開。

高羽以爲她點了酒菜，沒想到，當店小二再度出現時，身邊竟跟著陳九！

「恭迎聖女。」陳九朗聲抱拳行禮，「在下安排這個座位，聖女還滿意嗎？樓上視野好，可以看到路上的……」

「我不是特地從杭州來這裡看閒人的。」聖女看向陳九，語氣蒼老沙啞卻寒氣逼人，「我問你，那個張擇……」

他們講到張擇端令高羽心裡一驚，坐直身體，但是接下來聖女壓低聲音，高羽聽不見。她看月升的表情，似乎還在傾聽他們的對話。高羽挑起眉頭，急切的看著她。

月升看了她一眼，伸出手，握住高羽的前臂手腕。

高羽只感到一股力量從月升的掌心傳來，貼著她的皮膚，鑽入體內。

她微微一驚，正想把手抽回，就發現自己聽到聖女跟陳九的對話。

陳九的聲音傳來，「那天，我們僱的殺手潛入童貫的艙房，看到床上躺著人，刺殺了之後離開現場，後來才知道，那人是童貫的義子。原來船隻出事的時候，童貫走到甲板觀看，逃過一劫，義子在他的房裡卻被殺了。

「好好的計畫卻因爲這樣搞砸了，我懷疑有人刻意從中破壞，事情應該不是『湊巧』這麼簡單。我找到一個叫做張擇端的畫師，他畫出當天橋下船桅杆沒放下的那一瞬間，甚至把我們五人也畫進畫裡，這中間一定有鬼。」

「你說你抓了他，又有人來救他？」聖女問。

「是的！所以可見他有同黨，居心叵測。不過聖女放心，他現在又落在我手上了，再勞駕聖女幫屬下看看他的招數。」陳九一副自己功勞很大的樣子。

高羽跟月升對看一眼，這下更確定張擇端在陳九手上。

「嗯。」聖女不置可否，只是沙啞的問，「玉簪呢？」

「我們去抄家的那天，聖女把人帶走，其他的財產器物賞給我們，我把玉簪玉器變賣了。」

陳九看到聖女臉色沉了下去，趕快繼續說，「招募民兵和義軍都需要銀兩，這些錢都用在起義上了。」

「哼，我看是用在酒色財氣上了。」她看了看四周豪華精緻的店面。

「聖女說要來汴京，在下當然是竭盡所能，提供最好的正店，希望讓聖女舒適滿意。」陳九態度恭敬，但是語氣壓抑，似乎對聖女的挑剔頗爲不滿。

聖女看了他一眼，哼了一聲，「玉簪你拿去哪變賣？」

陳九臉上顯得尷尬，「虹橋秦家古董店，不過……秦家人反抗義軍，我已經派人把他們全家滅了。」

高羽心裡升起怒氣，陳九亂安罪名，手段殘忍，實在可惡。那股憤恨之氣充滿全身，讓她忍不住一顫。月升感覺到她體內氣息不順，繼續催加法力。高羽感到月升透過她的前臂手腕持續傳送一道溫和的力量，穩定的擴散到周身穴道，安撫胸口的怒氣，同時讓她覺得精神一振，體內有無限的氣力。

她從小在爹爹那習到一些祖傳的武功心法，爹爹雖然沉迷求法，長年不在家，但是只要在家，他都會耐心的帶著高羽修習，所以她本身有些底子，知道如何引導月升傳給她的法力，讓兩股力量很容易融合在一起。

她一邊調息內力，一邊繼續聽下去。

「所以你把玉簪拿回來了？玉簪現在在哪？」聖女沙啞的語氣非常不耐煩，隱隱帶著殺氣。

「屬下不明白，聖女說何家人私藏重大機密，您要親自捉拿他們審問，讓我們弟兄們拿取店內的寶玉財物，為何現在又想拿回玉簪？」陳九問。

「玉簪可以指引我找到我要的東西。」聖女皺著眉頭，眼光銳利，「玉簪呢？」

不知道聖女施了什麼法力，只見陳九忽然滿頭大汗，全身顫抖，聲音也是充滿痛苦。高羽雖然痛恨陳九的殘忍，但是張擇端可能在他手上，在找到張擇端前，她也不希望聖女殺了陳九。

「聖、聖女饒命……玉簪在一個……一個酒樓女、女子身上。我、我這就……去找。」

聖女歪著頭看他，「哼，跟我東牽西扯，就是要這樣才肯好好說話。哪一個酒樓？」

「樊樓。」

「走吧！我們一起去。」聖女語氣輕鬆的說。

「謝聖女不殺之恩。」陳九聲音虛弱，但是已經不再顫抖，「不敢勞駕聖女，不過一根玉簪，小的一個人去就好。」

「既然你已經知道這東西對我很重要，我怎能讓你一個人去呢？」聖女眉毛一挑，把陳九拉起來，「走！」

＊＊＊

月升跟高羽沒有聽到最後的對話，兩人早已離開孫羊店。當陳九說出玉簪在一個酒樓女子身上時，她們就知道他一定會去找李師師詢問那個「珠媛」的下落。有了之前秦家被滅門的慘痛經驗，如果陳九沒找到玉簪，李師師一定也會受牽連，而且這次，還有個更殘忍的聖女。

月升持續握著高羽的手，高羽覺得不過這點時間，她體內已經充滿精氣，腳步也輕快許多。

兩人快步來到樊樓，找到李師師說明緣由。

當陳九領著聖女來到李師師的房間，看到一個女子坐在桌前，愣了一下。

「她就是李師師？」聖女語氣輕蔑的問。

「她是……」陳九看著高羽，馬上想起來，「她是珠媛！玉簪就是在她手上！」

原來，高羽趕在陳九前，要李師師避一避，同時跟她借了衣裝，在嘴角點了一顆痣，裝回珠媛的樣子。

「你把玉簪交出來，我們就不爲難你。」陳九沉聲說。

「玉簪不在我身上。」高羽搖搖頭，嘆口氣。這是眞話，玉簪在月升身上。

聖女轉過頭，眼神銳利的看了陳九一眼。

「我昨天才看到的，就在她身上。」爲了證明自己的話，陳九上前一步，用力抓住高羽的手，對著聖女說，「可以搜她的身。」

「放開我！玉簪是我的，你們不可以拿走！」高羽扭動幾下，陳九抓得更緊，掙扎之中，高羽忽然全身一顫，倒了下去。

「你殺人滅口！」聖女對陳九大吼，一股勁風掃了過去。

陳九頭一低勉強躲開，全身冷汗直流，「不不，我沒殺她。你看，她還在呼吸，她不知道爲什麼嚇昏過去。」

聖女看了高羽一眼，蹲下來在她身上拍了幾下，果然沒有玉簪。

「把她扛起來帶走。」聖女說。

陳九不敢違抗，他像扛袋米那樣，把高羽扛在肩上，跟著聖女走出樊樓。

高羽心裡暗叫不妙。

她其實沒有眞的暈過去，這本是她跟月升一起商量好的計畫。她們想，如果只是讓李師師躲起來，之後還是會被陳九爲難，甚至整個酒樓都不得安寧。最好的方式就是讓他們轉移注意力。這個注意力就在高羽身上。

高羽想救張擇端，所以自願這麼做。她打算讓陳九把她抓起來，如果她跟其他被抓的人關在一起的話，就有機會找到張擇端，甚至救他出來。而且月升可以用法力找到她，要再救他們一次應該不難。

只是沒想到，聖女堅持帶她走，而不是讓陳九發落，看來玉簪對聖女來說很重要。這樣跟原來的計畫有出入，她必須要見機行事了。

高羽偷偷打開眼睛瞄了一下，聖女在前面走著，陳九背著她跟在後面，他們走出京城後向東而去，走了一段路終於停下來，高羽聽到水流聲，猜想應該是來到了江邊。高羽感到陳九一提一用力，他負著她躍起，然後落在一個搖晃的甲板上。

「帶她去裡面右邊的艙房。」聖女說。

「是。」陳九答應一聲，走進聖女指示的地方。高羽感覺自己被陳九放下來，這次陳九動作輕很多，大概很怕她有什麼閃失，聖女又會怪罪於他。

「好了，你可以走了。」聖女口氣不耐的說。

「是。」陳九聽起來像是鬆了口氣。高羽聽到他快步離開的聲音。

聖女沒待多久也離開，高羽聽到門上鎖，然後船身動了起來，聖女應該是去吩咐船家開船。

月升說自己的法力有限，現在船在江上，位置不固定，要找到她不就更難了？高羽暗暗擔心。

高羽起身看向四周，這間艙房位在甲板之下，光線昏暗，什麼都看不清楚。她心中暗想，如果有光就好了。她感到懷裡一陣溫熱，低頭一看大吃一驚，她的肚子居然發出淡淡的光芒。

她手伸進懷裡一摸，拿出祖傳的那面鏡子，此時鏡子上泛著一層金光。這鏡子曾經救過她的命，兩次被抓也沒被人搜出來奪走，看來不是凡物。她從月升那裡接收到法力後，這面銅鏡跟她似乎更加意念相通，她才想著想要有燈，結果鏡子就發光了。

她把鏡子放在手上，全身運氣，把意念專注在自己跟鏡子的連結上，她感覺有股力量在她跟鏡子間流轉。她小心的控制這個力量，首先，她找到如何讓光變亮一些的方式，她讓鏡子的光芒照滿艙房。

這裡沒有窗戶，對外只有一小扇門，現在鎖上了。地上堆了東西，有舊草席、破酒甕、木板等，都是不能用的東西。另一個角落有張椅子，看起來快要垮了。

高羽快速瀏覽一遍，便把鏡子的光給滅了。她不想引起聖女的注意。

現在怎麼辦？她心想。等下聖女會來問話，她不能裝暈一輩子啊！

她坐在舊草席上，按照月升引導她法力的方式讓力量在身體裡運行，每一次的呼吸運氣，她都感到明顯的不同。她的體內有股力量，有時候暖，有時候涼，不變的是一樣舒爽又渾厚強大。

就在這時候，她聽到一個細微的聲音，像是有人在哭。她仔細凝神，專注法力，發現自己的聽力變得敏銳了。

「不不，小玟什麼都不知道，我們也什麼都不知道啊！」一個男子懇求著說。

「放過小玟吧……」一個女子嗚咽哭著。

「我再問一次，玉冊在哪？」聖女沙啞的聲音傳來。

「我說過，祖訓說我們一脈單傳，身負保護玉冊的使命，但是我們從來不知道玉冊在哪，而且現在玉簪也被你拿走了，你就放了我們吧！」女子繼續哀求著。

原來是何家人。高羽暗暗心驚。想不到，月升師父要找的人就在這船上，讓自己碰上了。

「啊！」男子的聲音充滿驚恐痛楚。看來，聖女不知道用什麼法力在折磨他。

「爹！爹！」一個女孩尖聲叫著。

「哼，既然你們什麼都不知道，留著何用？」聖女的聲音傳來。

高羽心裡跟著著急，恨不得去幫忙，不知道現在的法力夠不夠救人？但得先打開門再說，自己被困在艙房裡，要怎麼救人？

高羽運起法力，把力量帶到手上，對著門鎖推去，只聽到喀的一聲，門鎖真的被破壞了。高羽輕輕推一下門，門就被打開。她心裡一喜，只是同時間她聽到幾聲驚呼。

「啊！」「啊！」連續一男一女的痛苦呼聲。

「不！你殺了我爹娘！啊！」女孩的尖叫聲充滿悲痛。

太遲了。高羽心裡一沉。不過她抱著一線希望，說不定還有機會救這個叫小玟的女孩。

她來到艙底的走道上，兩旁各有四、五間艙房，小玟的聲音從最底端右邊的艙房傳來。高羽朝著聲音的方向快步走去。

只是她還沒走到盡頭，忽然砰一聲巨響，船艙的木板應聲炸開，一股強大的力量伴隨熱氣迎面撲來，同時一個女子從艙房裡被震了出來，摔到走道上。

又遲了一步。她沒能救到女孩。高羽又傷心又懊惱，但是她仔細一看，被震出來的人滿頭白髮，居然是聖女！

高羽精神一振，看來月升找到了她，出其不意出手救人了。

聖女咳了兩聲，滿臉驚訝，但是馬上站了起來，恢復陰狠的神情。她意識到走道上還有人，警覺的轉過身，看到高羽在眼前。

她眼中精光一閃，右手一揚，拂子對著高羽掃來。高羽側身閃避，伸手一格，把拂子擋去，她感覺到聖女的力道，那拂子上面灌滿了力量，但是她也同時意識到自己變得強大，她本來就會武功，剛才又有月升在她身上灌注法力，讓她又更上一層。

聖女想要玉簪的下落，不想一下子就打死她，所以只用上三成力，沒想到這個被陳九一捏就暈過去的人，現在居然擋了她五招，就在她準備出重手時，船身用力一晃。

高羽全心對付聖女，心中暗想著月升怎麼不快來幫忙，難道她只在意何家的女孩？

她稍微分心，沒料到船身一晃向右傾斜，加上聖女一記更強的攻擊，她整個人被甩進右邊的艙房。

這間艙房跟何家所在的艙房相連，但是之前的那股力量太強大了，不僅把聖女震出來，兩間艙房之間的木板也整個被震開，她看到一個女孩跪在地上，對著她的雙親垂淚。

月升呢？怎麼不見人影？

高羽沒機會想太多，因爲船身整個向右傾斜，她看到有水冒進來了，原來那個力量把船身也震出一個洞。

江水快速從破洞湧了進來，艙房內的水位越來越深，高羽踩著接近膝蓋高度的水，來到女孩身邊。

「快，我是來救你的，這船要沉了，你會不會游泳？我們從這個洞游出去。」高羽急迫的說。

女孩搖搖頭，「我不會游泳，我爹娘……」

「他們……」高羽嘆口氣，「他們會希望看你好好活著，讓他們在江底安息吧！」

「爹！娘！」女孩忍不住放聲大哭。

「月升呢？」高羽問。

「誰？」女孩一臉茫然。

幾句話之間，積水已經到腰那麼深了，同時聖女也在水裡站起來，朝著她們走去。

高羽沒時間弄清楚月升在哪，她對著女孩喊，「閉氣！」然後拉著她的手臂，帶著她鑽出船體的洞口，游進江裡。她們游出去沒多久，整艘船就在她們的身後沒入水中。

12

高羽沒機會去看聖女是不是也出來了，拉著女孩拚命往前游。此時初春，水溫還是很低，冰冷迅速抓住她全身，彷彿身體裡的穴道和血液都要被凍住了，高羽覺得全身氣力快要耗盡。

不能放手！再撐一下！她咬著牙對自己說。

高羽努力運氣，讓力量灌透全身，用力踢著水，終於讓自己和女孩浮出水面。

「咳咳！」女孩大力喘氣咳嗽。

「快，用力踢水，我們要想辦法靠岸！」高羽對著她喊。

女孩張嘴想回答，可是江水灌入嘴裡，她不舒服的又咳又掙扎。高羽忍著刺骨的冰水，努力使自己不下沉，還得維持女孩在水面上。

此時天色已黑，距離岸邊還很遠，高羽估計呼救也不會有人聽見，只能使勁的游。

兩個人精疲力盡，高羽懷疑自己是不是真的有移動？是不是還抓著女孩？她覺得此時自己有兩個腦子，一個叫她放手獨自游到岸上，一個叫她不能放手，否則女孩會死去。

岸邊遙遠的燈光越來越模糊，身體越來越冷，兩個腦子的意識越來越不清楚。她想到娘。不管家裡再窮，冬夜裡娘都會燒好暖炕，為她煮一碗熱湯。娘端湯的身影出現在眼前，高羽眨眨眼，娘來接她了。

這裡好暖和，好舒服啊！我要喝湯！高羽微笑著接過碗，碗裡的湯冒著煙，露出誘人的光澤。

她正準備就口喝湯時，這個碗發出一道光芒，耀眼的光讓高羽眼睛一眨。

沒有娘，沒有湯，沒有暖炕，她還浸在冰冷的江水裡。她低頭看到懷裡一道光芒出現，從水中射向天空。

她想起這面銅鏡曾經幾次在面臨生死關頭時救過她的命，現在她快死了，難道這面鏡子正在救她？她不禁苦笑，鏡子發光怎麼救快溺死的人啊？至少發熱讓她暖暖身吧！

這時，江水上出現一點燈火，高羽努力的看，原來是艘小艇，小艇前站了一個人。高羽想要張嘴呼救，只是她的氣力只夠發出微弱的呼呼聲，手也抬不起來揮動，還好鏡子發出的光芒非常明亮，小艇上的人看到了，對著高羽一指，小艇便朝著她們駛去。

等小艇靠近些，高羽才發現，船頭上的人居然是月升！

她很想問月升怎麼這麼快就逃出聖女的船，還搭上小艇在江上找她們，但是她已經沒力氣了，慶幸的是，女孩沒被江水沖走，兩人被安全的救上船，帶到一間乾淨的艙房。

這小艇比想像中的大，雖不是豪華的大客船，但是布置得精緻舒適。

「這兩套是我平常穿的，先換上。」一個人手捧著衣服走進來，居然是李師師。

「你怎麼在這裡？」高羽驚訝的問。

「這是我的船啊！」她嫣然一笑，「月升師父助我避開災難，所以當她需要幫忙的時候，我當然義不容辭。快換上。」李師師把衣服遞給她們，退出了艙房。

兩人換上衣服，高羽跟李師師體型相當，衣服合適，只是李師師的衣服布料和刺繡都是上等的，她從沒穿過這麼好的衣服。女孩也換上衣服，她比高羽瘦小，整個人幾乎被埋進衣服裡。等安頓好之後，月升吩咐她們坐下。

「我來幫你們逼出體內的寒氣。」月升說。

女孩點點頭，坐在高羽身旁。月升坐在她們的身後，兩手手掌分別抵著兩個人的背。高羽感到一股溫和乾爽的力量從後背的掌心，透過皮膚進入她的體內。

「運氣，跟著我的力量運行。」月升低聲說。

高羽閉起眼睛，感受月升熟悉的法力，一股暖流自丹田升起，慢慢延伸到四肢、全身、頭頂，她感到全身暖洋洋的，體力也恢復了。

她張開眼睛，女孩也同時睜開眼睛。

「沒事了。」月升說。

李師師此時再度走進來，手裡端著兩碗湯，上面還飄著蔘片。高羽聞著香味瞬間感覺到飢餓，她和女孩喝了湯，臉色恢復紅潤。

「你們怎麼會在江裡？發生什麼事？」月升直接問。她看著女孩，等待高羽的解釋。李師師坐在一旁，也好奇的看著她們。

「等等，你不是也在聖女的船上嗎？」高羽覺得事情好像不是她想的樣子。

月升搖搖頭，「我帶李師師離開後，問她有沒有地方可以去，她說自己有艘船在汴河，我帶她來到汴河後施法找你，可以感覺到你出了城，也來到汴河，可是卻察覺不到你的蹤跡。我猜想你或許是被帶到哪艘船上，師師知道你遇到麻煩，願意幫忙，所以我們就在江上尋找。之後看到江面上忽然發出亮光，才發現你們在水中。」

「原來是這樣，在聖女船上的不是你。」高羽驚訝的轉頭看著女孩，「當時是誰把聖女震出去，把船震出一個大洞？」

「是、是我……」女孩怯怯的說。

高羽睜大眼睛，月升也警覺的看著她。

「你叫什麼名字？」月升問。

「何玟珊。」女孩細聲細氣的回答。

「她是何家人的後代。」高羽說，同時把自己被聖女帶走後的事情詳細說了一遍。

月升看著玟珊，伸出食指，點向她的額頭，「沒錯，你是鄭涵的後代，你說你會法力？」

玟珊睜大眼睛，「你怎麼知道鄭涵的？娘說，她是我們的祖先，這是我們家世代單傳的祕密。」

高羽指指月升，「她是鄭涵的師父。」

玟珊的眼睛瞪得更大了，好奇的一直盯著她，不敢相信這個看起來沒比自己大多少的女子，居然是先祖的師父。月升大略的解釋了來龍去脈，說出她在唐朝時收了五個徒弟的緣由和經過。

玟珊點點頭。

「難怪。娘說，我們家的玉店『琊』就是鄭涵傳下來的。每個人在十五歲那年，會得到法力，法力因人而異。」玟珊停了一下，「半年前，我剛滿十五歲，但法力一直沒有出現。上個月方臘打進杭州，到處搜刮財物，聖女帶著人來到『琕』，綁走我和爹娘，玉簪跟其他玉件、錢財都給其他人瓜分了。

「後來聖女一直追問我們玉冊的下落，爹娘都不知道，只知道我們守護著玉冊的祕密，但是幾代相傳後，已經沒有人知道玉冊在哪。聖女對我們用刑，娘後來說，好像跟玉簪有關，但是她也不知道中間有什麼關聯。

「本以爲聖女聽了後會放了我們，沒想到她強迫我們跟她來到汴京，把我們鎖在船艙裡。今天晚上，她什麼也問不出來，一氣之下便把爹娘給殺了！」

玟珊眼睛又紅起來，她吸吸鼻子，繼續說下去。

「她本來也要殺我，我一時氣憤，不知道哪來的氣力推向她，結果她被我震到門外，整個艙房的牆板都被我震碎，船艙也被震開了，我也被嚇得不知道該怎麼辦。」

玟珊比她矮小，說話聲音纖細，高羽原以爲她只是小女孩，沒想到只比她小一歲。

高羽拍拍她的肩膀，「你的法力在你危急的時候出現幫你，跟我的鏡子一樣。」

高羽也告訴她自己的事。

「原來那個光來自你的鏡子，才救了我們一命。」玟珊感激的說。

「聖女呢？」月升問。

「我不知道，可能跟著船沉入江底了。」高羽說，口氣並不確定。

月升望著外面黝黑的江面，像月光一樣白的面容表情清淡，猜不出她在想什麼。

「現在怎麼辦？」高羽問。

月升思量了一會，轉頭看向玟珊，從懷裡拿出一樣事物。

「這是你們祖傳的玉簪。」她把朱雀玉簪放在玟珊的手上。

「謝謝你……眞的謝謝你！」玟珊非常激動，眼底帶著淚水，「爹娘對於遺失玉簪感到很愧疚，覺得有負祖訓，現在它回到我手上，他們在天之靈也可以安息了。」

想到爹娘，玟珊低頭哭了好一會。

「玟珊，你拿回玉簪，你爹娘一定很開心的。接下來，你要好好照顧自己，堅強起來，才能保護玉簪。」李師師撫著她的肩頭說。

溫暖的言語就像剛才那兩碗湯一樣，讓人心情感到安穩。玟珊抹著眼淚點點頭。

師師繼續說道：「我在你這個年紀時也失去父母，當時我們一家人都染了惡疾，高燒不斷，全身布滿痲子，足足昏迷了八天。後來我高燒退去轉醒，卻發現爹娘已經離開了。我哭過怨過，但是擦擦眼淚，還是得繼續生活。

「我做了無數的工作，幫人洗碗、洗衣、做飯，後來輾轉來到汴京，在樊樓當奴僕。幾個月後，我臉上的痲子退了，他們說我漂亮，讓我學笙，學唱曲，學跳舞，才有今天的我。玟珊，我們都沒有父母，沒有手足，但是我們有自己，靠自已一樣可以走下去。」李師師的聲音嬌柔，但是她直接坦白說出自己的出身和經過，讓人動容。

高羽看李師師美麗婉約，一副出身不俗的樣子，原來背後竟有這麼一段辛酸的故事。聽她描述自己的身世，高羽忍不住想，會不會她也是月升徒弟的後代之一。她看向月升，月升知道她在想什麼，「我已經試過了，不是。」

高羽想起月升答應過自己會把她身上的隱靈法撤去，現在她如願找到何家後人，闇石一千多年來也銷聲匿跡，月升一定也想放下這個重任了。

「你五名徒弟的後人，現在有三人出現了，我、張擇端、何玟珊，不知道另外兩人在哪？」高羽好奇的問。

「你現在已有一定的法力，應該可以從銅鏡上看到。當年，王冉奇就是靠他的銅鏡找到徐靜的後代。」月升說。

高羽趕快從懷裡拿出銅鏡，她望向鏡面，卻只看見自己的臉孔。

「我看不到……」她的話還沒說完，便發出一聲驚呼，「啊！你們看。」

月升、師師、玟珊聞聲立刻湊過來，卻搖搖頭。

「看什麼？」玟珊問。

「我沒看到什麼特別的啊！」師師對著鏡子順了順頭髮說。

「這是你祖傳的銅鏡，只有你看得到。」月升說。

高羽望著鏡子，眼神帶著光彩，「我看到四隻神獸在鏡子上。」

李師師跟玟珊睜大眼睛，不太相信的樣子。

月升先是點點頭，卻又皺著眉頭，像在想著什麼，過了一會開口說，「五個徒弟跟我練法，修習五行，分別專精於五行其中一個力量，而五行的力量也轉化成一種神獸的形貌，像是朱雀就代表火。」她指了指玟珊手上的朱雀玉簪，「黃龍代表土，青龍代表木，玄武代表水，白虎代表金，你看到哪四隻？」

「青龍、朱雀、白虎、玄武，」她再看一眼鏡子，「沒有黃龍。」

月升點點頭。

高羽抬頭望向月升疑惑的問，「為什麼我只看到四隻神獸？」

「黃龍代表土，是徐靜。當年她跟她的夫婿子滑設計陷害我，張萱除去子滑後，跟王冉奇從銅鏡中找到徐靜子嗣的下落，和其他弟子除掉了這個孩子。照理說，徐靜應該會再有第二個子嗣，可是你卻沒有在銅鏡中看到黃龍，」月升頓了頓，「這中間一定有什麼事發生。」

「她怕這些師兄姐再去殺她的小孩，所以把第二個小孩藏起來了？」師師的語氣帶著憐憫。

「不管後代在哪，王冉奇都可以施法，從鏡子中看到的。」月升說。

「或者，隱靈法在徐靜身上失效了，或對她沒有作用，所以她沒有再生小孩？」高羽推測，「或者，她生了小孩，但是找到什麼法力，讓大家都找不到小孩，也找不到她的後代？」

「我也不知道。」月升搖搖頭。這次從畫中回到現實世界，已過了幾百年，很多事情跟她當年預想的都不一樣了。

「你想找到每一個後代，因爲你想喚醒所有後代的法力？」玟珊問。

高羽察覺到玟珊的好奇心之下也帶著期待。

月升看著她們，眼睛清亮，「不，我想把隱靈法撤掉。」

師師跟玟珊驚訝的看著她。

月升看著大家。對她來說，這次她來到宋朝，遇到高羽。剛開始，她對高羽不喜不惡。高羽態度輕浮，說話不莊重讓她不喜歡；但是高羽當街對抗惡人，救了李師師，所以也讓她不厭惡。後來知道原來高羽是女兒身，輕浮不莊重是因爲裝成男子，刻意用來混淆視聽的，而她會需要這麼做也是之前家裡遭逢劇變，讓月升開始對她有不同的想法，覺得她本性眞誠直接，又有點小聰明可以應付世事。同時，高羽一直不願意學法力這件事，也改變自己對法力的執著。

她一生努力學法，一心一意想著制伏闇石，封住闇石的力量，甚至爲了防範未然收了五名徒弟，費盡心力教他們學法，並且在他們身上留下隱靈法，讓他們世世代代都受這個法力影響。

五名徒弟修習法力向來認眞，甚至子滑也覬覦她的法力，才導致後來她的法力盡失，要躲在畫中調息。現在她的法力恢復，來到宋朝認識高羽，在她身上月升領悟到，過去一心一意認爲很重要的法力，原來並不是這麼完美，有些人不僅不喜歡、不想學，而且還身受其害。

高羽說的沒錯，如果闇石從秦朝到現在，經過千年都沒有消息，隱靈法可以撤去了。月升腦中思緒流轉，但是臉上神色不變。

「不行！」玟珊聲音尖細有力，「我要去殺了聖女，替父母報仇！我要有法力。」

玟珊咚一聲跪在月升面前，用力磕頭，「求師父收小女子爲徒，求師父成全。」

高羽無法從月升的表情得知她在想什麼。除了她以外，另外兩名徒弟的後代都希望跟月升學法力，月升會不會因爲玟珊而改變主意呢？

月升手一揚，拂子一掃，玟珊覺得一股力量撐著她，讓她站了起來，不過仍舊不知月升做了什麼決定。

「你看得到四隻神獸，能知道他們在哪嗎？」月升轉頭問高羽。

高羽再度看向鏡子，她只看到青龍、朱雀、白虎、玄武在鏡中翻騰，不知道怎麼看出他們所在的位置。

高羽搖搖頭。

「晚了，大家都去休息吧。」月升說，「高羽你跟我來。」

高羽點點頭跟著月升走出船艙。

玟珊還想說些什麼，李師師拍拍她的肩膀，「先去睡吧，你也折騰了一夜，今天就先睡這裡。」李師師拿出被褥給玟珊後，便走出房間。

13

月升領著高羽來到另一個船艙，這間比剛才那間還寬敞，擺設也更精緻漂亮。

「這是師師的房間，她讓給我用。」月升說。

高羽點點頭。

「今天剛好月圓，是我的法力最強的日子。」月升來到窗邊，高羽也看到一輪明月在眼前高掛，清空朗朗，夜色極美。

月光照耀在月升的身上，她全身散發出細微的光芒，清亮、潔白。高羽驚訝的看著，覺得月升整個人帶著一種朦朧神聖的感覺。

「你過來，坐下。」月升指著地上說。

高羽盤腿坐了下來，月升坐在她身後，運氣呼吸，然後把掌心貼向她的後背。高羽感到背後傳來一股清涼卻不冰冷的氣息，擴散到她全身，同時月光照在她們倆的身上，彷彿跟月升的力量相呼應，一起繞轉，給她們更多的能量。

「今晚，我幫你開啓你體內的法力。」月升說，「等你找到青龍的下落後，我再將隱靈法一起撤去。」

「你不用回到畫裡嗎？」高羽問。

「已經可以不用每晚入畫。」月升簡短的說。

「太好了。」高羽鬆了一口氣，又想到一件事，「那不見的黃龍呢？找不到徐靜的後代沒關係嗎？」

「如果隱靈法對他沒有效，那我撤不撤，對他也不會有影響。」月升說。

高羽又想到玟珊，「玟珊想要法力，替父母報仇，難道你不幫她嗎？」

「法力不是用來殺人報仇的。」月升淡淡的說。

高羽點點頭，她也不想替娘報仇。是的，她怨恨爹爹，但是不等於她想殺了他。當然她知道，這對玟珊來說是不同的，聖女逼迫囚禁她，還殺了她的父母，兩人的情況無法相提並論。

「不要再去想別人的事，專心。」月升的口氣輕緩卻帶有威嚴，高羽趕忙閉上眼睛，收斂心緒。

這一晚，高羽在月升的幫助下，體內的法力被激發出來，這是她從來沒有的體驗，彷彿自己成了另一個人，她的內在力量更大，她對外在事物的感覺也更敏銳了。

當她再度睜開眼睛時，月亮已經落下了，太陽正露出臉來，陽氣此時輕拂在兩人的身上，跟先前的月陰之氣結合，陰陽共鳴，大自然的強大力量在兩人之間來回運行。

大約再過了一個時辰，月升才把手放下，站了起來。

「你覺得如何？」月升問。

「好像身體裡充滿精力。一點也不累。」高羽讚嘆的說。

月升看著她，高羽臉色紅潤，雙眸發亮，於是點點頭。

「你看看，能不能從鏡子裡看到什麼。」月升說。

高羽拿出銅鏡，呼吸運氣，專心一意，這時，鏡面上再度出現四隻神獸，青龍、朱雀、白虎、玄武，一樣沒有黃龍。

她看向這四隻神獸，代表金的白虎是自己，目前白虎在鏡面正中央；代表火的朱雀是玟珊，朱雀距離白虎最近，就在白虎身邊繞轉；代表水的玄武——那是一隻蛇纏繞一隻大龜，是張擇端，他的力量是水，高羽看到玄武在白虎的北方，而且有一段距離。她估計，張擇端已經不在城裡了。不過有了這面鏡子跟法力，要找到他應該不難。她充滿信心。

比較讓她驚訝的是代表木的青龍，位於西北方，跟玄武的距離，比玄武與白虎的距離還近，天下這麼大，這四位徒弟的後代居然都在不遠處。

她把自己在鏡中看到的畫面如實跟月升說。

「想不到，你們四個都在這裡。」月升也一樣覺得不可思議。

「我們去找他們！」高羽興致勃勃的說。

這時有人輕輕敲了門。

「進來。」月升說。

是李師師，後面跟著玟珊，師師手上拿著一個托盤。

「我聽你們講話的聲音，想說你們都醒了，就準備些早點。」師師把托盤放桌上，上面準備了些糕點。高羽經過整晚不眠不休練功，肚子真的餓了，於是不客氣的拿了幾塊，大口吃起來。

「師師啊，你在樊樓有侍女伺候，現在竟在這伺候我們。」高羽開玩笑的說。

「我在樊樓也都是在伺候別人啊。」李師師悠悠一笑。

「對不起……我……」高羽覺得自己開了一個很蠢的玩笑。

「沒事，你們比那些男人有意思多了，伺候你們讓我心裡平靜。」師師爽朗的說，「你們練功一晚，應該都餓了，這裡還有熱茶。」

師師表現得大方，也顯露出她不讓人歉疚的體貼，雖然讓高羽安心，但也同時心疼她，體會到她要在這樣的環境下生活是很不容易的。

高羽端起熱茶，仰起頭咕嚕咕嚕喝下去，她敏銳的感覺到有道冷冷的目光看著她。她放下茶杯，抬起眼，發現是玟珊。玟珊別過臉去，滿臉悲憤。

玟珊希望得到法力，好替父母報仇，可是月升沒有幫她，卻幫高羽練功，她的心裡忿忿不平。

「月升師父，」她忍不住開口，「玟珊知道自己法力低微，但希望師父念在先祖鄭涵是您的入門弟子份上，成全我的願望，幫我練成法力，殺了聖女，替爹娘報仇！」

「我傳授弟子法力是有任務在身，不是用來殺人的。」月升語氣平緩的說。

「那我之後怎麼辦？要去哪裡？我沒地方去了。」玟珊在艙裡來回走動，憤恨的說。

「你可以先跟我回去，我保你在樊樓衣食無缺，照顧你的起居。」李師師口氣溫暖。

「你要我待在樊樓那樣低下的地方？」玟珊尖細的聲音喊著，「我怎麼可以跟你一樣，我是杭州『琍』的繼承人耶！」

高羽驚訝的看著玟珊。她是玉店的大小姐沒錯，但是李師師救了她的性命，給她食物，給她暖床，這樣講話也太過分了，眞想一把將她推入旁邊的江水裡。玟珊應該要慶幸月升師父有規定，法力不是用來殺人的。

高羽正準備要回話，李師師卻先開口。

「地無貴賤，端看你怎麼去看待。人的貴賤在自己的心，別人無法左右，你想成爲什麼樣的人，都是自己的選擇。而且，不管你要跟著我半天一天，還是半年一年，等你想好要何去何從，自可離去，無人攔阻。」李師師不亢不卑的說。

高羽看著李師師，心中更加佩服。覺得她不僅漂亮優雅，而且心地善良，穩健強大，這些年來，要面對外人的眼光，一定也受了不少苦，但是她卻可以這麼堅強。

月升也看了她一眼，點點頭。

「師師，你命船夫把船開回去，我們要回汴京找人。」月升說。

「好。」李師師轉身離開船艙。

「師師眞是個大好人，人美又有智慧。」高羽由衷的說。

玟珊只是撇撇嘴，沒有說話。

「練法力不只是練內力的高低，更重要的在於心志的修習。這份修習出於對自己的要求，而不是對別人的要求。提升自己的方式，不是把別人踩在腳下。這點，你還要多琢磨。」月升對著玟珊說。

玟珊臉色微微一暗，高羽看不出她有沒有聽進去。

「坐下，我幫你調你體內的氣息，教你呼吸吐納。」月升說。

玟珊終於展開笑容，「謝謝師父。」

趁著這空檔，高羽也把昨晚的修習在體內再運行一遍。

過了一會，船行進的速度越來越慢，最後停了下來。高羽睜開眼，發現船已靠岸。

四人依序下了船，師師要趕回樊樓，不然消失太久不好交代。

「我想跟著師父。」玟珊看著月升細聲說。

月升想了好一會，點點頭，「好，我跟高羽要去找另外兩位後代，一位叫張擇端，是張萱的後代。另一位是柳子夏的後代。張擇端目前被方臘的人帶走，我們先去救他。」

「我雖然法力低微，但是我一定盡全力幫忙救人。」玟珊用力的點頭。

高羽忍不住皺眉，連游泳都不會的人，實在不能抱持太大期望，萬一她也落入對方的手裡，等於得多救一個人，真是太麻煩了。

「你不用出手，我的法力也足夠保護你。」月升的話彷彿在回應高羽的擔心。

高羽拿出銅鏡，再度運氣施法，鏡中的玄武再度出現在白虎的北方，但是這次她看到青龍的位置改變了。

「好奇怪，青龍朝著玄武的位置移動。」高羽露出疑惑的表情。

「這個後代也被抓去了嗎？」玟珊問。

月升沉思一會，「不知道，我們過去看看。」

「這個方向。」高羽往前指。

三人在晨曦中穿過安靜的街道，玟珊左右張望，她來到汴京幾天了，但是之前都是被困在船上，現在才恢復自由，可以四處看看。

她們繼續往北走，離開了城鎮，這裡的屋舍越來越少，高羽再度拿出銅鏡來看。

「往這邊走，越來越接近了。」高羽修正方向。

「青龍在哪？」月升問。

「現在青龍從西北方朝著玄武過去。」高羽說。

「青龍是誰？他們兩人認識嗎？會不會青龍也想救玄武？」玟珊問。

「目前還不能確定，不過就我所知，張擇端沒有什麼親近的朋友。」高羽回答。她也很好奇，這位青龍，也就是柳子夏的後代是誰？他爲什麼也在這裡？只是巧合嗎？這裡荒郊野外，沒有人煙，一般人不會沒事過來散步看風景。

「我們小心行事。」月升謹慎的說。

三人仔細的看著四周，提高警覺。

她們在樹林裡走著，這裡枝葉交錯，林相密集，早上還十分耀眼的太陽，現在躲在雲後，林中顯得更陰暗了。高羽想著，這的確是很好藏人的地方。

她們繼續往前走，沒多久樹木慢慢變得稀疏，視野越來越開闊。

高羽快步向前，樹林前方似乎是一片平原，她正想定睛細看遠處有什麼，忽然霧氣大起，眼前一片白茫，伸手不見五指。

「怎麼回事？我看不到你們。」玟珊的語氣很害怕。

「停步，不要分散。」月升低聲說，三個人站得更近。

「好冷喔。」玟珊的聲音顫抖。

霧氣越聚越濃，高羽感到一股冰涇之氣包圍住全身，她呼吸運氣抵抗。

月升拿出拂子，右手一揮，拂子在空中畫出一個大圓。

高羽感到空氣中波動，雖然肉眼看不到，但是她的皮膚感覺得到。像是一顆石子投入水中搗亂原本平靜的水面，撞擊出水波，泛起一陣陣的漣漪擴散出去。

月升在試探。

「這股霧氣充滿法力。」月升看著前方說。

「有法力？是聖女嗎？」玟珊聲音顫抖。

「我沒有跟她正式交過手，不敢確定。不過……」月升頓了頓，眉頭一皺，「這個力量跟我的力量有相似之處，卻帶著一股陰邪之氣。」

月升看了看玟珊，舉起手，拂子從她的頭上揮去。

「這個法力可以抵抗霧氣的力量。」月升說。

「謝謝師父。」玟珊細聲的說。她的聲音平穩許多。

月升看著前方的霧氣問，「青龍呢？」

高羽看著手上的銅鏡，「在前面，很靠近玄武。」

「什麼都看不到，我們可能還要再往前走。」玟珊說，口氣帶著不確定。

就在這時候，前面傳來一聲驚呼，還有打鬥的聲音。

「可能是青龍太靠近，跟他們打起來了。」高羽看著銅鏡說。

「去看看。」月升說。

月升再度舉起拂子，朝著前方一掃，一股溫和乾燥的氣息往外擴散，眼前的霧氣消去一些，露出一塊平坦之地。

「你帶路，我來催散霧氣。」月升簡短的說。

高羽點點頭，三人繼續往前走。

走沒多久，高羽看到前面人影閃現又消失，月升再度催動法力，眼前的霧氣散去更多，她們終於看到原來前方是三名男子在打鬥。

高羽認出其中兩人，一個是陳九，另一個讓她非常驚訝，居然是柳定權，算命先生的兒子！

第三個男子矮矮壯壯，看起來是陳九的人。他跟陳九一樣，身穿黑裝，脖子上有聖火的刺青，他正對著柳定權出招。

柳定權也有些拳腳功夫，可是明顯處於下風，處處受制，但是在驚險危險之際，他又轉敗爲勝，出其不意的揍了矮壯男子幾拳。

「他們三個誰是青龍？」玟珊的話讓高羽醒悟到，那個柳定權一定就是月升徒弟，柳子夏的後代。

「藍袍瘦高的少年。他叫柳定權。」高羽低聲說。

「臉上有疤那個是陳九，」玟珊也認了出來，「就是他跟聖女帶人來『堺』抄家的。」她的語氣帶著憤怒的悲痛。

「是誰？」陳九聞聲後發現她們三人，臉上表情非常驚訝，不過馬上恢復警戒陰鬱的神情。

「原來是何家大小姐，還有你！想不到你們沒死在江底，現在反倒自投羅網。」陳九認出了玟珊跟高羽。雖然不知道她們的來意，不過，如果把她們帶到聖女面前，一定可以討她歡心，功勞一件。

陳九看了月升一眼，並不知道她是誰，不過她跟這兩人一起大剌剌的出現，一定不好惹。他不敢大意。

「快拿下這個人！」陳九對著矮壯男子喝道。

矮壯男子手一翻，一把小刀出現在手上，朝著柳定權刺去。

高羽哼了一聲，箭步來到柳定權的身邊，她右手伸出，精確的抓住矮壯男子的手腕，擋住攻勢。她稍一施力，男子一聲哀號，刀子也同時落地。男子伸出另外一隻手出拳，用力朝著高羽的頭打去，高羽肩一縮，頭一低，閃了過去，順勢把他的手一拗一扭，往他的背上一拍，矮壯男子倒在地上，不停叫痛。

「謝……謝姑娘，相……相助。」柳定權驚魂未定的說，他的聲音顫抖，看來霧氣的法力讓他也難以忍受。

月升用拂子對柳定權一掃，同時食指點向他的額頭。月升微一點頭，柳定權不知道她的用意，不過全身一陣暖和，不再臉色發青，全身顫抖。

「請問三位芳名，你們是……」他沒認出扮成女裝的高羽，只是他的話還沒問完，陳九發出一聲尖銳的哨聲。

14

在哨聲之後，身旁的霧氣冒出許多人影，看不清來人，也不知道有多少人。

「聖女賜給我們法力，現在是立功的時候，」陳九對這些人喊著，「把這四人拿下。」

陳九雙手往前一推，那些被月升法力催散的霧氣又聚攏過來，看來，聖女傳給他的力量還不小。

這些人在霧氣中似乎完全不受影響，直朝四人而來。

「啊！放開我！」玟珊尖聲叫著，用力掙扎。月升轉身，拂子一揮，把制住玟珊的兩人震開。但是沒一會，霧氣更濃，阻隔了視線。月升施法打退三人，她的拂子朝周身掃去，眾人身邊的霧氣消散大半。

「高羽，鏡子。」月升同時低聲喊道。

高羽在霧中施法，打退不少欺身過來的人，但是在霧氣干擾下，她也怕誤傷身邊的柳定權。月升的話提醒了她，自己的這面銅鏡不是普通的銅鏡，在法力的引導下，擁有特別的力量，上次就是靠銅鏡在暗黑的江水中發出光芒才救了她。

高羽本來就有拳腳功夫，再加上法力的幫助，力量大增，但是這些人也有聖女的法力，人數多，又不受霧氣影響，一時並不容易打退。

高羽把逼近柳定權的四個人擊倒，同時翻出銅鏡，手握鏡子後的繫帶。她把法力運到右手，灌注到銅鏡上。

只見一道白光從銅鏡上射出，像是一把白色的光刀。高羽揮動雙手，光刀所及之處，霧氣一一散去。

高羽跟月升聯手，霧氣消去一大半，陳九跟他的黨羽都暴露在曠野中。視野開闊以後，情勢大轉，高羽跟月升很快的制伏大部分的人，陳九看狀況不對，在幾名手下的掩護下，朝向玟珊抓去。

聖女被玟珊爆發的法力一擊而倒，這種丟臉的事她當然沒告訴陳九，只說船進水後，玟珊下落不明。所以陳九有恃無恐，直接對著玟珊攻去，認爲抓住她不僅功勞一件，還可以用她當人質牽制其他三人，等於一下子抓到四個。

陳九朝玟珊陰笑一聲，伸手一抓，抓住她的肩膀，五指像是鷹爪牢牢的嵌入她的肩胛骨。

玟珊想躲卻躲不過，硬生生被抓住。

「放手！」玟珊掙扎著。

「住手！不然我殺了她！」陳九把玟珊推到面前，冷笑一聲。

其他三人看玟珊受制，一起停手。

「把這三人抓起來。」陳九大喊，同時更加用力，玟珊痛得大叫。

他的手下向三人逼近。

「現在怎麼辦？」柳定權問。

月升只是專注的看著玟珊，對她點一下頭。

玟珊忍著痛，深呼吸，照月升教她的方式運氣，她覺得體內有股灼熱之氣，於是把這力量運到肩膀上。

肩膀上陳九的手像是被火灼燒般傳來一陣劇痛，他大叫一聲，放開玟珊。月升趁這瞬間拂子對著陳九掃去。

陳九感到一股強大的氣勢迎面撲來，知道月升法力比他高強許多，不敢強接招，

「攔住她們！」他對手下大喊後轉身跑開。

「抓住他。」月升低喝。她負責迎戰這些手下，高羽則閃過這些人，向陳九奔去。

陳九看來人不是月升，心裡鬆一口氣，他轉身迎戰，伸手一揮，一股霸氣朝高羽襲來。高羽伸手一擋，把陳九的力量消去，同時大步向前，一手按向陳九。

陳九身子一矮，地上打個滾躲開，同時手一揚，一道霧氣散開，對著高羽噴去，趁霧氣遮蔽視線的空檔轉身就跑。高羽銅鏡一晃，光刃把霧氣切散，提氣追上，手一伸，再度按住他的肩頭。

她這一招看似柔軟輕巧，沒有什麼力氣，可是陳九不知道爲什麼就是躲不過，令他心裡大驚。他覺得肩膀一痠，胸口一悶，整個人軟倒在地。

另一頭，月升已經打倒一群人。

「張擇端在哪？」高羽低頭問陳九。

「我爹呢？」柳定權也問。陳九緊閉著嘴，什麼也不肯說。

「原來你爹也被抓去了，你來這裡救他？」高羽轉頭看著柳定權。

「是的，剛才多謝姑娘相救。」

「我是高羽！找你算過命，記得嗎？」高羽笑著說。

柳定權仔細多看她幾眼，「原來你是……」

「沒錯，我是女的，之前你看我都是男裝。」高羽對他眨眨眼。

柳定權抓抓頭，「哈！我會測字，不會測人。」然後又好奇的看向另外兩人。

「他是虹橋柳算命的兒子，柳定權。也就是青龍。」高羽向月升、玟珊介紹。

「這是月升師父，這是玟珊，我們三個是月升師父徒弟的後代。」高羽接著又轉向柳定權說。

「青龍？徒弟？什麼意思？」柳定權一臉茫然。

「在唐朝時我收了五名徒弟，你們都是他們的後代。」月升說。

「唐朝？那不是好幾百年前？」柳定權看著月升，一臉不可置信。

「我們先去救人，」高羽指著前面，「之後我再告訴你。」

「是。」柳定權臉色一沉，「我爹被他們抓走了！」

「喂！你們爲什麼到處抓人！柳算命和張擇端在哪？」高羽踢了躺在地上的陳九一腳。陳九只是用陰鬱的眼神瞪著她，沒有說話。

「讓我殺了他替我爹娘報仇。」玟珊撿起地上的刀子，朝著陳九走去。

高羽拉住玟珊，對陳九說，「你一五一十說出這些人被藏在哪裡？前面有沒有什麼機關？不然，玟珊想在你身上刺一刀，等下我就不攔她喔。」

陳九看著這些人，遲疑了一下，正準備要開口，忽然兩手緊抓著喉嚨，瞪大雙眼，嘴巴張開，全身顫抖，可是卻只發出赫赫赫的聲音。身旁其他的手下，也是同樣的動作。

「喂！發生什麼事？」高羽驚恐的看著這群人怪異的動作。

「他們好像無法講話，而且很痛苦的樣子。」柳定權說。

「怎麼會這樣？」玟珊眼神露出恐懼。

「他們被法力控制，不能對外人講出不該講的話。」月升皺著眉頭說。

「真是邪惡的法力。」高羽不屑的說。

月升拂子一揮，陳九這群人統統昏倒在地，臉色平和，沒有原本痛苦的樣子。

「讓他們安靜睡一會。」月升簡短的說，同時再對同行三人施法，「這會帶給你們些微的保護力。」

高羽拿出銅鏡看了看，「玄武在這個方向。」她往左前方一指。

「我不是跟你說我在找張擇端嗎？他就是玄武。」高羽向柳定權解釋。

「所以，我們每個人代表一種神獸？」柳定權人聰明，反應快，「那你是什麼？」

「我是白虎，玟珊是朱雀。」高羽說。

「白虎屬金，朱雀屬火，青龍屬木，玄武屬水。五行差一行。」柳定權想了想說。

月升對他點點頭。

「你怎麼找到這裡的？」玟珊問。

「從小，我跟我爹一直有個特殊的法子可以互通暗號。他用手指取代紙筆在事物上寫字，只要時間沒有相隔太久，我便可以看懂他寫的意涵。我長大以後也有同樣的能力，我們父子倆在文字上的感受特別敏銳。我爹帶著我和娘來京城趕考，可是這項能力沒法讓他考取功名，娘又病了，爹只好出來擺攤算命。」他看了高羽一眼，「他貪財也是不得已的。」

高羽拍拍他的肩膀。一行人繼續往前走。

柳定權繼續說下去，「今早，天未亮，方臘的人闖進家裡，找到我爹強行帶走，我娘哭得呼天搶地，也說不出爲什麼爹被抓。我聽到消息後馬上出門，果然在大門看到他留下的暗記。我一路跟著他的暗記來到這裡，卻被霧困住，全身冷冽難當，又遇到那個陳九帶人過來，然後就遇上你們。」

「你現在還看得到他的暗記嗎？」高羽問，同時看著手上的銅鏡。

「我找找，剛才霧大，我什麼也看不到。」柳定權說完看向四周，這裡沒有高大的森林，只有零星的小樹叢、石礫、雜草。

他四處走動，「這裡。」他摸著一塊石頭。

其他人都看不到上面有什麼異樣。不過柳算命的在不久前用手碰過這石頭，留下讓柳定權可以找到他的線索。

「看來你爹跟張擇端被抓去同一個地方，應該就在這附近。」高羽說。

「可是這裡看起來沒有可以關人的地方啊！是不是還要走上一段？」玫珊四處張望。

「陳九這些人也不是憑空出現的，應該不會太遠。」高羽謹慎的說。

月升沉思一會，拂子朝前方揮動，像是在空中畫圓一樣，高羽站在她身旁，也感覺到有股強大的力量送了出去。

這時，前方又起了霧，這次霧氣像大浪一般洶湧，氣勢驚人，看來是衝著月升的力量而來。詭異的是，這次霧氣帶著濃稠的黃褐色，像是一口濃痰，不只讓人看了不舒服，還散發一股噁心的腥臭味，像是在水塘裡浮滿死魚的味道。

這次施法的人比陳九高明太多了。

月升看了高羽一眼，這次用不著她說，高羽馬上會意，她拿出銅鏡，幫忙施法。

銅鏡在她手上再度發出光芒，對著黃霧掃去。

黃霧在眼前翻騰，顏色變得更濃，味道更臭。

月升舞動拂子，時快時慢，飄忽不定。高羽的銅鏡閃著白光，跟黃霧來回糾纏，兩人全力迎戰，一時不分上下。

本來像大浪狀的黃霧，這時又有改變，這些霧氣聚攏，變化成一隻隻手臂形狀的霧手，向他們抓去。

15

這個霧氣彷彿變成一隻巨大的黃褐色章魚，觸手到處亂竄，高羽看了全身起雞皮疙瘩，這些手也太噁心了！她揮舞手中的鏡子，再次施展光刀，一一切向霧手。

但霧手卻越過高羽，直接攻擊後面的人。

「啊！」玟珊一聲尖叫，兩隻霧手握上她的雙腳，把她拖倒在地，拉向濃霧裡。

柳定權見狀，飛身前撲抓住她的兩隻手，努力要把玟珊抓回來，但此時又有四隻霧手朝著柳定權抓去。

高羽站在柳定權身邊，迅速切斷抓向她的七、八隻手臂，然後替柳定權擋住四隻霧手的攻擊。

月升眼神凝重，她右手舞動拂子，拂尾掃斷抓住玟珊的霧手，左手對著黃霧施法，強大的法力送出，黃霧消失了大半。

巨大黃色霧氣把霧手收了回去，黃褐濃霧中，一個人影出現。這人生著圓臉少女臉孔，卻一頭乾枯白髮，手上拿著一柄拂子。

「聖女！」玟珊咬牙切齒的說。

玟珊站起身來，一副隨時要撲上去的樣子。高羽拉住了她。

「你是誰？你的法力爲什麼跟我的這麼接近？」聖女粗聲沙啞的問。她的面容充滿邪氣，一雙眼睛直直的盯著月升。

「我叫月升。你是跟誰學法？」月升的口氣平和，但是全身蓄滿精力，泛著一層細細的白光，雙眼也緊盯住聖女。

「我叫周庭。是我爹教我的。」說到她爹，聖女臉上的表情比較柔和，「他的法力來自徐福。你聽過徐福吧？」

月升臉色一變，沉默一會後說，「他是我的師兄。」

這下，周庭也臉色一變，「所以，你跟我一樣，都來自秦朝！」

月升看著她，等著她說下去。

周庭下巴微微抬起，一副高傲的樣子。「我爹叫周麟，是徐福的大徒弟，他在宮中教導公主季嫚，兩人有了感情，把我生下來。所以我其實是秦朝的公主。

「在我七歲時，我爹爹安排我離開宮中，因爲……」周庭的臉色有點黯淡，「因爲宮中將有場大災難，爹爹帶著我離宮後一路往西，在那裡，我們遇到三名女子，她們在找資質優異的女孩，要教她法力，讓她當聖女。爹爹覺得這對我來說是一個好去處，不過他要她們保證我保留爹爹原本教給我的法力。她們答應了。」

「三位師父把畢生的法力傳給我，我從十九歲之後，容顏不再改變，二十四歲時，我被封爲聖女，五十歲那年功力大成，但我的頭髮也一夜全白。師父們告訴我，她們給我的法力可以讓我延年益壽，但是跟爹爹傳給我的法力融合後，法力相乘，卻也相抵，在我體內有了變化，讓我變成現在的樣子。」

「你爲什麼要逼問我爹娘祖傳玉冊的事？還狠心殺了他們！」玟珊氣憤的說。

周庭的眼睛瞇起來，看了她一眼，不屑的哼了一聲，「你們的祖傳玉冊？那玉冊是我爹留給我的，是被你的先人搶走的。」

「你亂說！」玟珊氣得漲紅著臉。

「什麼玉冊？」月升冷冷的問。

「我爹告訴我，當年他的師父徐福傳給他跟兩位師弟各五簡玉冊，這玉冊關係到一股很大的力量，他要我法力學成後回去找他，取得玉冊。可是等我再回到中原時，已經改朝換代了，我完全不知道怎麼尋找我爹留下的玉冊。

「一直到幾年前，我找到爹爹的一位師弟林上石的後人，他跟我說，我爹把玉冊埋進秦陵中，被小師弟的後人盜走了。人海茫茫，我花了很多時間和精力尋人，終於打聽到杭州何家可能就是那個小師弟的後代，剛好明教想要推翻無能的宋朝，讓我有機會領導人民起義反抗，我也來杭州尋找玉冊的下落。」

周庭說完看了玟珊一眼，嘴角牽動一個冷笑，「所以，那個玉冊是我的，何家有玉冊的下落，卻隱瞞眞相，罪該萬死。」

眾人得知玉冊的眞相，一時不知該做何反應。

「還有你！朱雀玉簪在哪？」她轉過頭，對著高羽陰冷的說。

「我才要問你，張擇端在哪？」高羽瞪著她，「還有柳算命，你抓走他們做什麼？」

「放我爹出來！」柳定權態度凜然的說。

聖女輕蔑的看了兩人一眼，然後轉向月升，「因爲要引你出來啊。」聖女看著月升假惺惺的笑了笑，「陳九告訴我他抓了個有特殊力量的人，還沒收了他的畫，說這人可以預知未來，而且還影響了他們行刺童貫的計畫。我本來不在意，陳九這人好大喜功，向來喜歡在我面前炫耀功績，以爲這不過是他另一件想立功的小玩意。陳九爲了取信於我，把那個算命的也抓來做證，證明這個張擇端在虹橋事件前就畫了算命攤上的樣貌。

「我一時好奇，看了張擇端的畫後，發現他的畫真的帶著某種神祕的力量，更驚訝的是，我在這股力量裡找到跟我一絲相似的地方。但是，不管我怎麼問，他都不肯好好說這股力量是怎麼來的。陳九說，他曾經抓到張擇端另一個同黨，我想，如果我把張擇端抓住，這人一定會來救他。我傳授陳九那群人一些法力，讓他製造一些霧氣，如果有人靠近，便可以用來試探來者的能耐。要是能破了陳九的法力，那就是我要找的人，誰知道這個毛頭小子先自投羅網，然後你們也跟著出現了。」

聽到「不管怎麼問，他都不肯好好說」，高羽暗暗心驚，聖女的「問」肯定不只是用嘴巴問，一定還運用法力折磨他。

「你們不僅破了陳九的三流法力，還可以抵抗我的力量，看來我等對人了。月升，徐福是你的師兄，你一定知道玉冊的祕密。」周庭眼光灼灼的看著月升。

「我不知道玉冊的祕密，剛才從你口中，我是第一次聽到玉冊。」月升淡淡的說。

周庭眼睛瞇了起來，不太相信的樣子，「那你一定知道那個神祕的力量是什麼，你我都有那個力量，從秦朝活到現在，但是，你有一頭烏黑的頭髮，而我卻一頭白髮！」

「你不想要一頭白髮其實很簡單，」高羽輕淺一笑，周庭挑起一邊的眉毛看著她，

「你把全部的頭髮剪去就好了！」

周庭大怒，喉嚨發出沙啞的嘎聲，雙手一揚，一股強大的力量對著高羽撲面而去。但高羽早有準備，全身運氣，手中鏡子對著周庭一揮而去，白光像傘一樣散出，擋在身前準備迎接周庭的力量。

高羽的資質本來就不錯，在得到月升幫忙後進步神速，加上跟陳九那些人交手後，增加臨場應戰的經驗，讓她對於法力的應用更加得心應手，用起銅鏡有人鏡合一的感覺。

她手握著鏡背的繫帶，鏡面向著周庭，法力從手掌中傳入銅鏡，這次，她感到手心貼著鏡背的地方，那些雕刻的神獸圖案動了起來，她的法力一催動，眼前的白光中，出現這些神獸的線條，有的像龍，有的像鳳，有的像鳥，有的像魚，有的像豹，彎彎曲曲複雜的線條，在空中張開像大網一樣，向周庭撲去。

周庭手中拂子揚起，一股窒息的黃色霧氣迎向神獸網，神獸網在空中散開，躲過霧氣，然後再度聚集成網，攻向周庭。黃霧忽隱忽現，擋在周庭面前，兩邊你來我往，跟神獸網打了起來。

霧氣越來越厚，但是神獸網也更加有力的進攻，高羽找到一個小破綻，指揮神獸網纏上對手的背。周庭大驚，運足氣，把網子甩開，但是覺得背上一陣痛。

周庭心中暗暗驚訝，這女子年紀輕輕，怎麼力量卻越戰越強？

周庭開始不安，除了年輕女子外，旁邊還有月升，以及出其不意打飛她的玟珊，她雖然渴望月升的法力，但是覺得憑藉一己之力無法打倒所有人，還是先保命要緊。

她忍痛轉身閃開了神獸網，使出九成力回擊，高羽一個不穩，往後退了兩步，周庭趁此機會，施法引出黃霧，準備遁逃。

但月升動作更快，她拂子一掃，一道力量洶湧而去，在黃霧變濃前搶到周庭身邊。此時周庭的背更痛了，她也手持拂子，跟月升打了起來，兩柄拂子在空中來回揮動，像是兩枝大毛筆在空中寫字，只是她們不是在書寫，而是以性命相搏。

周庭全力以赴，同時感到一個力量襲來，她一轉身，神獸網再度迎面而來，她趕忙低頭躲過，卻躲不過月升這邊的力量，只覺得右臂一陣痠麻，月升的拂子點上她的肩膀，一股力量貫穿手臂，她手一沒握穩，拂子便像斷了線的風箏飛了出去，而月升已經牢牢抓住她。

高羽手上的鏡子一晃，神獸網撲向周庭，這次周庭右手被抓住的情況下難以閃躲，左半身整個被網子牢牢纏住。

左右夾攻之下，周庭無法動彈，她氣憤的瞪大眼睛，胸口劇烈起伏，鼻孔噴氣。

「讓我殺了這妖女，替我爹娘報仇！」玟珊拿著刀，朝向周庭走去。

「你冷靜一下。」柳定權拉住了她。

「你憑什麼攔我？」玟珊氣得回身，刷刷兩聲，單刀砍向他。

柳定權沒想到她這麼生氣，嚇得鬆手躲到一邊。

高羽趕快向前攔著玟珊，搶下她手中的刀。

「把刀給我。」月升平靜的說。

高羽看了玟珊一眼，把刀遞給月升。玟珊知道搶不過，只能氣呼呼的瞪回去。

月升把刀拿在手上，沉思一會，對著玟珊說，「拿去。你想做什麼，就去做。」

她的話讓其他三人都大吃一驚，沒想到月升竟准許她報仇。

「我……你准許我這麼做？」玟珊拿過刀子，開始猶豫。

「如果你覺得這樣做會開心、安心的話。」月升說。

玟珊看著刀子，又看著周庭。

「你殺了一個不能反抗的人，你會安心嗎？」高羽忍不住插嘴。

「她殺我爹娘的時候，我爹娘也沒有機會反抗！」玟珊悲憤的說。

「月升，你的法力比我高強，我寧可死在你手裡，也不要死在這丫頭手裡！」周庭表情憤恨，齜牙咧嘴的說。

「你殺了我爹娘，還看不起我！」玟珊胸中怒火再度升起，手上的刀也舉起。

高羽不安的看著月升，月升的臉色一樣平靜，看不出表情。

「玟珊你想清楚……」柳定權試圖勸阻，但這次他不敢靠近。

「閉嘴。」玟珊打斷他的話。

玟珊狠狠的瞪著周庭，「你害我家破人亡，無路可走，就算你有一百條命也抵不了爹娘的命！」

玟珊越說越氣，越想越悲痛，她大步向前，舉起刀，用力朝著周庭的心臟刺去。周庭瞪大眼睛，眼神失去光彩，然後身子癱軟向後倒去。

高羽摀著嘴看著一切。

玟珊鬆開手，向後退了兩步，看著地上直挺挺躺著的周庭，胸口插著一把刀，雙眼空洞的對著天空。

「我、我殺了人……」玟珊眼神茫然。

「你開心嗎？」月升問。

「我開心嗎？」玟珊自問，臉上沒有喜悅的表情。

過了一會，她才搖搖頭。

「爲什麼？」月升說。

「因爲……因爲……」玟珊掩面大哭起來，「我爹娘……還是沒法回來，我還是一個人。」

高羽嘆口氣，走過去，雙手環繞著她瘦小的肩膀，無聲的安慰她。

「你覺得她得到報應了嗎？」月升指著周庭。

「我、我不知道……」玟珊情緒渙散，「她……殺人，我……也殺人。我、我不想殺人，我不想跟她一樣……我不想殺人……」

高羽將手放在她的肩上，悄悄施點法力，緩和她的心緒。

月升過來拉著玟珊的手，走到周庭面前，「你自己跟她說吧！」

玟珊看著地上的周庭，臉上表情複雜，「我恨你，可是我不想跟你一樣，我不想殺你，對、對不起。」

月升走到周庭的身邊蹲下，手握著刀柄，把刀拔了出來，然後她用手指按按傷口附近的穴道，從懷裡拿出一顆藥丸，一手捏開周庭的嘴，一手把藥丸塞進她的嘴中。

在三人驚訝的眼光中，周庭眨了一下眼睛，接著又眨了一下，猛然大咳，然後甦醒過來。

「你、你會起死回生？」柳定權驚訝的說。

「我死了？」周庭坐起來看著四周，眼神迷惑，頭髮散亂，想了一會後又說，「對，她拿著刀刺進我胸口，說要替爹娘報仇……」

「那你也想替自己報仇嗎？」月升問。

三人驚訝的看著月升，難不成她也要周庭拿刀刺玟珊？

「我、我不知道……」她沙啞的語氣遲疑，但是沒有怒氣憤恨。

就在這時候，奇怪的事情發生了。

「你們看！」柳定權低呼。

周庭滿頭的白髮出現了顏色，從髮根開始延伸到髮尾，先是淺灰色，然後顏色加深，變成深灰色、灰色，最後變成全黑。

周庭看著自己黑亮的頭髮，表情驚異，「我的頭髮！」

另一件奇怪的事情發生，她的聲音也不再粗啞嘎噪，跟她的容貌、頭髮一樣，恢復少女的輕柔。

「我的聲音……」周庭撫著頭髮，撫著喉嚨，默默流下眼淚。

「剛才我握著你的手臂，感覺到你體內混亂的力量，所以我在刀子上施法，她刺你的那一刀帶著法力，從你的心臟流進體內周身大穴，跟原先的法力相互抵銷。你現在不再擁有法力了。」月升平和的說，「之前那些法力影響你的心性，產生惡念，現在法力消失，心念正，身體便不再受到控制，你的樣貌也恢復本來應該有的樣子。」

周庭愣愣的看著她。

「所以，你不再長生不老，從現在開始，你會像一般人那樣生活下去，會老會死。」月升說。

周庭看著自己烏黑的長髮，許久沒有說話。

「就這樣吧！」周庭幽幽的說，「漫長的一生中，我只想要有更多的法力，讓自己更強大，好像從沒有想過自己眞正想要什麼。我的頭髮怎麼也黑不回來，我的聲音怎麼都沙啞，現在，我終於可以過上平常人的日子了。」

她苦笑了一下，續道，「不過，陳九那幫人應該就沒那麼好心會放過我了。」

「你放心，等他們醒來也不會有法力，就跟普通人一樣，你只要避開他們就好。」月升說。

周庭點點頭，她看向玟珊，嘴巴張開又閉上，過一會才低聲說，「你多保重。對不起，也謝謝你救了我。」說完便轉身離開。

「喂！你把張擇端跟柳算命藏在哪裡？」高羽大喊，但是周庭頭也不回，沒入樹林。

「她的法力沒了，要找到他們應該就不難了。」月升說。

「她謝謝我救了她……」玟珊看著她的背影，喃喃的說。

「你刺了她一刀，讓她恢復正常，算是救了她。」高羽說。

「她也說對不起……我要原諒她嗎？」

「冤冤相報何時了，她殺了你爹娘，你刺了她一刀，夠了。」柳定權說。

「她沒有法力應該不會再作惡了。」高羽說。

「這是你的功課。」月升說。

玟珊默然思考月升說的話。

高羽看著手上的銅鏡，指著左前方，「在那個方向。」

四人走上一個斜坡，這條路繞進山裡，沒多久他們看到一個土屋。

「就是這裡了。」高羽說著率先走進屋子。

高羽運氣全身，保持警覺，不過沒有看到其他方臘的人出現。一行人來到門邊，月升拂子一揮，木門大開。土屋裡沒有窗，屋內非常昏暗，高羽手上的鏡子一晃，一束白光射出，馬上照亮整間土屋。

「爹！」柳定權衝上前，柳算命雙手雙腳都被綁住，土屋的另一頭是張擇端。月升拂子再一揮，兩人馬上恢復自由，只是神色萎靡，張擇端身上有許多傷口，看來聖女對他有不少的「問話」。

「你們是怎麼找到這裡？」張擇端虛弱的問。

「我們先離開，之後再慢慢跟你說。」高羽將他扶了起來。

「畫……《清明上河……》」張擇端猛然咳了兩聲，用手指著牆角。高羽扶著他的手臂，對他輸入一些法力，讓他比較舒緩些。

玟珊走過去把畫撿起來拿給他，張擇端珍重的抱在懷裡。

「他們就把你的畫這樣隨便丟著？」高羽不高興的說。

「那個聖女拿畫逼問我，」張擇端稍微恢復一點力氣，「問我怎麼會有法力？我當然不會把師父的事情跟她說。沒多久，陳九進來說有高手踏入他們設下的法力圈，聖女便匆忙放下畫離開了。」

「她就是你的師父？」柳算命指著月升，語帶抱怨的說，「她這麼厲害，還能找到這裡來救我們，你當初如果早點跟她說，我們就不會受這麼多苦了。」

「這是原則問題。」張擇端瞪了他一眼。

「我們走吧。」月升說。

一行人離開土屋，柳定權帶著柳算命回家，月升帶著玟珊，高羽攙扶著張擇端，四人回到高羽落腳的廟中。

16

一個多月過去，這中間，方臘少了聖女和陳九這幫人的力量，勢力大幅消滅，沒多久後，終於被朝廷平定。

李師師幫高羽一行人另外找了間乾淨的宅子居住。屋內有三個房間，高羽跟玟珊一間，月升跟張擇端各自一間。

張擇端受困回來知道高羽原來是女兒身，之後對她的態度跟剛認識時明顯不同，不知道是因爲男女有別，還是因爲他害羞，對高羽變得客氣，有了距離。

「月升師父要我多修習，我去後院了。」張擇端在高羽問要不要跟她一起去王大娘家磨鏡時說。張擇端的身體在月升的調養下，穩定的恢復中。

至於高羽，她的法力雖然增強許多，但還是習慣著男裝，扛著工具大街小巷去幫人磨昏鏡。

她走回房間，在床沿坐下，神色有點落寞。

「怎麼了？他不跟你去？」玟珊對著鏡中的自己，一邊仔細的畫著眉毛，一邊問高羽。她本來是杭州知名玉店的唯一繼承人，對於梳妝打扮一向很講究，現在來到汴京，看到各色胭脂薄粉非常驚豔，但是高羽對這些沒興趣，兩人聊不起來，反而在搬到新住處後，玟珊跟師師意外變得要好，常常纏著師師帶她去市集看看，又買了不少胭脂水粉回來塗抹。

「嗯。」高羽無精打采的嘆了一口氣。

「我們都知道你對張師兄的心意，可是他老是對你不理不睬的。我覺得你不要自作多情了。」玟珊一邊說一邊看著鏡中的自己，比較兩邊眉毛的高度。

「他在知道我是女兒身之前不是這樣的。我們有說有笑，還會談理想抱負。」高羽替自己辯解。

「難不成，他喜歡的不是女人……」玟珊壓低聲音說。

「什麼啦！講這麼奇怪的話。」高羽白了她一眼。

「有什麼好奇怪的。」玟珊也從鏡子白一眼回去，「他想喜歡誰，就喜歡誰，我們哪管得了。」

「我只是覺得他好像有別的想法。」高羽嘆一口氣。

「你小心喔，說不定他看上了我！」玟珊對著鏡子嫵媚的眨眨眼，假裝在挑釁。

「我的法力比你強，你才要小心！」高羽也假裝恐嚇回去。

「我看啊，你還是接受柳師兄好了。」玟珊畫好眉毛，轉過身來面對高羽。

「你不要再講奇怪的話了。」高羽沒好氣的說。

「柳師兄三不五時過來，雖然表面上是來問月升怎麼照顧他爹，如何幫他調養身體，但是大家都看得出來，他最喜歡找你講話，看著你還會臉紅。柳師兄對你一往情深啊！」玟珊用感性的聲音說。

「他跟我講話，是因爲你懶惰，都是我去應門！臉紅是因爲他氣血不順，眞氣不足。」高羽避重就輕的說，「好啦，我要去王大娘家了，你今天去市集前，先把師父的房間打掃一下。」

「你不要以爲我每天無所事事到處閒晃，我買胭脂水粉，同時也在觀察市集，我發現這裡賣玉的店不多，規模也很小，總有一天我要重振『琾』，所以才想了解一下當地情況。」玟珊說到她的抱負，臉色馬上嚴肅起來，「而且我一定要找到那個玉冊！」

「師父那天不是說不要去找？你找玉冊幹麼？」高羽問。這個玟珊看起來瘦弱，但是心裡決定想做的事，又固執又強硬，高羽有點擔心。

「找到再說吧，我也還沒決定要做什麼，只是好奇。」玟珊說。

「好吧！你找到的話告訴我一聲，我也想看看。」高羽說完，背起磨鏡的工具，出門工作去了。

＊＊＊

高羽傍晚回到屋子時，發現所有人都在前廳，臉上神色不同。

月升一貫的平和從容，坐在正前方的椅子上。

玟珊坐在左邊的椅子上，臉上帶著忿忿之色。

柳定權垂手站在月升的旁邊，態度淡定。

張擇端則是來回走動，顯得焦慮不安。

「你回來了。」柳定權看到高羽，展開一抹笑容。

「是啊。」高羽簡短回答，她好奇的看著眼前這些人。

「你過來。」月升說。

高羽把工具箱放下，來到月升右邊，月升示意她坐下。

張擇端看到高羽出現，不再走動，表情複雜的看著她。

前廳內一片安靜，氣氛感覺不對勁。

月升眼光一一掃向每個人，緩緩說道，「張擇端經過這一個月的調養修習，恢復到之前的體力了，現在我要宣布一件事。」

她停頓了一下後說，「在秦朝時，我遇到闇石的力量，這個力量太大，邪氣太重，最後我雖然制伏了它，但爲了謹愼起見，我讓徐福師兄帶著闇石離開。在唐朝時，我收了五名徒弟，教他們隱靈法，就是要確保除了我之外，還有其他力量可以制衡它，而這個力量可以世代相傳。但是一千年過去，闇石不曾對世間造成威脅，看來已經安全。所以，我決定把隱靈法撤去。」月升說。

高羽聽了非常的高興，還沒來得及表示意見，張擇端已經搶著先開口。

「敢問師父，隱靈法撤去後有什麼影響？」張擇端問，口氣恭敬，但是隱隱帶著不安。

「隱靈法撤去後，你們彼此可以婚配，不再受單傳的限制，後代也不會有法力。」月升語氣平淡的說。

「那我們還有法力嗎？我還可以再跟你學法嗎？」張擇端著急的問。

月升沉思一會，「你們現在的力量還是會在，但是我不會再傳授法力，沒有必要了。」

「那至少，師父應該喚醒我們體內原來的法力，這是我們本來就有的。」張擇端說。

「對啊，這不公平。」玟珊大喊，「高羽有高強的法力，我也要。」

「師父，我之所以被聖女折磨得全身是傷，就是因爲我沒有法力！好，我可以不要去找她報仇，但是我會記下這份羞辱，我不想再遇到這樣的狀況了。」張擇端激動的說。

高羽看著張擇端，她覺得自從他被聖女囚禁、折磨後，整個人都變了。他本來對學習法力就很熱衷，現在更是不肯輕易放棄。她感到一道遙遠的距離在兩人之間展開。

「高羽，你的想法呢？」柳定權問。

「我……」她深呼吸一口氣，「是我跟師父提議，希望她撤去隱靈法的，所以我當然贊成。有沒有法力對我來說並不重要。」

「原來是你對師父嚼舌根啊，法力對你來說不重要，你也不能阻止別人有法力啊！」

玟珊皺著眉頭氣憤的說。

「高羽，你的法力比我強太多，這讓我在你面前矮了一截，你難道不希望，我們在一起的時候，可以平起平坐嗎？」張擇端語氣放軟，眼睛直直的看著她說。

高羽剎那間明白了，張擇端對她態度冷淡，不是不解風情，也不是因爲害羞，而是因爲無法忍受她的法力比他強。甚至現在，他明知道她的一番心意，卻利用她的情意，希望她勸月升讓他擁有同樣的法力，暗示這樣兩人就可以在一起了。

高羽感到一陣心痛，差點脫口而出：「反正我也不在乎法力，就讓師父把我的法力撤除，這樣我們就都一樣沒有法力了。」

但是她馬上運氣呼吸，讓自己先冷靜下來。張擇端不是希望高羽跟他一樣沒有法力，而是希望他跟高羽一樣有法力。他根本不在乎兩個人是不是能在一起。

張擇端看她不說話，認爲她心動了，便過來拉著高羽的手，柔聲的說，「難道你不希望，我有高強的法力可以保護你嗎？你這一生就不用擔心有人欺負你了。」

「高羽……」柳定權喊了她一聲，卻沒有說下去。

高羽看了柳定權一眼，他的眼神中有不捨，也帶著支持。

高羽眨眨眼，緩緩吸一口氣，把自己的手輕輕抽回來。

「我既然有法力，不用擔心別人欺負我，又何必寄望別人保護我呢？」高羽面帶微笑的說。

張擇端臉色一垮，轉過身，背對著高羽。

柳定權在一旁聽了猛點頭。

「懇請師父改變心意！請師父讓徒兒繼續修習法力。」張擇端看高羽不願幫忙，雙膝一屈，跪在月升的面前說。

「請師父成全。我想遵循祖訓尋找玉冊。」玟珊也撲通一聲跪了下來。

月升拂子一揮，兩人不由自主的站了起來。

「周庭本是秦朝公主，是個大富大貴之人，習得法力後應該幫助疾苦，嘉惠他人。可是她的法力卻讓她走偏，傷害無辜，作威作福，可知法力害人不淺。隱靈法是我自創的法力，其中多少帶著闇石的力量，引起許多事端，就此撤去也是好事。」月升緩緩的說。

「師父！」張擇端和何玟珊同時喊著。

「我已決定，不必多言。」月升說。

接著，月升全身泛著白光，全力施法。她手中拂子對著四人揮去，他們同時被一股力道罩住。這力量若有似無，卻又透過衣衫，緊密的貼合肌膚。

高羽感覺到周身穴道被打開，感覺一股熱烘烘的暖流穿過，接著是一股涼氣，清爽舒適。只是沒多久，月升臉色大變，全身顫抖。

「師父你怎麼了？」高羽驚訝的問。其他三人也是滿臉擔心的看著她。

月升似乎承受極大的痛苦，很努力的對抗著。

四人此時看到月升身上的白光開始變色，從白、淡黃、深黃、淺橘，然後變成深橘，彷彿全身著火一般。

「怎麼回事？」柳定權問。

「隱靈法居然……居然有自己的意識，不肯讓我撤回。」月升放下拂子，蒼白的臉糾結起來，滿是汗水。

「那就放棄撤回隱靈法。」張擇端大喊。

「來不及了，隱靈法反噬……」月升痛苦的呻吟。

「怎麼辦？」玟珊害怕的說。

高羽衝上前，想要幫月升，但是這時候，月升身上的橘光轟的一聲，變成橘火。

「快救師父啊！」張擇端焦急的喊著。

張擇端的話讓高羽想到一件事。張擇端的先人張萱曾畫了一幅《搗練圖》，讓月升進入修習法力，這幅畫一定可以幫她！

高羽拿出銅鏡，銅鏡對著月升射出一道光，她身上的火勢被滅了一些，同時高喊，「《搗練圖》！」

月升馬上知道高羽的意思，只見她舉起手一揚，一卷畫軸在眼前展開。大家看到裡面宮廷仕女姿態各異，美麗端莊的畫面。

月升努力舉起拂子，用盡最後一點法力在自己身上，只見她整個人浮在空中，化成一股輕煙，對著畫中最右邊的女子飄去，進入畫中。

高羽伸手想去拿這幅畫時，畫中最右邊的女子卻燃燒了起來，大家還來不及反應，整幅畫在一瞬間被火焰吞噬，燒得一點灰燼都不剩。

四人看著目瞪口呆。

月升不見了，畫也不見了。

「師父……死了嗎？」過了好一會，柳定權問。

「不知道。她曾告訴我，她不只可以進到剛才那幅畫裡，還可以進出其他的畫。希望她可以順利的躲到其他畫裡。」高羽說。

「她還會回來嗎？」玟珊問。

「如果她的修習完成，應該可以吧？」高羽語氣不確定。

「希望如此。」張擇端嘆口氣。他不知道要慶幸隱靈法沒被拿走，還是難過師父不在，不能教他法力了。

「現在……該怎麼辦？」高羽說。她有點茫然，一下子發生太多事了。

「明天再說吧！」張擇端說，轉身回到他的房間。

「我先回家了，明天再來看你。」柳定權對著高羽說，給了她一個溫暖的微笑。

＊＊＊

第二天一早，高羽還是外出幫人磨鏡，傍晚回到家，經過張擇端的房門時，發現房門大開，裡面空蕩蕩的，走進去一看，發現桌上有張紙條。

高羽拿起紙條，是張擇端寫給她的。

高羽，相識一場是我的榮幸，但是我倆志向不同，不能勉強。我打算去山裡尋師學法，不告而別，請多見諒，不用掛懷。

高羽看了嘆一口氣，卻沒有感傷。她曾經立誓，這一生絕對不要像娘一樣，苦苦守候不肯留在家的爹，也不要跟這樣的人過一輩子。她差點迷失，差點走向同樣的命運，不過還好自己及時醒悟，現在這樣，是最好的結局了。

玟珊這時也從外面回來，看到空蕩蕩的房間，還有高羽手上的紙條，馬上明白怎麼回事。

「他對你沒有用心，不用去找他了。」玟珊扁扁嘴說。

「當然不會。」高羽肯定的說，覺得整個人都開朗起來。

「我今天去找師師，她說她會全力幫我開玉店，她有人脈，我懂玉，我打算用這宅子當店面，如果你不去找張師兄，可以跟我一起顧店。」玟珊興奮的說。

高羽微微一笑，「謝謝妹妹，不過我行走江湖慣了，也不懂玉，還是到處幫人磨鏡好了。」

玟珊點點頭，表情帶著失望，但是她知道高羽已經決定了。

「你什麼時候走？」玟珊低聲問，「你是我的救命恩人，我永遠都不會忘的。」

「過兩天就走。放心，我不會不告而別的。」高羽拍拍她的肩膀說。

兩天之後，高羽跟玟珊話別後，來到柳定權家。

「你要走了。」柳定權看著她低聲說。

「是啊，來跟你們道別的。」高羽說。

「我可以跟你一起走。」柳定權堅定的說。

「你是可以，可是你爹娘身體不好，需要你在身邊。」高羽說，「你離不開他們，而我需要走向遠方。」

柳定權看著她，點點頭，「我在這，玟珊也在，有空常回來看看。」

「好。」高羽給了他一個笑容，轉身扛起磨鏡工具離開柳家，也離開汴京。

＊＊＊

高羽辭別眾人後，走過千山萬水，因爲她想找一個地方。

一個偏遠、沒有人跡的地方。

一日，她來到一個小村外的亂葬崗，那裡生著一大片的荒草，有幾個墓碑露出來，但上面的字跡已經模糊難辨。

就是這裡了。她想。

高羽找到一個最不起眼的地方，然後開始挖地。烈日當頭，她不用法力，用手拿著鏟子用力的挖，挖出一個深洞。

過了好一會高羽才罷手。如果她跳進去，大概腰部以下都在洞裡。

她從懷裡拿出銅鏡，對著銅鏡施展最後一次法力。

離開汴京後，她曾嘗試著毀了這面銅鏡，她想，或許沒了鏡子，法力也會消失。她的後代也不會再受隱靈法的影響。但是不管她怎麼試，銅鏡都安好無損。

她不想隨意丟棄，擔心有人無意中撿到，又回到後代的手裡，所以決定把它深埋起來。

她怕這樣還不夠，又在上面施法，如果後代子孫接近這面鏡子，他會感到害怕恐懼，這樣就會永遠遠離這面鏡子。

高羽把鏡子放在地洞深處，然後把土推回洞中，再把雜草種回去。

「但願有一天，我們的後代不會再受『隱靈法』的牽制。」高羽看著回覆原狀的大地感慨的說。

17

亞靖看到紫珊時，那種熟悉的恐慌感又出現，在他胸口重重一擊，心臟好像停了半秒。童年鏡中飄忽的景象乍現在腦海，然後又消失。

這是怎麼回事？

「亞靖，來，這是我跟你提過的梁叔叔。」媽媽對他招手，「還有他的女兒，紫珊。」

亞靖剛從屋外回家，一進客廳，就看到家裡有客人。年長的男子一定就是梁叔叔了。他身邊叫紫珊的女孩估計跟他同齡，她體型修長，蓄著短髮，細長的眼睛帶著一抹神祕的眸光，有種難以親近的感覺。他一向覺得女生大眼睛才好看，但是紫珊深邃的眼神讓他意外的著迷，忍不住想多看看她。

紫珊也看著他。

「亞靖你好，回臺灣還習慣嗎？喜歡嘉義嗎？」梁叔叔和氣的問。

亞靖舉足無措的低下頭。

「怎麼？他還是不說話？你有沒有去找醫生啊？他這樣在學校會被人霸凌的。」梁叔叔轉頭問媽媽。媽媽只是無聲的嘆息。

看來媽媽告訴他們自己不說話的事。亞靖在心裡苦笑，一般人好像以爲不說話就等於聽不到，直接在自己的面前表示想法，把他當空氣。

不過，這不是他在意的事。

他看著紫珊，爲什麼這女孩會讓他有這樣的感覺？那種恐慌感，拉扯著他的每條神經，讓他想遠遠的躲起來。

他緩慢的呼吸，壓下那種感覺。以前遇到這樣的狀況，他會把自己鎖在房間裡，在更小的時候，他會尖叫、發抖。

紫珊皺眉，瞄了她爸爸一眼，好像不高興他講這些話。她再度看向亞靖時，臉色轉爲柔和，眼神中那股神祕的距離感被一股暖意取代，她對他微微點一下頭。

她怎麼可以同時令他感到恐慌，又同時安撫他的焦躁？

亞靖想不出理由。他想直接問她。

對於自己居然有想開口說話的想法，亞靖心裡閃過一絲驚訝，但是他看著紫珊，看著屋裡其他的人，還是什麼也沒說出口，只是點一下頭，算是作爲回應，然後走上樓，回到自己的房間。

兩個星期之後，他跟媽媽從嘉義搬到臺北。

媽媽帶他到新學校報到時，他很驚訝這間學校有這麼多學生，人來人往，有一種很不習慣的熱鬧。學校裡遮住半邊天的高樓也讓他感到畏懼，亞靖一再在心裡告訴自己：會習慣的。尤其這是他自己的決定，是他跟媽媽說想回臺灣，也是他答應媽媽要來這裡讀書。

他在嘉義出生，七歲時跟著爸媽去美國定居，在美國時，他們住在一個小鎮裡，他就讀的學校占地很大，草皮寬廣，還有一片農地讓學生種蔬果。不過校舍卻只有兩棟，都是平房，學生也不多，大家都認識彼此。

現在，他坐在臺北的教室裡，越過四樓教室的窗戶可以看到這座城市的一隅，學校的對面也是高樓，密密麻麻的水泥建築，緊密相鄰。超商、大賣場、水電行、小吃店、飲料店、通訊行……滿足人們所有的需求，這是一個生活重疊度非常高的城市。

下課的時候，有的同學迫不及待的走出教室，有的同學顧著做自己的事，有的同學則是和其他人聊天，大家各忙各的。他坐在位置上，正想把下節課的課本拿出來時，一片陰影落在桌面上。

「喂，聽說你是啞巴？」一個粗魯聲音傳來。亞靖抬頭看，一個高壯的男生站在他面前，他眼角下垂，眼神鬆散，帶著明顯的嘲弄。旁邊還有三個男生，兩個跟亞靖差不多身材，不過一個瘦些，一個矮些，第三個男生則是胖胖的，臉上長滿青春痘。

四個人把他圍在中間，他迅速看了他們一眼，又低下頭去。

「他可能還是聾子呢！」矮個子男生靠近他的耳邊，嘴裡發出奇怪的聲調。

「啊啊，呼，叭叭叭，嘎嘎，呀呀呀，大笨蛋，聽不到。」

亞靖偏過頭，想要拉開距離，高壯男生伸出大手抓住他的頭，另外兩個男生也分別抓住他的身體和手腳，讓他動彈不得。

「怎樣？」高壯男生手箍著他的頭，三角垂眼盯著他，「叫啊，這樣也講不出話嗎？我看看能不能幫你把話從腦袋擠到嘴巴來。」

「搞不好是從鼻子擠出來。」胖胖青春痘男生怪笑著說。

「到時候你把他的鼻涕擠出來，逼他自己吃下去。」矮個子男生尖聲的說。

四個人爲他們自己無聊的笑話哈哈大笑起來。

亞靖努力掙扎，想甩開這些人的蠻力，他用眼神向其他同學求救，可是他們只是轉過頭，假裝沒看到。

高壯男把他的頭箍得更緊了，他覺得自己頭骨好像快裂開了。另外三人按著他的身體各部，其中一人還順便踢他一腳。

「喂！你們在幹麼！」一個女生的聲音傳來。

四個人同時鬆開手，也不再發出怪聲。亞靖轉過頭看，來的人居然是梁紫珊！

「你站到一邊去！」瘦瘦男生說。

「不要多管閒事喔，不然連你也一起吃鼻涕。」胖胖青春痘男生恐嚇的說。

高壯男對兩人揮一下手，「沒事，老師說這位新同學有什麼說話障礙症，我們想日行一善，幫他練習說話而已。」

紫珊冷冷的看著他們，「我想，你們幫的忙夠多了，可以走了。」

「你誰啊！閃開！」瘦瘦男生走過來，對著紫珊一推。瘦瘦男生本以爲可以輕易把她推倒在地，沒想到眼前一花，他居然無法控制的推往旁邊，把同伴矮個子男生推去撞旁邊的桌子。

「喂！你幹麼推我？」矮個子男生大吼，站起來推回去，卻推到胖胖青春痘男。

胖胖男一時沒站穩，撞到高壯男生，高壯男本來要伸手扶胖胖男，卻變成一巴掌拍向胖胖男的頭，同時又一腳踢向瘦瘦男。

「哎喲，你踢我！」瘦瘦男皺眉掄起拳頭，對著高壯男搥去。

其他人看到四人莫名其妙的互相踢打，都幸災樂禍的看好戲，可見他們平常就會欺負人，作風惹人嫌，才沒人想幫他們。

紫珊臉上表情不變，心裡卻偷笑，這些人會打起來，其實是她暗中施了法力，讓他們手腳的力量轉向，用到同伴的身上，她不動一根小指頭就讓這些人受教訓。

「還不快走！」紫珊對他們說。四個人狼狽站起身，狠狠的瞪她一眼後離開教室，留在教室裡的人都拍手叫好。

亞靖好奇的看著她，紫珊一副自己也不知道發生什麼事的表情，對他聳聳肩。

「我爸爸說你決定來念我的學校，今天第一天報到，要我來跟你打聲招呼。」紫珊看著他說。

亞靖點點頭，表示謝意。

沒錯。他和媽媽回臺灣後先回到嘉義老家，可是媽媽帶他去嘉義的一些學校參觀，他都覺得興趣缺缺，媽媽也開始失去耐心，對他發脾氣，罵他浪費時間。一直到媽媽的老朋友梁叔叔來拜訪，那時他第一次見到紫珊。

梁叔叔建議媽媽讓他來念紫珊的學校。媽媽剛開始認爲臺北環境複雜，學校人又多，擔心他不能習慣，沒想到他居然馬上答應了。

他的確對人多感到焦慮，但是不知道爲什麼，紫珊給他一股很奇怪的感覺，讓他感到好奇，願意接受紛雜環境的挑戰。

亞靖本來以爲自己幾天後才會遇到她，沒想到媽媽已經去請託梁叔叔，讓紫珊第一天就來找他。

「那四個人是學校惹人厭的小混混，叫自己四大贏家，同學們私下叫他們四大家蠅，蒼蠅的蠅。那個高壯三角眼的男生叫磊哥，瘦高的那個叫阿仔，矮個子皮膚黑的叫章魚，胖胖滿臉痘痘的叫胖熊。」紫珊細細跟他講這些，不在意他都沒有回話，「他們看你是新來的轉學生，又認定你不會去跟老師告狀，就來欺負你，以後你多注意這幾個人，能不理他們最好。」

亞靖再次點點頭。

「這是我的手機號碼，」紫珊拿出一張小紙條，「有事可以找我。」

亞靖拿到紙條，看了兩秒鐘，把紙條撕成兩半。

紫珊愣了一下。

亞靖拿出筆，在空白的那一半也寫下一組號碼，遞給紫珊。

「這是你的號碼？」紫珊語氣帶著驚喜，「那我可以傳簡訊給你嗎？」

亞靖點了一下頭，表示同意。

「好，那我們保持聯絡喔！」紫珊微笑著說，她細長的眼睛笑起來彎彎的像新月。

紫珊走後，亞靖繼續一天的課程，他在心底細細品味紫珊帶來的那股安心感，還有隱藏其中的恐慌感。

＊＊＊

那天晚上，亞靖從夢中驚醒時覺得全身發冷，手一摸額頭都是汗。

又是同樣的夢。

夢中有一面古代的銅鏡，背面有神獸的浮雕，然而鏡子轉過來，光潔的鏡面出現一個白影，白影在鏡面中飄啊飄的，他湊上前去，想看清楚白影是什麼，鏡面卻突然變成一張白色大嘴，對著他張開大口，把他吞進鏡子裡，然後他就醒來了。

這是夢，也是現實。

他坐起身子，抹去汗水，回想那天發生的事。

那年他七歲。有一天爸媽帶他去故宮，身爲獨生子，從小他就獨享父母的寵愛，他幸福的輪流拉著爸爸的手，牽著媽媽的手，好奇的看著館內各種古物收藏。

「媽，你看，這個是狗嗎？好可愛啊，還有項圈耶！」他大聲的喊著。那時他還跟一般孩子一樣，會在公共場所歡笑說話。

「小聲點。」爸爸低聲提醒他。

「這是青銅器。是戰國時期的『嵌綠松石金屬絲犧尊』。」媽媽看著標示唸出來，「沒有寫是什麼動物，我覺得比較像河馬。」

「我覺得像兔子。」爸爸看了看說。

「哈哈！兔子的耳朵才沒那麼短！」亞靖大笑。爸媽再度提醒他要放低音量。

當爸爸媽媽還在爲犧尊到底是什麼動物發表意見時，亞靖被另一件事物吸引。

他鬆開媽媽的手往前走，來到一個亮亮的屏幕前。這裡有個平臺，上面架著一個圓圓扁扁的東西，一束光照在上面，反射的光投在屏幕上。他覺得這東西令他害怕，想要走開，但是這東西同時又吸引著他，不自覺靠近。

他走得更近，可以看到標示上的文字：「七乳透光鏡」。

他從五歲開始學認字，他學得很快，現在已經可以看很多故事書。這些字他認得，知道這是一面鏡子，跟剛剛看到的「嵌綠松石金屬絲犧尊」一樣，屬於青銅器。

這面鏡子表面非常光滑明亮，把直射的燈光反射到屏幕上；而它的背面有著複雜的裝飾，鏡背的中間有個突出的圓形鈕，一條黃色的繩子從兩邊小孔穿過去。鈕的外面一圈有九個突出的小圓，小圓的外圍有幾圈圓形紋路，而在紋路外面，就是七個引人注目、突出的大圓點。

這七個圓點各自有圓形紋環繞，彼此之間還布有精細的圖像，他看不懂是什麼，好像有人、有鳥、有神獸。在這個鏡子最外圍，也有一些像是文字的浮雕細紋，不過這些字他就看不懂了。

擺放鏡子的平臺旁有個紅色按鈕，他好奇按下去，一個事先錄製的聲音傳來，仔細的介紹這個古物。亞靖聽了一會，原來這個鏡子叫透光鏡，因爲鏡子本身有不同的厚薄，所以強烈的光束從鏡子反射到牆上時，就會顯現鏡子背後的紋路，讓人看起來好像會透光一樣。

果然，屏幕上的花紋就跟鏡子後面的花紋一模一樣。

他好奇的看著鏡子後面的文字、紋路，深深的被吸引，然後，奇怪的事情發生了。這些花紋鳥獸居然從鏡背跳出來，在空中不停旋轉，越轉越快，最後在眼前消失，像是有人用橡皮擦把它們一一抹去，凹凸的青銅變得平坦光滑，鏡背居然變成鏡面。

亞靖驚訝的往前再靠近一步，想看清楚發生什麼事，只見自己的影像出現在鏡面上。他對著鏡子擠眉弄眼，鏡中的影像也回敬他同樣的動作。他露出微笑，但是微笑馬上轉成詫異，只見鏡子裡的表情忽然變得扭曲歪斜，然後自己的臉被一道白霧給蓋住，這道白霧居然從鏡中升起，撲向他的臉。他想往後退一步，卻發現自己整個人像被磁鐵吸住一般不能動彈，接著，一股更大的吸力出現，把他往鏡子裡拉去。

他感覺到身體被人強力往前拉，沒有痛的感覺，但是也不舒服，像是媽媽給他穿太緊的衣服，而且是一次穿三十件那樣。想到媽媽，他忍不住大叫，「媽……」但是他來不及把另一個媽字喊出口，那個牽扯的力量便把他拉向鏡子，他看著光亮的鏡子在眼前迅速變大，整個人被吸入鏡子裡。

亞靖回到故宮後，對於剛才發生的事驚嚇得說不出話來，然後爸媽終於出現，帶他回家。

「不是跟你說要牽好嗎？怎麼自己跑掉？」媽媽生氣的說。

「跑哪裡去了？我們怎麼找都找不到！」爸爸也非常不高興。

「我……我被鏡子抓進去了！」亞靖低聲說。

「你亂跑還編這麼爛的藉口！」爸爸更生氣了。

「真的，我去到鏡子裡，我看到裡面有古代的人，他們會法力……」亞靖急著辯解。

「好了，不要再亂說了，沒有人會跑到鏡子裡，世界上也沒有法力。你這樣亂說話，大家會以為你精神有問題，會叫你瘋子、怪物。」媽媽狠狠警告他，一點也不想聽他解釋。

媽媽的話讓亞靖害怕不已，他不想被當怪物，他也不是瘋子。從那之後，他便擔心自己會不小心說起故宮鏡子這件事，一直提醒自己要小心，尤其是面對家裡以外的人。

慢慢的，他就越來越不愛說話了。

在課堂上保持安靜是好品德，通常老師對於吵鬧的同學才會特別注意。一直到同學嘲笑他、欺負他，對他的罵不還口占便宜，老師才意識到亞靖不說話的問題，跟他的父母反應。

爸媽原本不相信，因為他在家說話都很流暢，直到一次他在學校被同學毆打，老師帶著受傷的他回家，他們才帶他去看心理醫生。醫生診斷他有「選擇性緘默症」，雖然有說話的能力，也可以理解他人的意思，但是因爲社交焦慮，面對某些人會說不出話來。

他越來越不喜歡去學校，不喜歡出門，爸媽和老師都不知道怎麼辦，這時候，爸爸的工作安排他到美國管理工廠，爸媽討論後，覺得或許換個環境會對亞靖有幫助，於是決定全家移民到美國。

到美國後，學校建議他做一些諮詢治療，慢慢的，他除了爸媽外，願意跟老師單獨講話，也會跟極少數的同學說話。另一方面，離開臺灣，也讓他覺得遠離了那面可怕的鏡子，不會再被吸進去那個神祕的空間，心裡安心許多。

不過，潛意識的恐懼不時還是會轉化成惡夢，讓他夜裡睡不安穩。曾經有一個諮詢師建議，當他感到恐慌時，好好的面對它，他試了好多方法，最後發現把整件事回憶一遍，把每個害怕的細節想過一遍，有助於安定自己。幾年下來，鏡子裡發生的事如同七歲時看到一般，清清楚楚，歷歷在目。

亞靖抹抹臉，看一下手機的時間，差不多該起床了。他打算今天早點去學校，看看能不能遇上紫珊，可以跟她說話。

在嘉義他第一次遇到紫珊的時候，他就有股想跟她說話的衝動。沒錯，紫珊給他一股恐慌的感覺，這種恐慌的感覺跟當年故宮鏡子給他的感覺非常相似。但是紫珊同時又令他覺得安心，彷彿她可以解釋很多事情的原委。他對非常多人有說話的障礙，可是卻想跟她說話，他一定要把握這樣難得的感覺，如果成功，會是突破自己的一個重要的里程碑。

他來到校門口時，時間還早，學生們三三兩兩的進校門，他站在牆角下等待。這兩天他曾打算利用下課時間去找紫珊，但是她都固定跟三個朋友在樹下見面聊天，而他一點也不想接觸其他人。

紫珊出現時，本來靠在牆上的他，站直了身體。

「你……在等我嗎？」紫珊好奇的問。

亞靖點點頭。

「你還好嗎？是不是遇到什麼麻煩？」紫珊問。

亞靖先點頭，再搖頭，但是意識到這樣回應很不明確。果然，紫珊眉頭微皺。

「你想跟我說話嗎？」紫珊再猜一次。

這次亞靖清楚的點點頭。紫珊耐心等待。

兩人對望幾秒鐘，亞靖發現自己還是講不出話，附近上學的人潮越來越多，有些人經過時好奇的看著他們，讓他更焦躁。

紫珊想了一會，小心翼翼的碰了一下他的手臂，「這裡人好多，讓我很緊張，不然你再傳簡訊給我？」

紫珊的手碰到他時，他感到一股微妙的力量，好像觸電那樣，他馬上覺得心中的焦躁減緩許多，而她說的話也讓他平穩下來。明明是他在緊張，紫珊卻把兩人的尷尬攬在自己的身上，讓他心裡好過一些。

亞靖點點頭，臉上展出一點微笑，轉身進入學校。

放學前，亞靖收到紫珊的簡訊。

「你還想聊聊嗎？如果是的話，等下放學在明義公園見面。」

今天一整天，亞靖都在懊惱自己早上的無能，現在看到紫珊的訊息，馬上回應，「好。」他上網搜尋這座公園，位在學校三條街外，走路就能到。

明義公園小小的，人也不多，亞靖抵達時，紫珊已經在那裡等他了。她坐在一條長凳上，前面有個小水池。她專注看著水池的樣子好優雅，亞靖想。

紫珊察覺到亞靖來到身邊，轉過頭來，對他一笑說，「坐下吧，這樣我比較不會緊張。」

亞靖坐在她旁邊，那種恐慌又安心的感覺又來了。

「四大家蠅還有再來煩你嗎？」紫珊問。

亞靖搖搖頭，他們沒再來找他，不過其他同學也不知道怎麼跟他溝通，他就是一個人安安靜靜的上課下課。

「你平常喜歡做些什麼？」紫珊問完才想到這個問題沒辦法用點頭搖頭回答，於是馬上又說，「我喜歡看書，『魔幻仙靈』系列是我的最愛！你看過嗎？」

亞靖搖搖頭。

紫珊繼續說下去，「我也喜歡玉，我家世代開玉店。你看，這是小時候我找到的玉。」她把胸口上的玉墜項鍊給他看。

亞靖看了看，點點頭，表示漂亮。

「我們的店叫『琾』，世界的界，左邊斜玉旁。有機會帶你去店裡走走，給你看我們從唐朝傳下來的朱雀玉簪，」不知道爲什麼，紫珊忽然想跟他提這些，好像亞靖在無聲中請她講下去，「我們之前去嘉義拜訪你家，其實是我想去故宮南院看一個特別的文物，那是一份玉冊……」

「玉冊！」亞靖脫口而出，不僅紫珊嚇一跳，他自己也嚇一跳。

紫珊很想跳起來拉著他的手興奮的說「耶！你講話了！」，不過她覺得還是平常心對待比較好。

「是啊，唐玄宗封禪的玉冊，你想不想看，我有拍照！」紫珊說。

亞靖點點頭，紫珊拿出手機，找到幾個星期前的照片，拿到亞靖的面前。

亞靖仔細看著，心緒卻飛很遠，七歲那年在「七乳透光鏡」中的遭遇，讓他知道「朱雀玉簪」和「玉冊」，難道他在鏡子裡看到的都是眞的？紫珊跟這件事有關？這也是他對她有特別感覺的原因？他們之間有什麼連結？

「鄭涵，是你的祖先嗎？」亞靖抬起頭問，他對自己再度出聲感到驚訝，但是他覺得沒有那麼難了。

紫珊看著他，眼神又是震撼，又是疑惑。「你……你是怎麼知道鄭涵的？你是……」

亞靖也不知道怎麼回她，只是愣愣的看著她。

「鄭涵是我的祖先沒錯。」紫珊先鎮定下來，「在秦朝時，有位道姑叫月升，她在唐朝收了五名徒弟，我就是其中一位鄭涵的後代。最近，這五名徒弟的後代，有四名出現，還經歷很多事情。」

紫珊看著亞靖，耐心等待。

亞靖也看著她，許久後低頭說道，「我先走了。」然後便轉身離開。

18

當天晚上，紫珊回家後迫不及待的在「四個後代」群組留言。

紫珊：我可能找到第五個後代了。

宗元：眞假！誰？

儀萱：（驚訝表情）

曄廷：你怎麼找到的？

紫珊：是我爸爸朋友的小孩，叫林亞靖，之前在美國念書，最近剛轉學到我們學校。

儀萱：你怎麼知道他是第五個後代？

紫珊：今天他找我說話，我們聊天時，他居然知道玉冊，還知道我的祖先是鄭涵。

宗元：就這樣？他沒露兩手法力？

暐廷：你爸爸跟他爸爸認識，或許他是聽你爸爸提過？

紫珊：他爸爸已經過世了，他媽媽是我爸爸的小學同學。鄭涵是我們家祖先這件事，算是家族祕密，外人不會知道的。

儀萱：這樣聽起來好像是耶。

紫珊：我第一次跟他在嘉義見面時，時間很短，可是那次就覺得這人給我的感覺很特別。今天跟他講話，那個感覺更強烈，讓我想跟他講月升的事情。

暐廷：那你有說嗎？

紫珊：我說了一些，試探他的反應，感覺他好像已經知道了。

宗元：那他說什麼？

紫珊：他沒說什麼，馬上就走掉了。

暐廷：他中文不好？

紫珊：不是，他有「選擇性緘默症」，我爸爸說，他從小就這樣。

宗元：那是什麼東西？

暐廷：選擇性緘默症（Selective mutism）是一種社交焦慮症情緒障礙，患者有正常說話的能力，但在特定情境下就是說不出口。

曄廷：這個是我剛剛上網查的。

儀萱：他是不是受到什麼打擊？

紫珊：不知道。（聳肩表情）

宗元：那我們明天去問他。

曄廷：我可以帶他去找畫仙，就可以知道他是不是王冉奇的後代。

儀萱：（豎起大拇指）

紫珊：你們先不要急，不要嚇到他，我明天找機會跟他說。

曄廷：你要直接跟他說嗎？

紫珊：如果要別人跟你掏心掏肺，自己要先敞開心胸。我會先把我們的事告許他。你們都沒問題吧？

儀萱：沒問題。

宗元：可以。

曄廷：（ＯＫ手勢）

宗元：那我們的群組是不是要改名字了？

儀萱：大詩人有什麼建議啊？

宗元：五花八門、五光十色、五湖四海、五馬分屍！

儀萱：（翻白眼）（大笑）

曄廷：我改好了，「五個後代」。

宗元：太沒創意了！（扶額表情）

紫珊：你們慢慢想，我要去做功課了，明天有兩個考試，沒考好，恐怕真的要被五馬分屍了。

紫珊關掉對話，拿出書本認眞複習，但是忍不住又想東想西。她可以肯定亞靖就是最後一個後代。

在嘉義時，爸爸帶她去拜訪剛從美國回來的林阿姨。爸爸說他們是小學同學，最近幾年才聯絡上。他們一家人旅居海外多年，前不久林阿姨的先生過世，她跟兒子回來臺灣，因爲對臺灣學校情況不熟，所以希望爸爸可以給她一些建議。剛好爸爸的工作需要去南部一趟，所以就順道拜訪，也帶著紫珊一起去。

現在回想起來，或許那些順道不僅是巧合。她去看故宮南院裡的玉冊，之後就遇到亞靖，冥冥之中，有什麼力量把兩人牽在一起。

那天在林阿姨家，她跟亞靖只有打照面。亞靖身材高䠷，短短的頭髮，簡單的穿著，顯得整個人乾淨俐落。

兩人眼神對視時，她看到他的眼神中流露被媽媽要求打招呼的無奈，還有防備陌生人的冷漠，但是這股冷漠閃過一絲恐懼。她不自覺對他點頭，展現溫暖，希望他不要害怕。他回望的表情感覺稍微和緩，不過很快就轉身走進房間。

她望著他的背影，覺得他身上有股特別的力量，似乎在召喚她，要她去接近他。

今天在公園，他脫口說出玉冊和鄭涵，讓她更確定，兩個人之間存在著一種連結。只是，他自己知道多少？曾遇到什麼事嗎？

她想了想，拿出手機，傳了一則簡訊給亞靖，「明天放學後，想不想一起去『琾』看朱雀玉簪？」

沒多久，她收到回應，「好。」

＊＊＊

亞靖看著紫珊手上的玉簪，沒錯，跟他在鏡中看到的一樣。

「我之前看過這支玉簪。」亞靖說。

在來「琍」的路上，紫珊跟他講了關於月升的事，包括同校的宗元、儀萱、曄廷都是月升在唐朝收的徒弟的後代，以及他們遇到的事情。亞靖專心的聽著，不知不覺對紫珊更安心，也放下與人接觸的障礙，一邊聽她講，偶爾還會回應幾句。漸漸的，他在她面前講話越來越自在了。

「在哪裡？」紫珊問。

「在一個銅鏡裡，也是在故宮。」亞靖說。

「銅鏡？根據鄭涵告訴我的，其中一個叫王冉奇的師兄用的武器就是銅鏡。所以你在銅鏡裡看到他了嗎？」紫珊問。

「不是，」亞靖說，摸摸自己的短髮，「是宋朝一個叫高羽的人，她遇到……」

亞靖把七歲時無意中進入鏡子裡看到的經過說了出來。這是他第一次對其他人講起這件事，全部講出來後，他忽然覺得輕鬆很多。

「原來是這樣，你就是高羽的後人。」紫珊深呼吸一口氣說，「她當初把銅鏡埋起來，不希望被後代找到，卻還是被人挖了出來，然後來到臺灣的故宮。這一切不是巧合就可以解釋的。」

「我一直以為我只是無意中看到一個有神祕力量的古物，這個古物告訴我它的故事，沒想到，我跟這個故事是有關聯的，我是銅鏡主人的後代。」亞靖說。

他也了解到他之所以有恐慌的感覺，是因為高羽想要阻止後代接近這面銅鏡所施的法力。而他對紫珊會有類似的反應，是因為紫珊身上的法力也是高羽想要後代子孫避開的。但是同時紫珊跟他有同門的淵源，所以他也從紫珊身上感到一種親切感。

「你說七歲的時候遇到這件事……」紫珊想了想，「那時候子滑還困在陶娃裡，所以跟他無關，但是銅鏡不僅如高羽所設定那樣，讓你恐慌，讓你避開，卻又把你吸到裡面去，這是為什麼？」

「你不是說，闇石的力量慢慢展現出來嗎？會不會跟這個有關？」亞靖看著她說。

「很有可能。」紫珊點點頭，撥一下頭髮，「徐福把闇石帶來臺灣後把它藏了起來，可是它的力量越來越強大，希望被人找到，將它釋放。跟玉冊一樣，它的力量也滲透到鏡子上了。」

「這樣會不會有危險？」亞靖問。

「在月升制伏闇石後，這個力量似乎越來越強大，雖然目前沒有什麼特別的狀況，但是未來很難說，我想，我們需要跟另外三人商量一下。你認識他們嗎？」紫珊說。

亞靖搖搖頭，「不認識，不過我看你下課時常跟三個同學在一起，是他們嗎？」

「對，女的叫莊儀萱，全校詩詞比賽的常勝軍，是徐靜的後代；高瘦一點的男生是柳宗元，柳子夏的後代；皮膚比較黑，有點肌肉的是顧曄廷，他喜歡畫畫，張萱的後代。」紫珊說，「明天我介紹你們認識。」

亞靖低下頭，沒有說話。

「你不想跟他們講話。」紫珊說。

「我會講不出話。」亞靖小聲的說。

「沒關係，他們人很好，沒有人會逼你講話。」紫珊的語氣熱切，「我也想讓你見見月升師父，她現在在畫裡，大家叫她畫仙。」

「我再想想看。」亞靖說。

「對不起，我太急了。等你準備好再說。」紫珊抱歉的說。

亞靖對她微微一笑，謝謝她的體諒。

「要不要一起吃飯？你回臺灣飲食還習慣嗎？樓下有間新開的滷肉飯還不錯，新開幕還附送珍珠奶茶喔！我請客。」紫珊豪邁的說。

「好啊，好久沒吃滷肉飯！好想念。不過我不喜歡珍珠奶茶。」亞靖抓抓頭。

「剛好我口渴，可以喝兩杯！」紫珊說。

紫珊剛把朱雀玉簪放回櫃子裡，她的手機響起。

「是儀萱，」紫珊看到來電顯示，接起電話，「喂。」

亞靖聽不清楚電話那頭儀萱的聲音，但好像在哭的樣子。

「這樣啊，太過分了！要不要我打電話去罵他？」紫珊皺著眉頭說。

「好好，我先不打……」紫珊抬頭看了亞靖一眼，「現在嗎？你在哪？」

亞靖可以察覺儀萱要紫珊去陪她，可是剛剛才跟他約好吃飯，現在覺得兩難。

亞靖輕輕拍拍她的肩膀，用手指著自己，同時搖搖手，表示不用擔心他。

紫珊露出鬆一口氣的微笑，一邊聽儀萱哭訴，一邊用無聲嘴型說，「謝謝！」

接著對電話另一頭的儀萱說：「好，我去找你！你在哪？好，我去你家。」

紫珊掛上電話後向亞靖解釋，「儀萱，就是我跟你說的徐靜的後代，她現在跟曄廷交往，剛剛她說她看到曄廷跟另外一個女生手牽手逛街，心情很差，不知道怎麼辦，要我去陪她。眞抱歉啊。」

亞靖想到鏡子裡的故事，他們這些後代在隱靈法的控制下，彼此無法婚配，儀萱跟曄廷現在交往，日後也一定會分手。不過現在不是說這個的時候。

「你去。我先回家了。」亞靖揮揮手表示無所謂。

「那我走了，謝謝你，下次再約。」紫珊帶著歉意說。

＊＊＊

第二天，亞靖在學校沒有看到紫珊，下課時間，他特別看向紫珊常跟其他三人見面的大樹下，紫珊和儀萱也沒有出現，只有宗元跟曄廷兩人。

他沒想太多，一直到隔天放學後，他走出學校大門時，兩人迎了上來。是宗元跟曄廷。

「林亞靖？」曄廷問。

亞靖點點頭。他們給他的感覺跟紫珊一樣，一抹恐慌飄過心底，同時又有一股熟悉溫暖的感覺。

「我─是─柳─宗─元，他─是─顧─曄─廷，我─們─是─梁─紫─珊─的─朋─友。」宗元一個字一個字緩慢的說。又是一個以為有語言障礙等於有聽力障礙的人，不過這也證明紫珊曾跟他們提到他。

亞靖只是再度點頭。

「我們來是想問你，知不知道紫珊爲什麼兩天沒來上課？」曄廷問，口氣帶著焦慮。

亞靖皺起眉頭，搖搖頭。他跟紫珊沒有每天問候的習慣，如果她生病請假，當然也不會跟他說。

「儀萱也兩天沒來上課。」宗元說，「我們擔心她們是不是怎麼了。」

亞靖想，兩個人前幾天約碰面，可能彼此傳染了感冒，同時休息了幾天，實在沒什麼大不了的，他們幹麼這麼緊張？

曄廷看出亞靖的疑惑，拿出手機，「我們四個人因爲一些事，講好每天保持聯絡。兩天前的傍晚，我收到紫珊的簡訊，叫我要小心點，我問她什麼意思？發生什麼事？然後就沒有消息了。」

「是啊，我們擔心是不是又發生了什麼事。」宗元說。他看曄廷講話速度正常，亞靖似乎聽得懂的樣子，也不再放慢講話的速度了。

亞靖想到兩天前的傍晚，就是他最後看到紫珊的時候，那時儀萱哭著抱怨曄廷，紫珊應該是知道消息後傳簡訊教訓曄廷，他忍不住嘴角上揚。

他們看亞靖露出笑容，不知道是什麼意思，但這個問題又不是點頭或搖頭可以輕易回答的。

宗元想了一下，拿起手機，「可以傳訊息嗎？」

亞靖點點頭也拿出手機。他的社交表現一向畏怯，要跟人相處很長的時間才覺得自在，以往在美國，他只有與一、兩個好朋友私下來往，也是花了好長的時間才能建立起友誼。但是面對曄廷跟宗元，可能因爲他們聊的是共同認識的紫珊，也可能他們的祖先擁有同一個法力，體內的隱靈法互相有連結，所以他對這兩個人接近自己並不排斥，沒多久就卸下心防，那股恐慌的感覺也慢慢消失。雖然他還是無法開口跟他們對話。

宗元覺得沒經過兩個女生的同意還是先不要加亞靖到「五個後代」群組。他另外開了「三男組」，把曄廷也邀進來。

「我們三個人擋在校門口不好，一起去隔壁的冰店？」曄廷建議。

「好！」宗元聽到要吃冰馬上贊成。

亞靖很懷念小時候在臺灣吃的剉冰，這家冰店他每天上學都會經過，張貼在外頭的照片看起來好好吃，可是他不敢進去點。他指了指圖片上的紅豆牛奶冰，曄廷幫他點，自己也點了綜合口味，宗元則是叫了芒果冰。

冰涘上來後，三人同時拿出手機。

曄廷：我打電話到兩個人的家裡，可是都沒人接。

宗元：我去儀萱家敲門，也沒人。

曄廷：亞靖，你最後一次看到紫珊是什麼時候？

亞靖：兩天前。

宗元：她跟儀萱在一起嗎？

亞靖：沒有。不過她接到儀萱的電話，儀萱說她看到曄廷跟別的女生牽手，她在哭，叫紫珊去陪她。

宗元：吼，被發現做壞事！難怪紫珊叫你要小心！什麼時候跟別的女生在一起的？

「什麼？亂講，我沒有！沒有這回事！」曄廷氣急敗壞的喊出來。

宗元瞪著他，「真的沒有？難道儀萱認錯人了？」

「她怎麼不來跟我求證？」曄廷整個臉都皺起來，「我那天放學後就去『藝湛』，我問她要不要一起去，她還說不要！」

「所以她不去，你就找別人一起去？」宗元看曄廷眼睛瞇起來，好像想揍他的樣子，趕快補上一句說，「好啦，我信你，但是儀萱信你比較重要啊！」

亞靖用手指敲敲桌子，引起兩人的注意，然後再指指手機。

他們回去看群組對話。

亞靖：會不會是儀萱說謊？

宗元和曄廷對望一眼。

曄廷：她幹麼說謊？

宗元：破壞曄廷在紫珊心中的形象？

曄廷：這跟她們兩人同時失蹤有什麼關聯？

亞靖：或許，她故意要引紫珊去找她。

宗元：她們本來就是朋友，不需要特別騙她出去啊！

道。」

曄廷抬起頭，看著另外兩人緩緩的說，「除非，儀萱只想找她出去，不希望我們知道。」

「爲什麼？」宗元不解的問。

「紫珊有沒有告訴你關於我們的事？」曄廷看亞靖點頭，「所以你知道畫仙、子淯、徐靜、《搗練圖》，還有我們都有法力的事？」

亞靖一路點頭。

「所以，你眞的就是王冉奇的後代！」宗元張大眼睛。

亞靖抿著嘴，再點一次頭。

宗元和曄廷臉上露出興奮的表情。五個後代，眞的都在臺灣，還都念同一所學校。

曄廷繼續說，「我們在畫境跟子淯最後一次打鬥後，他……不見蹤影。儀萱認爲他已經完全被消滅了，可是我一直覺得沒那麼簡單。他很有可能附身在儀萱身上，控制著儀萱去找紫珊。」

「等等，我們都看到子淯不見了，畫境裡也找不到他，他什麼時候附在儀萱身上的？別忘了，當時畫仙測試儀萱，她也說子淯沒有附身在她身上。」宗元說。

「這部分我也沒有合理的解釋。但是儀萱和紫珊忽然一起消失，而儀萱用謊話把紫珊找去，我唯一想到的原因，就是子滑附身在她身上。子滑想找紫珊，因為紫珊是唯一可以從玉冊上找出闇石位置的人。」曄廷說。

「紫珊處境危險！」宗元說。

「儀萱眞的被附身的話，那她自己也有危險。」曄廷沉重的說。

「現在怎麼辦？我們去哪找人？」宗元問。

「要不要報警？」曄廷說，「或許警察可以調監視錄影帶出來，看到她們去哪。」

「不要吧！如果這件事跟子滑有關，我們怎麼跟警察解釋？『有個秦朝的王子綁架我女朋友的身體，還帶走我的同學？』」宗元搖搖頭。

「皇子，不是王子。又不是迪士尼。」曄廷翻白眼。

亞靖再度敲敲桌子，兩人看向手機。

亞靖：說不定我可以幫忙。

宗元：？

曄廷：你有聯絡紫珊的方法？

亞靖：王冉奇曾經有一面鏡子可以看到五個徒弟的後代在哪。

曄廷：對啊！我想起來了，儀萱跟紫珊都提過這件事。

宗元：銅鏡在你手上？

亞靖：沒有，銅鏡在故宮。

宗元：我們現在去故宮！

曄廷：太晚了。故宮已經關門了。

亞靖：現在去故宮也沒有用，我沒法力，看不到。

宗元：那還不是等於沒有方法。（翻白眼）

曄廷：或許我們可以幫你恢復法力。

亞靖思考一段時間。他的先人高羽，曾因爲自己的父親排斥法力，後來又因爲闇石的力量被封印千年，覺得不會再構成威脅，建議月升撤去隱靈法。但是她爲了尋找其他後人，還是從月升那獲得了法力。

現在，他似乎也面臨類似的情況。闇石的力量對他來說太遙遠了，即使紫珊告訴他，這股力量越來越大，導致很多事情發生，但是他從來不覺得自己是拯救世界的英雄，一點也不想攪入整個事件中。

紫珊說自己傳承祖先鄭涵的遺命，要保護玉冊上的祕密，不讓黑暗力量再現，他可以理解這樣的心情；同樣的，他也認同他的先人高羽，不想學法的那種心情。不是每個人都想擁有特殊能力，想要拯救地球。

不過，紫珊是他回臺灣後第一個認識的朋友。她在自己被霸凌時出手幫他，也是這所學校裡，第一個讓他願意開口說話的人。她現在下落不明，其他兩個有法力的朋友也束手無策，他如果有辦法幫忙，怎麼可以置身事外？而且紫珊失蹤前，他是最後一個見到她的人，如果他當時警覺性高一點，或許她就不會失蹤？

他不想當英雄，卻不代表他不關心朋友，首要之務是找到紫珊。

他下定決心，鼓起勇氣，在手機上打字，送出訊息。

亞靖：月升曾經在宋朝時，幫助王冉奇的後代得到法力，讓她可以找到其他後人。所以如果月升願意讓我有法力，我就可以從銅鏡中找到紫珊跟儀萱。

曄廷：好，我帶你去見畫仙。

宗元：我也去。

「現在到我家？」曄廷問。

「好！走！」宗元馬上站起來。

亞靖點點頭跟著離座，三人一起離開。

19

曄廷帶著亞靖、宗元回家，進到自己房間後從書架上拿下一本畫冊。

「這就是《搗練圖》。」曄廷翻開畫冊，指著其中一幅畫說。亞靖對這幅畫一點也不陌生，它在銅鏡裡出現很多次，最後月升也是消失在這幅畫裡。

「我會抓著你們的手，用法力帶你們進入畫裡。」曄廷說。他一手握著宗元的手，一手握著亞靖的手。

紫珊告訴過他，曄廷是張萱的後代，也就是宋朝張擇端的後代。他的法力被引發後，可以進出不同的畫境，甚至也可以帶其他的後代進入畫境。

他感到一股力量從曄廷的掌心傳來，不過一個眨眼，他發現自己來到一座庭院中，這裡有一群唐朝女子或站或坐，手裡都忙碌著。

「他是誰？」「我猜是另一個後代？」「你叫什麼名字？」「你也會法力嗎？」

亞靖沒想到這些女子這麼熱情，看到他出現全部圍上來，不是上上下下打量他，就是問一堆問題。

亞靖對這麼多的注目感到不自在，他開始有點後悔了。

「他叫林亞靖，是另一個後代沒錯。他比較害羞，不愛講話，你們先去忙，不打擾你們了，我們有事找畫仙。」曄廷說。

這時，最右邊的綠裙女子轉過身來，亞靖馬上認出她就是月升，與自己在銅鏡裡看到的女子一模一樣。

月升走向他，清亮的眼睛望著他，「不要動。」

亞靖知道這是什麼意思，站在原地不動。月升食指點出，碰向他的額頭。

他感到一陣冰涼之氣直灌全身，然後那股力量又馬上全部聚集，回到額前，隨著月升的手收回而消失。

「你是王冉奇的後代。」月升口氣不變的說。

亞靖點點頭。

「我們到別處去。」月升說。她的拂子一揮，亞靖發現自己在一座山上。

此處的山巒高低崎嶇，松樹枝幹橫長，往上望去，高山上有幾道瀑布，氣勢並不雄偉，但是細水飛濺，一層又一層，景色壯麗。

「這幅畫是宋朝郭熙的作品，叫《早春圖》。」宗元跟亞靖解釋，語氣之中略帶著「我也懂」的驕傲。

亞靖點點頭。

「畫仙，我們來找你，是因爲紫珊跟儀萱同時失蹤了。」曄廷語氣焦慮的說。

「我們覺得可能跟子滑有關。」宗元說。

月升眉頭微蹙。

「我們找不到她們，不過，」曄廷指指亞靖，「他說王冉奇的鏡子可以看到她們的下落。」

月升看著亞靖，「祖傳的鏡子在你手上嗎？」

亞靖搖搖頭。

「那你是怎麼知道這面鏡子的？」月升再問。

亞靖看著她，沒有說話。

「畫仙，亞靖從小就有語言障礙，我們跟他都是用手機傳簡訊來溝通。」宗元說。

「畫仙哪有手機，這裡哪來的訊號？」曄廷瞪了他一眼。宗元吐吐舌頭不好意思的笑了笑。

月升抿著嘴想了想，她看著亞靖，目光清冷。

亞靖忽然覺得很緊張，很想跑到山上的樹林裡躲起來。

月升似乎可以感受到他的緊張，她舉起拂子，對著他的頭頂一掃，亞靖感到頭皮一麻，焦慮感馬上平靜下來。

「盤膝坐下。」月升說。亞靖聽話的坐在一顆石頭上。

月升走到他後面，「閉上眼，深呼吸。」

亞靖照著她的話做，他感到月升的手按向他的背。

「保持心神專注，想著你想說的話，我可以感覺得到。」月升說。

亞靖深吸了一口氣，回想七歲時，在故宮那面鏡子裡看到的景象。從高羽幼時跟著她爹學磨鏡開始，到她離開家裡來到汴京，遇到其他後代的經過，一直到最後她把鏡子埋進土裡，不見天日，最後被人挖出來，輾轉成爲故宮的藏品。

亞靖感到背後一震，月升的手離開了他。

「原來是這樣……」月升低聲說。

「發生什麼事？」曄廷和宗元好奇的看著月升，他們只知道亞靖是王冉奇的後代，其他詳情都不知道。

月升輕嘆一口氣，把剛才亞靖腦海中的事重述了一遍。

聽完兩人也愣住了。

「跟我們想的都不一樣。」曄廷說。據紫珊的先人鄭涵所說，張萱安排月升進入《搗練圖》中療傷，日後等她的力量恢復後，如果帶著邪惡的力量的話，《搗練圖》就會自動燃燒銷毀，讓她永遠待在畫中，而柳子夏的詩句會覆蓋邪惡黑暗的記憶，只留下她部分的記憶。

原來事實不是這樣的。原來在宋朝時，月升曾經想要撤回隱靈法，沒想到，隱靈法反噬！

「所以，你創造出來的隱靈法阻止你消滅它，聽起來好像AI反撲喔。」宗元說。

「是隱靈法讓你忘記很多事，像是撤法力這件事。」曄廷說。

「我要想辦法恢復這段記憶。」月升看著三人說，「撤去隱靈法是很好的主意。」

「在那之前，我們先要找到紫珊跟儀萱，確定她們沒事。」曄廷說，他看了亞靖一眼。

月升馬上明白他的意思，她如果幫亞靖恢復法力，他就可以透過故宮的那面祖傳銅鏡看到每個後代的位置。

月升問亞靖，「你想要擁有法力嗎？」

亞靖輕輕的點一下頭，但又開始感到焦慮害怕。萬一他學不成法力呢？萬一他學會了可是看不到呢？

紫珊！他再一次想到她。他要幫她。亞靖再度點頭。

「曄廷，宗元，你們先回去。」月升說。

兩人知道月升會幫忙，點點頭，在山水景色中消失蹤影。

「當年，我進入《搗練圖》原畫，畫作接著被焚毀後，我就來到這裡，在瀑布下修習眞氣。」畫仙說。

亞靖看著飛騰的瀑布，水氣瀰漫，四周溫度冰冷，的確是抵抗炙熱火焰的好地方。

月升望著瀑布好一會，「這裡雖保我眞氣不散，長生不老，但是在那之後，我的法力大減，甚至失去部分記憶。我無法幫你恢復全部的法力，當時曄廷來到畫境，我也只是幫忙提點，他是靠自己的努力才習得更多的法力。」

亞靖懂了，月升無法像在宋朝時幫助高羽那樣快速讓他擁有法力，他必須靠自己的努力。他覺得心裡的壓力更大了。

「你繼續坐著。」月升說，再度在他身後坐下。亞靖感到她的雙手抵著他的背。

「吸氣。」月升說，「呼氣，再吸氣。」

亞靖想到他的家庭醫師叫他吸氣呼氣的樣子，不過這次在他長吸第二口氣時，他感到一股溫潤之氣灌入胸口，再從胸口往外擴散，左右達到雙手，向下直至腹部、雙腳，向上貫穿頸部，衝到頭頂。

他可以感受到體內細胞在這股力量照拂下活躍起來，同時體內也有股力量在回應月升的法力，充沛盎然的在周身穴道遊走，令他覺得非常舒適通暢。

月升重複幾次引導，亞靖彷彿跑完一場馬拉松般的滿身大汗，但是他卻不覺得疲倦，反而感到精力旺盛，精神百倍。

「好了，先這樣。」月升站了起來。亞靖也跟著站起身。

「接下來，你自己也要不斷修習。」月升說。亞靖點點頭。

月升若有所思的望著眼前的瀑布流水，亞靖站在一旁。月升本來就喜靜，亞靖的語言障礙也讓他說不出話。兩人靜靜的站著，沒有需要聊天的壓力，心中感覺平靜安穩。

亞靖望著水流，回想剛才月升在他體內引導出那股流動的力量，忍不住再次呼吸運氣，讓力量再度運行。這次，是他自己讓力量出現，通行全身百穴，精神也更加爽朗清明，這讓他更加肯定自己。亞靖覺得內在升起從來沒有過的穩定感。

他看著月升，滿懷感激，忍不住說出聲：「謝謝。」

月升點頭回應，「你可以說話了？」

「是。」亞靖說。

月升表情一樣平和，沒有大驚大喜，這也讓亞靖覺得自在。

「我剛剛在想一件事……你說王冉奇的鏡子在一個宮裡？」月升問。

亞靖知道她講的是故宮，點點頭。

「你不能拿到那面鏡子？」月升又問。

「不能。」亞靖簡短的回答。

「你的法力要與銅鏡結合才能發揮最大的力量，但是這面鏡子不在你手上……」月升想了想，「或許我可以用另一個方式幫你。手伸出來。」

亞靖手掌向上，把手伸到月升面前。

「雖然那面銅鏡不在你手上，但是你的法力本質是跟鏡子有關聯的，王冉奇的那面鏡子只是一個展現法力的引子。」月升停了一下繼續說道：「我現在要試著把你法力中跟鏡子連結的力量找出來。」

亞靖點點頭。

「呼吸，運氣到手上。」月升指點亞靖，看他氣息調整順利，她手上拂子揚起，拂子尖端點在他的掌心，亞靖感到一股冰清之氣鑽入，只見手掌出現一圈銀光，像是一面鏡子貼在他的手上。他瞪大眼睛看著，不過一會就消失了。

「我幫你把鏡子的力量引出來，但是之後要靠你自己繼續修習。」月升說。

亞靖看著自己的手，全神貫注，感受身邊瀑布山巔的力量，也感受自己體內的力量，然後呼吸、運氣，把充沛全身的力量引導到右手掌心。

只見銀光一閃，手中鏡再現。

這次維持比較久一點時間才消失，但是亞靖已經非常開心了。他的法力在增加中。

月升在一旁檢視他運用法力的方式，提點他一些心法，亞靖也認眞學習，兩人一個盡心的教一個努力的學，亞靖喚出手中鏡的法力越來越得心應手，過了好一陣子月升才點頭說：「剩下的，你回去再多修習。」

「我回去後怎麼修習？」亞靖問。

「把我剛才在你體內運氣的方式重複持續練習，領悟就會越來越強。」月升想了想，「你的先人擅於金氣，運用銅鏡，人鏡合一，或許你可以找幾面銅鏡取上面的力量來用。很多學道之人身上都會帶著銅鏡，明鏡收日月之光芒，也收大地之精華，所以不僅用來照形映物，還可以照妖收妖。」

亞靖點點頭，心想：現代人已經沒有在用銅鏡了，不知道一般的鏡子行不行？

「差不多了，我們回《搗練圖》。」月升說。

「好。」亞靖抹一下臉，他覺得還可以再練，不過月升擁有一股讓人不能違抗的氣勢，他跟著她回到《搗練圖》。

「畫仙回來了。」一群女子唧唧喳喳，語氣興奮。

「你有法力了嗎？」宗元一看到亞靖出現馬上問。

亞靖看著他，發現自己在《早春圖》中可以跟月升單獨說話，但是現在面對這麼多人還是講不出話，他搔搔頭，覺得有些懊惱。

「我幫助他引出法力，剩下的，他得靠自己繼續修習。」月升說。

「那他很快就可以看到紫珊跟儀萱去哪了。」曄廷有信心的說。他在月升幫助下獲得法力，了解整個過程。

「你們先回去吧！」月升淡淡的說。三人都不敢違拗她的意思，一起回到曄廷的房間。

20

（兩天前）

紫珊接到儀萱的電話，匆匆忙忙趕到儀萱家。最近幾天儀萱對她很友善，不像之前那樣，對她講話帶刺。有時候還會跟她分享一些小祕密，像是曄廷會牽她的手，可是他又很害羞，不肯在大街上牽她。

「好像老人家喔。」儀萱扁著嘴說。

所以當儀萱說看到曄廷跟其他女生手牽手逛街，紫珊想的是，這種老人家怎麼可能做這種事？儀萱會不會看錯啊？

不過以他們的情誼，認錯人的機率很低。如果曄廷不肯跟她在公共場合牽手，卻跟別的女生在路上牽手，的確會氣死儀萱。

紫珊左思右想的來到儀萱家，她家位在一棟舊公寓的三樓，紫珊來過一次。她按了門鈴，儀萱開門讓她進去，她的家人似乎都不在家。儀萱一個人坐在客廳，頭低低的。

「嘿，你還好嗎？」紫珊走上前，拍拍她的肩膀。儀萱抬起頭，滿臉淚水。

「到底怎麼回事？」紫珊坐在她旁邊。

「曄廷……」儀萱聲音又哽咽起來，「他跟一個女生在逛街，還手牽手！」

「什麼時候的事？你確定沒看錯人？那個女生是誰你認識嗎？」紫珊一連問出好多問題。

儀萱掉下更多的眼淚，搖搖頭。紫珊嘆口氣，看她這樣哭泣也很心疼，於是摟著儀萱的肩膀，拍拍她的手。儀萱靠著她，哭得更大聲。

「哭一哭也好，把怨氣都發洩出來。」紫珊輕聲安慰。

紫珊正想著是不是要去幫她拿面紙，忽然覺得腹部一陣劇痛，一道陰冷的力量鑽進體內，她本能的想把儀萱推開，儀萱已經早一步離開她的懷裡，站了起來。儀萱手一揮，四周揚起一片塵土，朝她覆蓋而來。細塵如針，一一刺進她的皮膚。

儀萱偷襲她！

紫珊不敢置信的看著儀萱，儀萱臉上完全沒有悲傷的表情，一對圓眼看著她，眼底帶著碎冰，冷酷無情。

紫珊忍痛呼吸運氣，手一揮，胸前的小玉墜閃著紅光，朱雀飛出，雙翅展開，擋去塵土攻擊。

儀萱冷笑一聲，塵土聚集起來，在空中化成一枝枝的箭，四面八方向紫珊射去。

「你爲什麼攻擊我？」紫珊低吼，肚子的劇痛讓她滿頭是汗，儀萱的偷襲占了先機，消耗她的能力，她試著站起來，卻無能爲力。

儀萱並不回話，看紫珊的朱雀在塵箭的攻擊下，左閃右閃，回擊的力量越來越弱，她臉上帶著一抹微笑。

一枝塵箭射向朱雀的胸前，紫珊手一揮，朱雀閃了過去，但是翅膀還是中箭，紫珊感到手臂一陣麻痛，朱雀盤旋在上無法攻擊，紫珊收起朱雀，儀萱此時也撤去了塵土。

「你想殺我？爲什麼？」紫珊看著儀萱，「你被子涓附身了？」

「我沒有要殺你，我只是想跟你商量一件事。」儀萱冷冷的說，「還有，子涓是我的先人，我不能看他被毀滅，我們本來就在一起，沒什麼附不附身！」

「儀萱！你不是眞心這麼想的，你被控制了！儀萱，你可以把子涓趕走，你可以的！儀……」紫珊話還沒說完，感覺好像嘴巴被塞了一團土，嘴裡明明沒有東西，卻滿口泥味，講不出話來。

「我以前怎麼沒發現你話這麼多！」儀萱撇撇嘴。

現在紫珊不能動，也不能說話。她先深呼吸，讓自己穩定下來，眼神定定的看著儀萱。

「紫珊，我知道現在普天之下，只有你知道闇石的下落。」儀萱坐到她的對面，一雙大眼睛望著她。

＊＊＊

在曄廷、宗元、儀萱第二次進入畫境時，子淯發現儀萱是自己的後代心中大喜，但是沒多久，紫珊殺死了儀萱讓他萬分痛心。當時，子淯躲在《妝靚仕女圖》的鏡子裡，分影法的力量也藏在裡面，可是沒多久，他居然感應到儀萱的形影出現在某面鏡子裡。原來從畫境回到現實之後，儀萱跟曄廷借鏡子，想看自己沒有影子的樣子，在這一瞬間她被子淯逮到了。同時，他也從儀萱跟其他人的對話中，知道紫珊手中握有闇石的下落，這祕密就在玉冊中。

他知道儀萱沒死非常驚訝，雖然不知道爲什麼，但是心中慶幸，下次跟儀萱接觸，一定要附在她的身上！這是當年徐靜心心念念幫他打點好的事，不能辜負了。但是這次附身不能像以前那樣，想附誰就附誰，儀萱雖然是他的後代，但身上也有月升給的隱靈法，這個法力可以用來對抗闇石，他必須小心行事。

棲身在鏡子裡的子滑，感覺到自己巫術的力量越來越強，也越來越容易駕馭。他想到一個方法。

他透過鏡子來到一幅畫中，這裡有四隻喜鵲和四隻小鳥，他對牠們施展巫術，這些小鳥馬上就順從他的指示。如果他想附身在儀萱身上，儀萱就必須再次進入畫境，而要讓她進來，就必須引發混亂。

於是他出現在《搗練圖》中騷擾月升，然後來到《四喜圖》，果然月升馬上出現，沒多久，四個孩子也跟著進來。

他在鏡中跟月升對抗，重點是纏住月升讓她無法照料其他人。四隻喜鵲也各自安排了人選發動攻勢，其中一隻靠近儀萱，從外表看來那隻喜鵲跟其他三隻一樣，對著四個孩子攻擊，但是其實是對著儀萱施展一種巫術，這種巫術並不是要對抗儀萱，而是在儀萱的體內悄悄蟄伏，讓隱靈法無法偵測到。

等到一切都準備妥了，子滑假裝不敵大家的攻擊，從鏡子裡消失，其實他是潛入那個事先安置的巫術中，用巫術包裹著自己的力量，像層保護膜一樣隱身在儀萱身體裡，連月升都無法測出他的存在，不然的話，就算他順利附在儀萱的身上，一旦被月升發現，她會馬上殺了儀萱的。

他就這麼跟著儀萱回到現實世界。他知道紫珊身上藏有玉冊的祕密，所以一邊慢慢控制儀萱，一邊讓儀萱跟紫珊接近示好。

他可以等待千年，本就不是急躁的人，但是前幾日紫珊說第五個後代出現了，目前還在確認身分中，但子淯覺得不能再等下去了，對方人數越多，對他越不利，所以他找個機會，讓儀萱把紫珊單獨約出來，然後開始他的計畫。

＊＊＊

「我一直在找闇石的力量，這個力量無比強大，幾千年前從天而降，就是注定要在這個世界顯現的能量，好好的利用可以帶給人類多少幫助？現在卻被月升自私自利封印了。而且，如果有一天這股力量突破月升的法力，逃了出來，沒有遭受正確控制的後果更不堪設想。世上沒有人願意面對這問題，月升也不肯，只有我想得深遠，也只有我知道怎麼好好使用，你一定要幫我。」儀萱說。

紫珊瞪著儀萱不說話。她曾親眼看過玉冊，明白闇石的力量越來越大，甚至展現自己的位置，但這件事只有她知道。子洕雖然沒有見過玉冊，但是他畢竟跟闇石的力量緊密相連，他一定也可以感覺到。

當然子洕絕對不是好心的想把闇石的力量分送出去，讓更多人擁有法力。他是有私心，有野心，想把力量據為己有的人。

紫珊看儀萱的樣子，叫她抵抗子洕的力量似乎已經太晚了，自己又被制住，一時無法動彈。她離開前匆匆傳簡訊給曄廷，要他小心，當時用意是提醒他儀萱在生氣，但是說不定剛好可以引起他的注意，跟宗元一起來救她，只是等到那時候，會不會已經太晚了？紫珊左思右想，想不出什麼好的辦法。

「怎樣？你要不要幫我？」儀萱問。

她手指一彈，紫珊感到口中令人窒息的土味沒了，她可以講話了。

「那你打算怎麼做？」紫珊決定先拖延時間。

儀萱看紫珊不再叫她抵抗子洕，似乎認同她的意見，點點頭說，「你只要把玉冊上闇石的下落找出來，之後我來處理就好。」

「我怎麼知道你不會拿去私用？」紫珊問。心裡哼了一聲，她當然知道子淯會用闇石滿足自己的野心，但是馬上表現支持恐怕也會令他起疑，故意裝出半信半疑的態度。

「我和儀萱的力量已經結合在一起，當年徐靜替我安排好的法力已經開始生效了，所以我不需要闇石的力量。我眞的擔心闇石的力量再度出現，現在的隱藏地點恐怕也不安全。」儀萱神色眞誠的說。

其實子淯清楚知道，雖然他現在安穩的在儀萱身體裡，但還是不能完全合而爲一，儀萱體內的隱靈法讓兩股力量沒辦法順利融合。

紫珊努力在神色上表現認同，但是心裡又哼了好幾聲。如果眞心要解決問題，幹麼不跟曄廷和宗元一起討論？私下騙她出來，偷襲她，現在又控制她的行動。

「你說的有道理，我們需要去一趟故宮看玉冊。不過現在晚了，我先回家，週末再一起去嘉義。」紫珊語氣輕鬆的說。

「我知道你急著想跟曄廷和宗元講這件事，不是我限制你的行動，實在這件事關係重大，我是爲大局著想。人心難測，越少人知道越好，不要把事情複雜化，不過去看一下玉冊，不需要一堆人七嘴八舌。」

紫珊聽儀萱講這麼一堆似是而非，沒有重點的話，忍不住心裡偷翻白眼。

「所以，」儀萱繼續說，「你先在這待一晚，我們明天就去嘉義。」

「那好，我跟我爸說一下，不然他會去報警的。」紫珊盡量順著她的話說，同時也警告一下儀萱。

儀萱臉上展開一個燦爛的笑容，「放心好了，我已經安置好你的家人，他們不會礙事的。」

紫珊大驚，「你對他們做了什麼？」

「你忘啦？不是只有你會『虛情假意非死非生法』，我是子堃的後代，我也會這個法力啊！」儀萱笑容不變的說。

紫珊咬緊牙關，努力調整呼吸。這個法力要施法者才能解開，所以儀萱也是在警告紫珊，不要輕舉妄動，不然她的家人會有危險。

紫珊同時也想到，來到儀萱家這麼久，她的家人也都沒出現，恐怕也被她施了法。她心中大亂，沒想到子滑這樣要脅她，她實在很氣自己不小心，這麼輕易就被騙。

「那我們說定了，明天一早，一起去嘉義，你就在沙發上好好睡一覺。」儀萱說完手一揮，讓紫珊躺下，紫珊眼前一黑，失去知覺。

隔天一早，當紫珊睜開眼睛時全身痠痛，不知道儀萱對她下了什麼可怕的巫術。而且整個人心神不寧，有種莫名的恐慌，她想要好好思考都有困難。

一定又是子洧搞的鬼。紫珊費了好大的努力呼吸運氣，才覺得心神順暢些。

「醒了？早啊。」儀萱笑容滿面。

她對著紫珊一揮手，紫珊發現自己可以動了，但是還是全身無力。

「走吧，我們去嘉義。」儀萱輕快的說，她對著紫珊揮揮手，紫珊不由自主的站起來，跟著她出門。

子洧施展巫術，讓紫珊一步一步跟在儀萱身旁。

兩人轉了好幾趟車，來到故宮南院。

「玉冊在哪個展區？」儀萱進入大廳後左右看看。

「上次我來的時候有個『盛唐特展』，玉冊就在展區裡，可是特展好像結束了。」紫珊說，她沒有看到同樣的展示牌。

「說不定被移到其他展區，我去問問。」儀萱說。

儀萱把紫珊定在原地，走去問一個工作人員，回來時，臉色很不好。

「特展結束後，他們把玉冊運到臺北，兩天後開始對外展示。」儀萱臉色陰暗的說。

紫珊偷偷鬆了一口氣，有兩天的時間可以緩衝，說不定曄廷跟宗元可以察覺異狀，找到她們。

「我們回臺北！」儀萱怒氣沖沖的走出故宮。

兩人再度回到儀萱的家。

21

亞靖在離開畫境、回到曄廷家後，還是無法跟兩人說話，他用簡訊告訴他們月升教他練法。亞靖回到自己家後努力修習，他發現在簡單的呼吸運氣，調整氣息的過程中，身體心理都得到很大的平靜。

他再度運氣施法，手中鏡再現，他看著明亮的光芒從掌心射出，知道自己可以控制鏡子的力量，之前高羽施加在「七乳透光鏡」那個讓他恐懼的法力慢慢消失。

他覺得自己可以再次前往故宮，面對這面古鏡，於是拿起手機，打開「三男組」對話，但想了想後又關掉，決定自己先去故宮一趟。

亞靖來到故宮大門，這裡跟自己小時候的印象不一樣。大門變小，建築物變矮，四周也變得擁擠。當然他知道是自己長高了，看世界的角度也不一樣了。

他詢問了幾個工作人員，來到「七乳透光鏡」前，此時鏡子斜躺在青色底的展示櫃中，鏡面朝下，鏡背的紋路向上，讓人可以觀賞。

上次來這裡是七歲的時候，這些年，他去了一趟美國又回來，經歷了這麼多事，現在再度看到同樣的鏡子靜靜的躺在那裡，不禁有點感慨。

他深呼吸一口氣，全身運氣，讓自己的法力貫穿周身穴道。像七歲時那樣，亞靖仔細的看著鏡背上的紋路。紋路開始浮動，鏡背上的鳥獸努力掙脫束縛，左右晃動一會，脫離銅鏡，浮現在空中。七個乳丁也化成七顆金珠，繞著神獸神鳥旋轉。

此時一對情侶靠了過來，亞靖緊張得差點停止呼吸。要是被其他人看到怎麼辦？他正想辦法要停止法力時，聽到兩人對話。

「透光鏡？看起來黑黑的，怎麼透光啊？」男子說。

「哎呀，古代傳說，參考就好。」女子說。兩人隨意瞄了一眼，腳步不停的往前走去。

亞靖鬆了一口氣，看來只有他能看到鏡子的異象，旁人是看不到的。他記得當年也是只有高羽可以從鏡中看到其他後代的下落，即使是有法力的月升也無法看到。

金珠跟神獸神鳥越轉越快，形象開始消失，變成一道漩渦狀的金光，金光最後一閃，彷彿被銅鏡吸入一般，消失在眼前，只見展示臺上的鏡背一片平坦光亮，像是鏡面一樣。

亞靖湊上去看著鏡面，鏡面反射出他的面容，眞實無缺。然後他感到一股強大的吸力從鏡子發出來，他知道怎麼回事，當年他就是這樣被吸進這面具有法力的鏡子中，看到高羽跟月升，還有這面鏡子的故事。

亞靖深呼吸施展法力，抵抗這股吸力。今天來是要找紫珊的下落。他感覺到自己在法力上的駕馭越來越嫻熟穩定。除了法力增強外，自己的內在也有改變，他還是無法自在的與他人對話，但是當有人靠近他，跟他說話，他心裡的恐懼焦慮少了很多，他可以迎著對方的目光，不再低頭躲藏只想逃走。

這鏡子不過巴掌大，但是鏡面上的空間看起來卻非常的寬廣，亞靖清楚的看到五隻神獸出現——青龍、朱雀、白虎、玄武，還有黃龍。紫珊曾告訴過他，關於她的祖先鄭涵跟徐靜後代的那一段故事，這也是爲什麼當年高羽沒辦法在鏡子上看到黃龍，而現在鄭涵施在子堃身上的法力被破除，鏡子上的黃龍自然顯現了。

此時五隻神獸在鏡面上遨遊，亞靖看到這些神獸再現，心裡很激動。高羽當年施在銅鏡上讓後代恐懼的法力，隨著亞靖自己的力量增強而慢慢消失，現在面對這面銅鏡時，他可以控制那份恐懼，可以看到五隻神獸，他心中充滿成就感。

亞靖再度施法，催加力道，鏡中的神獸移動起來，代表金的力量的白虎出現在中間的位置，青龍和玄武位在南方，有段距離，但讓他驚訝的是，黃龍跟朱雀居然離白虎這麼近！

儀萱跟紫珊現在在故宮！

她們來這裡做什麼？這跟儀萱和紫珊失蹤有關嗎？

故宮這麼大，要找她們的話也不是那麼容易，銅鏡畢竟不是GPS，不會顯示詳細的位置，亞靖記得高羽去救張擇端時，是拿著銅鏡比對方向去找人的。可是現在銅鏡在櫃子裡，他當然無法拿出來用，必須想別的辦法。

他先讓自己定下心，拿出手機在「三男組」中輸入訊息：「我在故宮，儀萱和紫珊也在故宮。」

亞靖收起手機，看著銅鏡一會，把法力運到右手上，右手掌心泛出微微的光芒，光芒越來越強，帶著冷銀色，像是一面鏡子般出現在他的掌心。

他把掌心對著「七乳透光鏡」，手中鏡跟古銅鏡互相映照，鏡子的特色就是完整映射出它面前的事物，此時，手中鏡中有「七乳透光鏡」，「七乳透光鏡」中呈現手中鏡，兩面鏡子合而為一。而神獸們現在在兩面鏡子間，形貌也映在手中鏡上。

亞靖把法力從手中鏡連結到五隻神獸上，神獸們整個沐浴在銀色的光芒中，慢慢的，他感受到這些神獸在回應自己的力量。

他覺得透過法力，他可以跟神獸們交流，進行一種不需言語的溝通。

亞靖用心念傳達，希望神獸們進入他的手中鏡裡，神獸們也接受他的邀請，遨遊一會，向著手中鏡飛去。

亞靖收回手，看向手心，神獸們果然出現在手中鏡裡！

太好了！亞靖想。他很開心自己的法力更上層樓，現在「七乳透光鏡」的力量也在手中鏡裡了。

他看了「七乳透光鏡」最後一眼，離開展示櫃，朝著黃龍跟朱雀的方向走去。

他走出這個展示廳，看了手心一眼，朝著右前方走去，黃龍跟朱雀相鄰，看來他得走到下一個展示廳。

下個展示廳裡有不少人，他小心繞過幾個櫃子，越來越靠近黃龍和朱雀，亞靖感到自己的心跳加速，就要找到紫珊了！

亞靖的目光在手中鏡跟前方的人潮中來回確認，根據鏡子的位置，紫珊跟儀萱應該就在他面前不到五步的地方，可是人來人往，就是沒見到她們。

怎麼會這樣？他的法力失靈了？

他焦躁的四處張望，再往前走一步，手中鏡顯示白虎的位置跟黃龍、朱雀整個重疊，紫珊跟儀萱還是不在眼前。

幾個年輕人從他面前走過，一個矮個子男生對著身後的人說，「我剛剛去問了，在二樓。」

「那我們先上去。」另一個高高的女生說。

亞靖腦中靈光一現，他抬起頭看上面，二樓！

他左閃右閃，趕在這幾個人前面走出展示廳，朝著樓梯移動。他瞄了一下手心，沒錯，現在黃龍、朱雀又遠離白虎的位置了。

他快速衝上樓梯，差點撞到人，在繞過幾個展示櫃後來到一個門口，上面的展覽海報寫著「盛唐特展」。

手中鏡顯示，黃龍和朱雀就在前方，儀萱和紫珊就在裡面。

他深吸一口氣，緩緩吐出，讓心安定下來，然後邁開大步往前走，來到一個最顯眼的展示櫃，眼前的景象讓他瞪大眼睛……

＊＊＊

在儀萱的法力控制下，紫珊全身痠痛的跟著儀萱來到臺北故宮。這兩天，紫珊期待宗元跟曄廷可以找到這裡，可是子淯一定用了什麼法力還是巫術，讓他們無法找到她。紫珊一點辦法也沒有。

她們來到二樓「盛唐特展」的展區，紫珊被儀萱控制著走進去，擺在正中央展示櫃裡的就是玉冊。

紫珊一步步的走向玉冊。

儀萱眼睛直盯著玉冊，閃著異樣的光芒。

「你說玉冊上有闇石的下落，現在是讓闇石展現它的力量的時候了。」儀萱興奮的聲音帶著微微的顫抖。

紫珊站在玉冊前，面無表情。

「你快施法，讓玉冊顯現地圖。」儀萱催促著。

「你用巫術控制我，我不能施法。」紫珊說。

儀萱冷笑一聲，「我只控制你的行動和部分法力而已，你現在的力量，叫喚出玉冊上的地圖綽綽有餘。」

紫珊看著四周，「這裡這麼多人，還有攝影機，玉冊上如果出現地圖一定會造成一片混亂和恐慌。」

「我施了另一道巫術，這裡的人看不到我們接下來的行動，只看到五分鐘前的樣子，像是重複播放的影片。」儀萱說，「你不用拖延時間了，你再不施法，我會讓這裡的人統統倒下去，一樣會造成一片混亂和恐慌！」

紫珊沒辦法，無奈的點點頭。

她呼吸運氣，從胸口玉墜上喚出朱雀。她手輕輕一揮，朱雀朝著展示櫃飛去，法力形成的形體，穿過玻璃來到玉冊的上方。朱雀繞著玉冊飛行一圈，撒下點點星火，細碎的星火在玉冊上消失。

接著，只見玉冊慢慢懸浮，在空中動了起來，重新排列，每一簡尾端接近，上端散開，排成輻射狀。尾端在圓心圍成一個不規則的區域，紫珊知道這是闇石的形狀。待這個區域成形後，中央冒出一道光芒，就像投影機一般，在空中顯露一幅圖像。

「地圖！」儀萱驚呼，兩眼睜大，「沒錯，這是臺灣。」

而在臺灣影像的北方，有個黑色的區塊，旁邊緩緩顯現兩個字「闇石」。

「原來在這裡！」儀萱眼睛閃著精光，貪婪的看著。

心心念念幾千年的闇石，終於看到它出現，終於得知它的下落，儀萱身體裡的子涓滿心的歡喜，現在他找到後代可以附身，又找到力量無邊的闇石，一切終將圓滿。

「看起來在北海岸附近，把地圖放大，我要看闇石到底在哪裡！」儀萱命令紫珊。

紫珊移動手指，朱雀轉個身，撒下更多的星火，整個地圖的影像果然拉近。儀萱大喜，往前再靠近一步，整張臉都要貼在玻璃上了。

「原來在最北端，看起來在富貴角附近。」儀萱瞇起眼睛專注的研究著，「你再拉近些。」

這時，一道帶著銀冷的光芒閃過展示櫃，玉冊上的影像消失，玉冊也歸回原位。

儀萱大怒，轉過頭看，紫珊已經不在身旁，站在距離自己約五尺遠的地方，身旁還有另一個人。

22

亞靖踏進「盛唐特展」大廳時，這裡遊客不多，都四散在周邊，中間有個展示櫃，有兩個女生聚精會神的看著裡面的東西。

亞靖也看到了！那是玉冊！

紫珊曾經讓他看唐玄宗玉冊的照片，他的記憶力一向很好，馬上認出來。此時，這些本來相併排列的十五簡玉冊，排成輻射狀懸浮在展示櫃中，而且還有影像從圓心射出，像是投影機一般，他看到臺灣的地圖顯示出來。

看來，闇石的藏匿點被召喚出來了。

周圍的遊客來來去去，安靜的欣賞藏品，不過沒有人停下來，沒有人有驚慌的表情，只有儀萱、紫珊，還有他可以看到玉冊的異像。

儀萱對著紫珊講話，紫珊微微側過頭，眼角餘光對上亞靖的雙眼，在那一瞬間，亞靖看出她求救的訊息。

紫珊動手放大地圖，儀萱整個人更專注在展示櫃裡的玉冊。亞靖看機不可失，悄悄施了一道試探的法力在紫珊身上，他可以感覺到紫珊周身有股力量箝制著她，那股力量帶著邪氣且霸道，不過應該不至於難以對付。他催動法力，對著紫珊緩緩推去，把那股力量卸去。

亞靖看到紫珊身形一動，快速從展示櫃附近移開，知道她成功解開儀萱的束縛，不過不知道有沒有受傷，法力有沒有被限制，於是他也馬上趨近，再度射出一道銀光，保護她不再受儀萱的控制。

這道銀光在展示櫃前快速一閃時，亞靖感到一股來自玉冊的力量，本來以爲是紫珊的法力，但是這個力量非常怪異，像是一條細長絲線，尖銳而陰狠，快速順著手中鏡的光芒鑽進亞靖手中，他感到手心一陣刺麻，然後刺麻感馬上又消失。亞靖驚訝的看著自己的手。

亞靖的出現讓紫珊鬆一口氣，她脫困後，趕緊打起精神，手一揚，地圖不再顯現，玉冊也恢復原狀，安穩的躺在展示櫃上。

這時儀萱發現玉冊有異，轉過身看見他們，她的眼神帶著憤怒，全身散發出一股邪惡的氣息，像是一隻被激怒的野獸。

紫珊再次施了一道法力，保護玉冊不被破壞。而亞靖也動作迅速，施法阻擋在兩人跟儀萱之間，但是他馬上感覺到來自儀萱的力量。儀萱兩手交叉舞動，一道道法力和巫術對著他們射出。兩人感到滯悶的氣息壓迫而來。

亞靖手中鏡一閃，光芒再現，努力抵擋儀萱的攻勢。

「我們快走。」紫珊拉著亞靖轉身。

亞靖懂她的意思，在故宮大戰起來，會造成民眾的混亂恐慌，雖然他想制伏儀萱，但是現在不是時候。

亞靖對著儀萱送出另一道法力，手中鏡冷冽的光芒把她逼退兩步，兩人趁這個機會，朝著門口奔去。

館廳內人來人往，他們在人群間穿梭，還數度被工作人員喝止。

「你怎麼找到我的？」紫珊邊跑邊問。

「曄廷帶我去找月升，我從鏡子看到的。」亞靖回答得簡短，但是紫珊反應快，猜到一定是曄廷找不到她和儀萱很著急，就去找亞靖，同時帶他進入畫境讓月升喚醒他的法力，所以他可以像當年的王冉奇一樣從銅鏡中找到五個後代的下落。

兩人一路跑出主建築物，來到前面的華表大道，「天下爲公」的牌樓就在眼前，這時，地面傳來一陣劇烈的晃動。

「地震！」亞靖站住腳步。

紫珊警戒的看著四周，「可能不是自然的地震。」

才說完，地面又傳來劇烈的震動，持續了好幾秒才停止。周圍的行人開始神色緊張，有人快跑起來。

「是儀萱。」紫珊眉頭皺起，「她在威脅我們。」

這次地面上下晃動得更大力，已經有人在尖叫了。

「如果你們敢走出故宮，我就把這裡震碎！」一個聲音從後面傳來，他們轉過身，看見儀萱站在巨大方鼎的前方。

「紫珊！」又是一聲驚呼，兩人再度回頭，看見宗元跟曄廷從牌樓朝他們跑來。

「發生什麼事？」曄廷來到他們的身邊問。他跟宗元收到亞靖的簡訊後趕來故宮。

「儀萱被子淯附身了，」紫珊簡短的說，「她逼我顯現闇石的下落。」

亞靖同時也用手指指向方鼎前方的儀萱。

儀萱看著四人，冷笑一聲，雙手揮動，大家感到腳下土地又一震。

「千山鳥飛絕，萬徑人蹤滅。」宗元低聲唸了出來。這本是描述沒有人跡的寒冷山景，但是他運氣，加上法力的催動，讓這句子充滿力量，只見四周人們快速離去，鳥獸四散，眼前一片空曠安靜。

「風如拔山怒，雨如決河傾[1]。」宗元再度唸出詩句，這是陸游〈大風雨中作〉的詩句。

宗元取前面兩句，施予法力。廣場上吹起大風，天上快速聚起雲層，雨勢馬上落了下來，豆大的雨滴，打在身上還會痛，更沒有人要靠近這裡了。

「看來宗元的法力又增加了，還會呼風喚雨啊！」儀萱冷嘲一聲，雙手舞動，一股混著巫術的力量朝著四人攻去。

四人同時感到一股滯悶的氣息撲面而來，陰鬱灰暗，壓迫著全身的穴道，連忙運氣對抗。

1唐・陸游〈大雨風中作〉：「風如拔山怒，雨如決河傾。屋漏不可支，窗戶俱有聲。烏鳶墮地死，雞犬噤不鳴。老病無避處，起坐徒嘆驚。三年稼如雲，一旦敗垂成。夫豈或使之，憂乃及躬耕。鄰曲無人色，婦子淚縱橫。且抽架上書，洪範推五行。」

曄廷展現季札的劍氣，挺身向前，揮劍使出「彩蝶撲花」和「巨鷹擊鵲」，招式又是靈動輕巧，又是凌厲迅猛。

紫珊脫離儀萱的控制，現在終於可以真正用上法力，她運氣施法，胸前的小玉墜發出點點橘紅色的星火，然後一隻朱雀在面前形成，羽翅閃亮耀目，牠對空高鳴，向著儀萱展翅飛翔而去。

亞靖也再度運起手中鏡，鏡光帶著冷冽的攻勢，每一次揮舞就像刀刃一閃，一一消去儀萱的力量。

儀萱的法力原本跟大家不相上下，但是被子滑附身後，當年徐靜費盡心思，想讓子滑跟有血緣關係的子嗣後代結合，讓他的眞氣跟形體合一，現在終於實現了！他的法力跟儀萱的法力相呼應，還有他從商后婦好那裡習得的巫術，讓儀萱的力量達到更高的境界，即使曄廷、紫珊、宗元跟亞靖四人聯手，一時也無法占上風。

天空風起雲湧，下起磅礡大雨，中間還夾著閃電。但是五個人身懷法力，可以施法保護自己不被風吹倒，不被雷打到，不被雨淋溼。

紫珊的朱雀在雲層間穿梭，雲層變化多端，朱雀在空中翻騰，利用雲層掩護來閃躲儀萱的攻勢，同時口中噴出星火，在空中形成火線，朝著儀萱繞去。

曄廷看紫珊跟宗元的合作，也心生一計，「宗元，來個瀑布的詩句。」

宗元想也沒想就喊道，「飛流直下三千尺，疑是銀河落九天。」只見從空中降落大量的水流，像是一匹銀白長緞，直落入地，水珠四處飛濺。

曄廷劍招轉式，使出「飛瀑千里」，法力貫穿長劍，手施巧勁，劍尖點上水珠，每顆水珠像是子彈一般，勁力強大的向儀萱射去。

亞靖把鏡子使得更流暢，每一次的施法也讓自己的領悟更精進。他看到宗元喚出的雲層閃電頻繁，也給了他靈感，他掌心轉向，讓閃光打在手中鏡上，反射的雷電，加上自己的法力一起對著儀萱而去。

沒多久，儀萱開始顯得慌亂，氣息不順，滿頭大汗。她手一揮，消去噴向她的星火，但是還是有一部分火焰燒到腳踝，腳拐了一下。

她勉強保持平衡，馬上看到水珠在空中發出沙沙聲朝她射來，知道這不只是普通的水滴，趕忙轉身閃開，同時施法抵抗，其中四顆水珠從臉頰皮膚滑過，她感到一陣灼熱，兩顆水珠打到脖子，劇痛入骨，彷彿曄廷的長劍刺入脖子一般。

亞靖手中鏡的光芒搞得她心煩意亂，好不容易閃掉水珠，兩道光一前一後，一左一右朝她而來，她著急之下伏低身子，在地上滾了一圈躲開，同時雙手一動，塵煙飛揚，打滅了鏡光，但是她還沒站起來，亞靖又急射一道光過來，她的腳踝劇痛，動作稍微遲疑了一下，沒有完全躲過，這次左手臂被打中，立刻引起一陣痠麻，無法舉起。

紫珊指揮著朱雀，一條長尾降落，她再一揚手，火橘色的長尾便像一條長繩般朝儀萱繞去。

儀萱眼看自己就要被纏住，坐在地上，右手向上一揚，一陣塵沙漫天散開，遮蔽大家的視線，差點沒因黃沙窒息。

四人催動法力，紫珊呼喚朱雀，曄廷劍氣橫劈，亞靖手中鏡現光，加上宗元以李白的詩句「唯有北風號怒天上來」，終於掃盡沙塵，視線開朗起來，只是儀萱已經不見蹤影了。

「她去哪了？」宗元焦急的問，同時也撤走法力，不再有風有雨。

另外三人也分別把朱雀、劍氣和手中鏡收起來。

「她受傷了，能跑去哪？」曄廷擔心的說。

「她一定是去找闇石。」紫珊說。

「她知道闇石的下落？」曄廷臉色一沉。

「你不是先一步到故宮阻止她嗎？」宗元轉頭看著亞靖，語氣怨懟。

亞靖看著他，沒有說話。

「要不是亞靖及時出現救了我，情況會更不可收拾。」紫珊說完轉向亞靖，「謝謝你來救我。」

亞靖看著紫珊，心裡覺得溫暖。

「我們一定要阻止儀萱拿到闇石的力量。」曄廷的劍氣不在了，但是他還是手握拳狀，情緒顯得緊繃。

「現在去哪找她？」宗元抓抓頭問。

「我差點忘了，亞靖可以看到我們在哪，他可以追蹤到儀萱。」曄廷望向亞靖，「你讓大家看一下儀萱去哪了。」

亞靖手一翻，掌心一片銀亮。剛才他就用手中鏡應戰，但是激戰中，大家全心施法，沒人注意到他，現在三人圍在他身邊，才看到原來他的掌心看起來像一面鏡子。

亞靖呼吸運氣，再度施法，五隻神獸的形象出現在眼前。

「我看到你手裡有鏡子，是挺神奇的，不過我沒看到儀萱在哪？」宗元左看右看。

「我們看不到，只有亞靖看得到。」紫珊說。

「那好，亞靖帶路，我們快去找她！」曄廷說，他往前走了幾步，卻發現只有宗元跟上來。

紫珊站在原地，沒有說話，她拿出手機，在上面按了好一會，陷入沉思。

「你在幹麼？」宗元催促著她。

紫珊神色淡然，眼眸閃著清光，「我要去做幾件事。」

「有什麼事比阻止子淯找到闇石還重要？」曄廷忍不住急迫的語氣。

「我要比儀萱更早找到闇石。」紫珊說。

「儀萱去的地方不就是闇石隱藏的地方嗎？」曄廷問。

「不完全是，」紫珊含糊的說，「她不知道全部的訊息，所以我要早她一步拿到。」

「你的意思是，你要拿出闇石？」曄廷眼神帶著不安。

「紫珊想的也沒錯，與其讓子淯拿到，不如我們先拿到。」宗元說。

「不是我們，是我。」紫珊定定的看著他們。

四人撤去法力後，天空晴朗無雲，地上乾爽無泥，蟲鳴鳥叫，人們再度聚集，華表大道上馬上出現三三兩兩的遊客，悠閒的行走，沒人注意到這四位青少年之間僵硬的氣氛。

「這樣太危險了，我們幫你。」曄廷擔心的說。

「是啊，闇石的力量這麼黑暗，這麼強大，你一個人太冒險了。」宗元皺著眉頭說。

「謝謝你們不會認爲我想獨占，是眞心擔心我的安危，不過我不想牽連其他人。相信我，有需要我一定發出訊號。」紫珊說。

一陣風起，她的短髮被吹得翹起來，細長的眼睛帶著光采，整個人帶著一種堅毅的氣息。

她的眼光掃過曄廷、宗元，最後落在亞靖身上，微微一點頭，意味深長。

「你們先走吧！」紫珊揮一揮手，一道法力送出，三人感到一陣溫暖，同時也是催促他們離開。

「好吧，保持聯絡。」曄廷點點頭。宗元還想說些什麼，卻被曄廷拉著離開。

「紫珊要去哪？她會不會去找儀萱私下決鬥，報被抓之仇？」宗元問。

「不知道。她有她的想法。」曄廷嘆口氣。亞靖也搖頭。

他們走幾步路後回頭看，紫珊已經不見蹤影了。

23

亞靖表示自己回家的公車路線跟曄廷、宗元不一樣，在確定兩人上車後，他才再度施法，看著手中鏡。

他如果感覺沒錯的話，紫珊要他單獨去找她。

他看著朱雀的位置，估計紫珊又回到故宮裡，他加緊腳步追上去。

亞靖依據手中鏡的指引，來到一個銅鏡展示廳，紫珊就在前方一個個仔細端詳銅鏡。亞靖一靠近她，她馬上轉過身。

「你果然跟我有默契。」紫珊對他淺淺一笑。

「你爲什麼在這裡？」亞靖問。

「我在找一面銅鏡，或許你可以幫我。」紫珊說。

「我以爲你要我私下幫你找儀萱。」亞靖說。

「不是。」紫珊說。

亞靖好奇的看著她。

紫珊繼續說下去，「在秦朝時，徐福從月升那裡拿到闇石，他在帶著闇石離開後，曾用法力在玉冊留下他在海外落腳處的訊息，也就是現在的臺灣。他把玉冊留給三個徒弟，讓他們日後也可以找到這個地方。唐朝時，我的祖先鄭涵跟她的丈夫林洪哲拿到完整的玉冊，發現玉冊開始送出闇石的位置，他們知道這個祕密不可為人所知，所以又將玉冊埋入地底，一直到近代才又出土，現在收藏在故宮裡。

「剛才在儀萱的逼迫下，我叫出玉冊上闇石的地點，但是，只有傳承了鄭涵法力的我才可以聽到玉聲，這才是闇石最後的祕密。當你出現來救我的時候，你的手中鏡閃出一道光，玉聲就變得不一樣了，不再斷斷續續，而是一段完整的訊息，迅速的傳到我的腦中。我不曉得為什麼會這樣，但是我直覺知道這跟你也有關係。」

亞靖點點頭說，「對，當時發生一件奇怪的事，我的鏡光掃到玉冊時，感覺到有股尖銳的力量鑽進我的手心，好像在刺探什麼一樣。」

「真的？」紫珊沉思了一會。

「你從玉冊中聽到什麼？」亞靖問。

「我聽到闇石的聲音，它藉由玉冊的力量傳出來。闇石說它來自天外，落到一座山上，帶著無比強大的力量，但是卻沒有人能夠完整的取得。之後被月升收服，被帶到臺灣，這幾千年來，它的力量越來越強，不僅可以傳出更多的訊息，還感受到我們五個後代的力量，跟它相呼應。

「闇石說徐福帶它來到這個島上時，用法力把它埋在海岸礁岩之下，退潮時才會展現。還用了一面銅鏡來鎮鎖。只要找到這面鎮邪鏡，就可以解開封印的力量，把它釋放出來。」

「你覺得，我祖先的這面銅鏡，就是它說的那面銅鏡？」亞靖問了後又發現邏輯不對，「王冉奇是唐朝人，高羽是宋朝人，他們手中都擁有過這面鏡子，所以這面鏡子絕對不是徐福帶到臺灣鎮鎖闇石的那面鏡子。」

「沒錯，闇石說，這面鏡子上刻著『吾作明鏡映空無，鎮邪避禍迎祥福，七星朗耀通三界，一道靈光照萬年』。所以我想在故宮找找看，碰碰運氣，看能不能找到這面銅鏡。如果闇石在臺灣，五個後代在臺灣，玉冊在臺灣，這些都不是巧合，那，這面鏡子很可能也在臺灣，就在我們附近。」紫珊看著亞靖接著說，「不過，你的這面鏡子的力量引發它傳出更多的訊息，這兩者一定有什麼關聯，所以我才想找你幫忙。」

亞靖想著她的話。

「你祖先的鏡子是哪一面？」紫珊問。

＊＊＊

曄廷下了公車，轉進巷子時，在街口看到一個熟悉的身影。

「儀萱！」曄廷驚呼，他充滿戒備，謹慎的看著她。

「曄廷，你終於回來了。」儀萱神色帶著慌張，微跛著腳向他走去。曄廷往後退一步，跟她保持距離。

儀萱沒有逼近，只是壓低聲音說，「我來是要告訴你，本來附身在我身上的子浟，現在在紫珊的身上。」

「你說什麼？」曄廷遲疑的看著她，不曉得她又要什麼花樣。

「真的，子浟之前的確附身在我身上，在他的控制下，我帶走紫珊，還控制了她的家人來威脅她，讓她帶我去故宮找玉冊。子浟看到玉冊的位置，但是並不是很清楚，他知道，關鍵其實在紫珊身上，所以在故宮外那場大戰中，他施展巫術脫離我的軀體，把自己附在紫珊身上。」儀萱說。

「你當時怎麼不在大家面前講清楚？」曄廷口氣質疑。

「他讓我被你們打得片體鱗傷……」儀萱的口氣帶著痛楚，「他附身在紫珊的身上後，馬上用巫術讓我離開現場，我來不及跟你們說話，等我恢復精力和意識，已經在好幾公里之外了。」

「你……身體還好嗎？」曄廷看她剛才跛著腳走路，脖子上一片瘀青，手臂下垂無力，忍不住關心的問。

「還好……謝謝……」儀萱語氣有點哽咽，馬上深吸一口氣，保持鎮定的繼續說，「都是小傷，調養一下就好。現在重要的是，子湑附在紫珊身上，我們要去阻止她拿到闇石。」

曄廷看了她好一會，一時不知道如何是好，「我怎麼相信你說的是眞的？」

「這……不然這樣，你打電話到紫珊家，看她家人是不是都沒事。我一恢復氣力，就先去把紫珊的家人放了。」儀萱眼神定定的看著他。

曄廷拿出手機，撥了紫珊家的號碼。

「喂？」是梁伯伯接的電話，聽起來沒有異樣。

「梁伯伯你好，我是紫珊的朋友顧曄廷，紫珊在家嗎？」曄廷一邊說話，一邊瞄了一眼儀萱。

「紫珊不在喔。她剛剛打電話來，說要跟亞靖出去，不知道什麼時候才回來，不然你打她的手機？」梁伯伯口氣平順，中氣十足，聽起來不像是受傷或受驚的樣子，看來儀萱解除控制他的法力，也消去他受困的記憶。

「好，謝謝梁伯伯。」曄廷掛了電話，儀萱給了他一個「看吧」的俏皮眼神。這是他很熟悉的儀萱，跟先前在故宮那個瘋狂施巫術的儀萱不一樣。

「紫珊跟亞靖在一起？她有跟你說嗎？」儀萱問。

「紫珊想跟誰在一起，本來就不需要跟我說。」曄廷回答。但是他心裡忍不住想到在故宮前跟她分手時，她說要自己去找闇石這件事，現在才知道，亞靖原來跟她在一起。他們有什麼祕密不讓其他人知道？

儀萱看曄廷沉吟，繼續問，「她有跟你說要去找闇石嗎？」

儀萱用一雙大眼睛看著曄廷，曄廷沒有回答，但是她已經知道答案。

「我現在在你面前，你不相信我，紫珊已經要去找闇石了，你還相信她？更何況她還有亞靖幫她。」儀萱口氣帶著請求和焦慮。

「好，我快通知宗元這件事。」曄廷下定決心說，「我們三人討論一下。」

「太好了，謝謝。」儀萱鬆了一口氣，眼睛閃著光芒，她伸出手跟曄廷的手互握。

＊＊＊

「什麼？子滑現在在紫珊身上？」宗元大呼起來，「這人真是陰魂不散！製造問題！」

「我們現在怎麼辦？」曄廷問。

三人此時在曄廷家裡，商討對策。

「你要不要傳簡訊給亞靖？提醒他小心紫珊？」宗元建議。

「萬一他們同聲一氣呢？說不定子滑承諾給亞靖好處，兩人互相勾結，我們傳簡訊過去，不就洩漏我們知道他們的祕密？」儀萱分析。

「對，暫時不要讓他們知道我們知道他們的祕密！」宗元說。

「你在繞口令啊！」儀萱白了他一眼。

「還是直接去藏闇石的地方找他們，你不是有看到闇石的位置？他們應該會去那裡。」曄廷問。

「有沒有臺灣地圖？感覺是在北海岸。」儀萱說。

曄廷打開電腦的Google地圖，北臺灣出現在眼前。

「這裡放大一點。」儀萱指著地圖北方。

「最北端就是富貴角了。」曄廷說。

「我上星期才去過那裡，」宗元說，「我爸媽帶我們去看燈塔和富基漁港吃海鮮，本來想去看老梅綠石槽，不過時間不對，當時是漲潮沒看到，後來殺去基隆廟口吃晚餐再回臺北。沒看到什麼闇石啊！」

「這東西受到法力的鎮鎖，哪是你想看到就能看到。」曄廷瞪了他一眼。

儀萱看著地圖，大眼睛一眨也不眨，表情凝重。

「我們去那裡看看。」儀萱說。

曄廷想了想，「嗯，至少去看看他們是不是也在那。」

「好。」宗元附和。三人叫了計程車，往富貴角方向而去。

24

亞靖領著紫珊到展示廳另一個角落。

「這個『七乳透光鏡』就是王冉奇和高羽當年使用的鏡子。」亞靖說。

紫珊看著這面銅鏡，表面布滿褐色和綠色的鏽斑，上面突出七顆乳丁，還有一些鳥獸仙人的紋路。

「你從這面鏡子看到以前的事？」紫珊問。

「是的，我的手中鏡力量也是從這裡來的。」亞靖說。

「你很聰明，舉一反三。」紫珊說。

亞靖看著這面鏡子，這面鏡子給他力量，他自己也從很多事情中獲取經驗，雖然他還是不能很自在的跟所有人說話，但是他不擔心，也不著急，時間到了就會有結果，他相信自己的力量會帶著他往前走。

想到這，亞靖走向前，運起手中鏡，手中的鏡光投向「七乳透光鏡」。這次，他想要看看這面鏡子的故事，看看這面鏡子跟秦朝時的闇石有什麼關聯。

鏡中影像出現，一塊紅銅在地底深處靜靜的躺著。幾萬年過去，地殼變動，地底隆起成山，山上長樹，鳥獸休憩，之後發生地震，山石移動，出現了洞口，一路往內延伸到紅銅的位置。

又過了幾萬年，人類出現，他們在山中行走探險，有人找到山洞，發現洞穴中的紅銅，這塊紅銅顏色特別鮮豔，外型看起來像是一隻大獸，有人把它當神來膜拜，讓它有了靈氣。

又好長一段日子過去，山的外面有了戰爭，一群北方人攻打過來，把原本住在山裡的人都殺光，同時發現山洞中獸型的紅銅，北方人把紅銅帶回自己的國家。

接著，一個道人出現在鏡中，亞靖可以感覺到他是徐福。徐福把錫鉛跟銅混在一起，用高溫燃燒，經過多次的嘗試後，找到最完美的比例，他把合金倒入陶範[1]中，做

1 是中國古代鑄造青銅器的陶質模型。

成一面大鏡子，剩下還有一點材料，做了一面小鏡子。

大面鏡子方正無華，沒有特別的裝飾，但是無比平滑，光鑑耀人。小面鏡子背後則有許多裝飾花紋，還有一圈文字。

亞靖不認得古文字，但是他可以知道上面的意思：

「吾作明鏡映空無，鎮邪避禍迎祥福，七星朗耀通三界，一道靈光照萬年。」

徐福對著兩面鏡子施法，之後把大面鏡子獻給當時的皇帝，亞靖知道，他就是秦始皇；小面的鏡子徐福則隨身帶著，名爲鎮邪鏡。

隨著秦朝的毀滅，劉邦拿到大面銅鏡，之後給了項羽，項羽死後，銅鏡流入民間，來到一間位在山上的道觀。裡頭本來有很多道士，每人都虔誠修道，修身養性，卻在這面鏡子出現後，一一離奇死亡，道觀的住持覺得不對勁，親自將這面大鏡熔燒，重新製成幾面小銅鏡，另外施法供奉。

時光流逝，道人們來來去去，其中一人帶走一面銅鏡，行走天下，世代相傳，就是王冉奇跟高羽一脈相傳的鏡子，也是亞靖現在在故宮看到的「七乳透光鏡」。

而在秦朝覆滅之前，徐福帶著三千童男童女出海尋覓仙丹，他帶上闇石和鎮邪鏡來到現在的臺灣。徐福安頓好這些童男童女，把落腳的島嶼位置用法力傳到玉冊後，自己走遍高山平原，尋找好的地點來藏匿這塊闇石，雖然月升已經制伏了它，但是他了解這個黑暗力量的強大，他必須謹慎的找個好地方鎮鎖它。

他看到島上有許多險峻的高山，一度想埋在深山裡，但是現在他帶了許多人過來，要在這重新生活，他想讓闇石離大家越遠越好。

他往北走來到海邊，這裡礁岩崎嶇，變化萬千，海浪波濤洶湧，力量無窮。他在附近待了兩年，觀察潮汐星象變化，仔細尋訪，萬般思考，終於在一個退潮的夜晚，找到一個滿意的海蝕洞。在那裡，他把闇石埋了進去。等到漲潮時，海水會淹沒海蝕洞。海水漲退的現象是日月運行的力量造成，所以闇石雖埋在洞裡不見天日，但是每日海水潮汐交替，也等於受到日月精華的照拂。徐福結合自己的法力跟日月、潮汐的力量，形成一個強大的封印，把闇石封在海蝕洞中。

完成後，徐福再做最後一道手續。

此時夜色已暗，天上無雲，滿天的星斗閃閃發光。他拿出隨身帶著的鎮邪鏡，這鏡子他從不離身。

徐福手持銅鏡，鏡面朝上，對著蒼穹，另一手對著鏡子唸咒施法：

「吾作明鏡映空無，鎮邪避禍迎祥福，七星朗耀通三界，一道靈光照萬年。」

只見鏡中出現一片光芒，然後直直朝上而去，射向天空，好像一道光橋，連接天與地。天上點點繁星中，有七顆星星在鏡光的照耀下，發出更強的亮點。

亞靖認得這七顆星星所形成的星座，在美國讀的學校教的是Big Dipper，媽媽說中文叫北斗七星。

徐福持續唸著其他的咒語，運氣施法，北斗七星越來越亮，彷彿承受不了這麼多的光一般，最後七道光線反射到地面，落在鏡子裡。

本來手持的鎮邪鏡，這時徐福放開手，鏡子自己浮在空中，七道光芒落入鏡中，鏡子彷彿受到一股強大力量的推動，在空中翻轉起來。它的速度越來越快，快到讓人看不見鏡子的形狀，最後變成一道細長的光線，射進海蝕洞，消失蹤影。

北斗七星恢復原來幽暗的光芒，天空一樣清朗無雲，海浪則是一波波襲來，開始漲潮了。徐福待在海邊，直到海岸線整個隱沒在大海中，他才點頭離開。

看到這，鏡中的影像消失了。亞靖也收回手中鏡的法力。

「你看到什麼?」紫珊問。

「秦始皇南征百越時，拿到一塊紅銅，當時徐福做了兩面銅鏡……」亞靖把剛才看到的事情經過一一敘述，「最後，他把闇石埋入洞裡，用鎮邪鏡鎮壓闇石的力量。闇石來自天外，紅銅來自地心；闇石力量黑暗，銅鏡散發光芒，這就是徐福法力一物剋一物的鎮鎖方式。」

「我明白了。難怪你的鏡光出現時，玉冊給出更多的訊號，闇石需要你用鏡子上的力量去解開鎮鎖它的力量。」紫珊說。

亞靖點點頭。

「那你有看到徐福埋闇石的地點嗎？」紫珊熱切的問。

「有。」

「就是富貴角？燈塔附近？」紫珊問完自己笑了笑，「你當然看不到燈塔，秦朝時哪來的燈塔！」

亞靖也微微一笑，「對，沒看到燈塔，我對那邊不熟，只看到在退潮時，整個海岸線的礁岩變成綠色的。」

「綠色？」紫珊想到之前玉聲告訴她的「潮退綠水流」，接著猛然一拍手，「我知道在哪了，是老梅綠石槽！」

亞靖沒聽過這個地方，他很小就出國定居，很多臺灣的地名景點都不知道。

「我們現在過去嗎？」他問。

「我剛剛上網查了一下退潮最低點，今天是晚上八點，我們還有時間。」紫珊像是想到什麼，「你要不要看一下，儀萱現在在哪？」

亞靖點一下頭，看著鏡子中五隻神獸的位置，「儀萱跟曄廷、宗元在一起，往北移動。」

「他們三個人在一起？」紫珊驚訝的問，「難道儀萱也綁架他們兩人？我們要先她一步找到闇石。」

「找到之後怎麼辦？」亞靖問。

「子滑雖然不知道闇石確切的地點，也不知道如何用銅鏡解開鎮鎖，但是他畢竟是秦始皇的子嗣，除了法力外，還有我們不懂的巫術，現在他找到他的後代，力量大增，剛才我們四人戰他差點打不過，而且他的力量跟闇石互相吸引，說不定有什麼旁門左道的辦法可以拿出闇石的力量。」紫珊頓了頓，「所以我想，我們應該先把闇石拿出來，再另外找個地方藏起來，你可以用同樣的方法鎮鎖它。」

「我……我怕我的法力不夠……」亞靖小聲的說。

紫珊看著他，「還沒遇到的挑戰，不需要先貶低自己，你的能力一直在變強呀。」

亞靖回望著她，紫珊細長的眼睛閃著光芒，亞靖深吸一口氣，把紫珊對他的信任運到身體裡，成爲自己力量的一部分。

「走，我們去老梅綠石槽，不能讓子滑先拿到闇石。」紫珊拍拍他的手說。

＊＊＊

儀萱跟曄廷、宗元來到富貴角，下了車，一陣風撲面而來，帶著鹹鹹的味道，是大海的氣味。這裡風勢強勁，海面上升起烏雲，點點雨滴打在臉上，三人同時施法保護自己，讓雨水不沾身，才不會過於寒冷。

此時天色已暗，前方的燈塔發出光芒，昏暗中似乎在召喚他們。

「我們到那邊看看。」儀萱說。三個人頂著風往前走。

「怎樣？你知道闇石地點在哪裡嗎？」宗元問。

儀萱嘆口氣，「我並沒有看那麼仔細，亞靖就出現了。」

「這裡範圍很大，要找一顆石頭非常難啊。」曄廷看看燈塔四周。

「你不是擅長土氣嗎？應該利用一下，看看是埋在哪塊石頭還是土裡。」宗元建議。

儀萱點點頭。

「我想，我們還是先找到紫珊他們，如果能夠阻止子滑，我們也不需要把闇石拿出來。」曄廷說完站在高處，到處走動，努力四處張望，「不曉得他們在哪？」

「早知道把亞靖拉來我們這一國。」宗元嘟囔著說，他的話提醒了大家。

「我想，子滑有亞靖的幫忙，可以很輕易的找到我們。我們要動作快。」儀萱說完背對著海，面向岸上的沙石，雙手在胸前揮動，運氣施法，曄廷跟宗元感到腳下有股力量掃過，一道輕微的酥麻感從腳底傳上來。

「我感覺到了！」儀萱興奮的喊著，她指著海岸線東邊的方向，「有個力量在回應我！」

「在哪？前面幾步路，還是再過去一些？」宗元問。

「我還不確定，我們先走一段路。」儀萱說。

三人往東走了大約一百公尺，儀萱來到兩個男生身邊，一手拉住一人的手，「先在這裡試試看，我需要幫忙，你們跟著我一起施法，團結力量大，可以找到更精確的位置。」

25

亞靖跟紫珊兩人坐車來到老梅，這時天已經暗了，海風撲面，雨勢不斷，海邊一個人也沒有。

亞靖看著濃雲，眉頭微蹙。

他觀察海象，海面波濤洶湧，石槽都淹沒在海裡，但是已經過了最高點，正慢慢的退潮中，有些石塊的頂端開始顯現出來，亞靖忍不住猜想，那個海蝕洞會在哪？

「儀萱來了嗎？」紫珊問。

亞靖看了一下手中鏡，比對一下方向，他指指左手邊，同時向左望去，這個角度看不到燈塔，但是，儀萱他們應該在那個方向。

紫珊深吸一口氣，又重重吐氣，顯得有些焦急，「快退潮啊！」

雨勢開始減緩，剩下毛毛細雨，亞靖抬頭看天空，雲層還是很厚。

亞靖再看一次手中鏡，「他們朝著我們這個方向靠近了。」

「看來子淯眞的有辦法找到闇石的位置。」紫珊說。

兩人對望一眼，面露憂色。

「爲什麼你只找我幫你，沒跟曄廷和宗元說鏡子跟闇石的關係？」亞靖問。

「我只是覺得越少人知道闇石在哪越好，那是很凶險的東西，對於把你牽扯進來我也很抱歉，本來我想，只有我可以從玉冊找到地點，但是沒辦法，眞的只有你才能找到確切的位置。」紫珊充滿歉意的說，「現在儀萱可能也是用同樣控制我的方法威脅他們，拿他們當籌碼對付我們。」

「到時候怎麼辦？要救人，還是要搶闇石？」亞靖問。

「就算我們把闇石交給儀萱，我們也還是會死。」紫珊冷靜的說，「當時我被儀萱逼迫顯現玉冊上闇石的位置，但我知道她只能看到大概的地點，只有我才能聽到玉聲。現在情況不一樣，闇石就在眼前了。」

亞靖看著她沒說話。

海水又再往後退一些，更多的礁岩露出水面，亞靖沿著岸邊來回走，仔細看，希望可以先一步找到鏡中出現的岩石樣貌。

＊＊＊

「感覺越來越近了，」儀萱兩眼閃著光，「我們再往前……喔，我看到紫珊跟亞靖了，看來我眞的找對地方了。」

宗元跟曄廷也看到了！三人小心緩慢的朝著紫珊走去。

「你們倆還好嗎？」紫珊看著兩個男生，似乎沒有被控制的樣子，遲疑的問。

「亞靖！你要小心，紫珊已經被子滑附身了！」儀萱也發出警告。

亞靖轉過頭來看著紫珊，紫珊一臉平靜，「儀萱，你不要亂說話。」

「子滑本來附在我身上沒錯，不過當他發現只有你知道闇石的位置，就改附在你身上了。你瞞得過他們，瞞不了我。」儀萱冷冷的說。

「你爲什麼要自己一個人帶著亞靖來這裡找闇石，不讓我們知道？」曄廷問。

「我只是不想牽連太多人。」紫珊簡短的說，看著宗元跟曄廷，「你們相信她的話？」

宗元跟曄廷對望一眼，表情複雜的看著紫珊跟儀萱。

「亞靖，我們一起合力制伏紫珊，也就是子滑，這樣闇石才能安全！」儀萱喊道。她雙手胸前一晃，海沙飛揚，在空中形成一個大沙球對著紫珊快速奔去。

紫珊轉身閃了過去，同時手一揚，朱雀在空中展翅，蓄勢待發。

儀萱再度施法，另一個更大的沙球浮在空中。

曄廷也拔出長劍，運氣施法，力貫劍身。

「等一下！」亞靖忍不住大喊，其他四人沒料到他會出聲，停下手中動作，他自己也嚇了一跳。

他輕輕清一下喉嚨，再度運氣，讓自己穩定下來，「其實要證明誰被子滑附身並不難，我有方法。」

儀萱的大眼睛瞇了起來，紫珊看著他的眼神冷靜又帶著好奇，曄廷停住手上快要出招的劍式瞪著他，宗元則是催促著，「你倒是快說啊！」

儀萱冷哼一聲，「你們眞的了解亞靖嗎？他跟子滑是一起的，不要輕信他的詭計。」

亞靖沒有理會，手中鏡一閃，把從「七乳透光鏡」中看到的秦始皇鏡的影像喚出來，他再度全身盈滿法力，把法力傳到手上，這次他施法讓大家看到，只見一道光芒射出，像是投影機那般，在沙地上出現一面立鏡。

「這面鏡子就是歷史上有名的『照骨鏡』，當年秦始皇用來測試朝中大臣是不是有貳心，如果是無邪念的忠臣，鏡子裡會出現祥雲環繞；但是心懷不詭的人，鏡面會充滿烏雲晦氣。」亞靖一口氣說完，發現說出心中想法沒那麼難，於是吸了一口氣，繼續說下去，「我先。」

他右手拂著胸口跨出一步，站在鏡子前，只見立鏡裡顯出他的影像外，還忠實的顯現他的倒影、背影，接著一陣紫霞浮現，繚繞一陣，最後所有的影像消失。

他站到一旁，看著其他人。

「我也要試試看！」宗元帶著興奮的語氣說。他馬上站到鏡子前面，也是一陣祥雲出現。他開心的笑笑，站到一旁。

曄廷想了想，也站到鏡子前面，他的影像也是清晰正常，有霞雲出現。

剩下紫珊跟儀萱了。

紫珊不假思索的邁開大步上前，站在鏡子的面前。

她的正影、倒影、背影都清楚顯現，同樣有朵朵紫雲圍繞一旁。

儀萱一個人遠離大家，站在海邊，亞靖看著儀萱，手比出邀請的動作。

儀萱冷笑一聲，再往後一躍，此時潮水已經往後退了大半，爬滿綠色海草的礁石終於露了出來。

亞靖看著儀萱腳下的礁岩，底下露出一個黑洞，海水來來去去，用力的拍打著。他認出來，那就是他在鏡中看到的海蝕洞。儀萱正站在上面。

「我把曄廷和宗元引來，想說讓你們互相殘殺，我好輕鬆收尾。」儀萱臉色帶著詭異的笑容，她的聲音也開始變化，有些沙啞低沉。「不過沒關係，現在我一次除掉四個人也算省事。」

講到後面，已經是子滑的聲音了。

儀萱的臉色變得陰暗，身體形貌開始扭曲，甚至四肢出現奇怪的腫塊凹陷，好像她是一塊大黏土，一雙無形的巨手正在給她塑形。

四人用驚恐的眼睛看著她。

「儀萱！子滑正在損害你的軀體，你快把他逼出去。」曄廷喊著。

「對啊，你可以的，不要讓他繼續附在你身上啊！」宗元也大喊。

「她已經拿到闇石的力量了。」亞靖低聲的說，「她正站在那塊礁岩上。」

「那裡就是隱藏闇石的地方？」曄廷問。

亞靖點點頭。

「快，我們把她逼開那裡。」紫珊說完運起法力，朱雀出現，牠拍著大翅，尾羽四掃，風勢大起，颯颯狂風朝著儀萱推去。

曄廷也讓劍氣成形，刷刷兩聲，使出「群鶴盤旋」和「巨鷹擊鵲」，劍式凌厲的攻向儀萱。

宗元想起在「藝湛」用大雪戰勝子淯的攻勢，決定故技重施，這次他用了白居易的詩句：「歲暮風動地，夜寒雪連天」。

只見天上積雲增厚，溫度更低，雨水變成雪花降下。其他人施法同時，也趕快對自己施法，抵抗寒冷。

亞靖收起照骨鏡的影像，運氣全身，力貫手臂，手中鏡出，鏡光閃閃，對著儀萱攻去。

儀萱扭曲的嘴角歪斜得更厲害，冷哼一聲，「別忘了，我可是詩詞比賽冠軍啊，」她喊道，「『雪消重作雨，冰釋又成泥。』」

儀萱當然沒有宗元化詩句為力量的能力，但是體內闇石的力量非同小可，她雙手一揮，滯悶之氣籠罩著空氣，只見白雪紛紛馬上又變成點點細雨，儀萱運氣施法，善用土氣，地上的積雪瞬間變成爛泥。

她變形的雙手用力一推，泥漿飛散，一灘一灘的像浪潮般射向四人，空中充滿腐爛悶溼的泥土味。

朱雀爲了保護紫珊，先被泥水濺到，翅膀上一片灰泥，甩也甩不去，動作馬上遲鈍下來。

曄廷的長劍攻勢更加密集，但是還是被泥塊一一擋住，一些泥塊打到肩膀，痛得他咬牙，換成「健牛擋車」的招式抵抗著。

宗元的招式馬上被儀萱破解，雪花變成泥漿，力量受阻，一時想不起強而有力的詩句，只能匆忙唸著：「出淤泥而不染。」他在泥漿浪中閃躲，勉強讓泥不沾身。

亞靖朝著儀萱射出的鏡光也討不了好，凌厲的光像刀片一樣射出，卻被泥漿一一打散，變成點點碎片，四處墜落。

四人想把儀萱打離開那個礁石，可是不僅傷不了她分毫，而且她的力量明顯變強了，他們四人根本沒辦法靠近她。

26

子滑感到自己的力量變大了！

當他站上那塊礁石，他感應到地底下的那股黑暗力量晦暗而集中，深深的吸引他。他沒看到闇石，但是那股力量從腳底竄上來，通過儀萱的身體，被他牢牢的攫住。

子滑不知道如何破除闇石上的封印，但是他有法力，有巫術，有隱藏在體內的闇石力量，這些讓他跟海蝕洞裡的闇石緊密結合，闇石一路帶領他，現在他將喚醒闇石。

他，子滑，才是注定要擁有闇石力量的人！

現在有了他跟徐靜後代的身體，又找到闇石，他將是這世上法力最高明、巫術最強大、黑暗力量最洶湧的人！

闇石的力量源源不斷的注入儀萱的體內，跟子滑結合，很快就會大功告成。其他四人的攻擊，對他來說小事一件，他一下就破解他們的法力也讓他更有信心，幾千年的等待，終於要有個圓滿的結局了。

要殺掉亞靖、曄廷、紫珊、宗元這四人。子滑想。不能讓其他有法力的人留在這世界上！這件事並不難，另外一件事比較讓他掛心，他想要把儀萱弄成男的。

本來他一心一意要找到自己的後代，覺得只要能找到就萬事俱備了。沒想到他的後代是儀萱，是一個女孩。

他開始嫌棄她女性的身體，他想要一個男性的身體，那才有威嚴，才有資格承擔這麼大的力量。偏偏他又不能隨便找個男孩附身，一定要是自己的後代，他怨為什麼當初徐靜沒有用法力設定他們的後代是男生。

於是，他嘗試用巫術和闇石的力量改變儀萱的身體，他要把儀萱的外型相貌，五臟六腑，都改成他當年在秦朝時意氣風發的樣子。

闇石的力量這麼大，一定可以幫他完成願望的。

就剩最後一道程序了，他感到腳下闇石的力量在做最後一波推進。

子滑用力一揮，泥漿像子彈一樣四散，亞靖、曄廷、紫珊、宗元雖然有法力護身，還是被打得全身痠痛，無法靠近。

最後一波力量衝進儀萱的身體，跟他融合，子滑感到一股極強的力量，直飛上天。

27

四人看到眼前的景象，驚訝萬分。形體不斷扭曲變形的儀萱，忽然仰頭對著天空大吼，一口灰氣從她嘴裡冒出，源源不絕的湧現，像是一塊大灰布一樣，把她全身包滿，沒多久，儀萱整個人隱沒在霧氣裡，消失在大家面前，然後不到半秒鐘，龐然大物般的灰氣團向天上衝去。

一隻灰色的巨龍出現在他們的面前。

更讓亞靖、曄廷、紫珊、宗元驚訝的是，他們發現自己的身體也起了變化，有股強大的眞氣在體內醞釀、發酵，然後爆發，他們同時張口，眞氣衝出，覆蓋全身。

身體內外受到眞氣的衝擊，令他們覺得全身都充滿力量，血脈穴道通行無阻，超過以往所有的感官經驗，他們感覺自己不停膨脹、壯大，直往天上衝去，他們低頭一看自己的形貌，都已經不是原來的樣子了。

紫珊看到自己全身覆滿羽毛，兩隻手成了翅膀，兩隻腳成了鳥爪，全身血紅，她變成一隻朱雀。

曄廷看到自己黝黑細長，長滿鱗片，盤繞在一隻巨龜身上，二合為一，是玄武。

宗元看到自己四肢成爪，變成一隻大龍，跟儀萱不同的是，他全身鱗片是青色的。

亞靖發現自己四肢著地，身披白毛，帶著黑色的虎紋，他是一隻白虎。

他們看著彼此，馬上明瞭，他們四人也變成了四神獸。

一切好像就是這麼自然，四神獸沒有遲疑，對著灰龍攻去。

子滑變成的灰龍看到四人的變化，驚訝萬分，他們怎麼也得到這麼多力量？但是他沒時間深究，四隻神獸從四個方位攻來，灰龍龍尾一擺，汙泥像箭般往四方射去。空中密密麻麻的都是泥漿點點，這些泥漿腥臭難聞，若沾到身上肯定會皮膚潰爛，失去行動力。灰龍還帶動周邊的氣流，像個巨大的龍捲風，把四隻神獸也一一捲進去。

四人幻化成的四獸在這股氣流中感到窒息難以行動，只能先施法穩住自己。

曄廷變成的玄武是蛇龜合體，牠催動法力，大龜吐出大水，漫漫向灰龍淹去，同時細長蛇尾如劍般招式凌厲，招招指向要害。

宗元變成的青龍在空中翻騰，呼風喚雨，只見風起雲湧，道道風勢如刀刃，一一向灰龍刺去，朵朵層雲像盾牌，替大家擋去泥漿。

紫珊變成的朱雀展翅高飛，牠口噴火焰，烈火灼灼，燒融許多漫天飛舞的泥漿，之前紫珊得用手控制朱雀，現在自己變成朱雀，更是運用靈活，法力上升好幾倍。

亞靖變成的白虎牙尖爪銳，氣勢凶猛，牠的額頭上發出白光，隨著牠的撲式，四處掃射，弄得灰龍眼花撩亂，白光所到之處，泥漿被燒灼無形。

四濺的泥漿越來越密，子滑的力量也越來越大，但是四隻神獸在應對間，也找到合作無間的方式，其中一隻處於弱勢時，另外三隻就補上，這樣你來我往，一隻灰龍跟朱雀、白虎、玄武、青龍戰個不分上下。

如此一來，戰鬥情勢變得更加凶險，因爲稍有閃失，可能勝負立判，每隻神獸都聚精會神，全力以赴。

慢慢的，四隻神獸感到灰龍的氣勢開始顯弱，狂亂的氣流漸漸趨緩，牠們士氣大振，朱雀、青龍、玄武、白虎都用盡全力。

「等一下，」白虎在一道白光掃向灰龍的剎那，看出不尋常的跡象，「先採取守勢，不要攻擊。」

同時，儀萱的聲音從灰龍那裡傳來：「你給我滾出我的身體！」

四隻神獸一起停手，以法力護體，不讓泥漿近身，瞪大眼睛看著灰龍。

只見牠灰撲撲的巨大身軀，肚子出現一塊黃色的區域，不久後又消失被灰色取代，但是很快的，灰龍的頭上又冒出黃色，然後又被灰色取代。之後牠全身上下好多地方一下變黃一下變灰，黃色跟灰色像是兩大幫派，先後在龍身上競爭地盤。

「你是我的後代，我需要你的軀體，我們一起才能有最大的力量！」子滑的聲音傳來，灰色又在龍腳出現。

「你嫌棄我的軀體，對我感到輕蔑，那就給我滾蛋！」儀萱氣呼呼的聲音說，黃色一下子占據整個背。

「你聽話，你是男生的話，力氣大，社會地位高，加上我們的法力，我們想要什麼就有什麼，沒人可以抵擋我們！」子滑的聲音努力要說服儀萱。

「看來儀萱找到反抗子滑的力量了！」曄廷的聲音傳來，黑蛇的眼睛帶著光芒。

「太好了！儀萱，你可以的！」青龍在空中翻個身，宗元大聲加油。

「儀萱！你聽得到我們的聲音嗎？」紫珊問。

「可以。」儀萱回答。

灰色跟黃色的競爭越來越激烈，眼前的巨龍一下子這裡灰，一下子那裡黃，甚至有幾個地方，像是龍爪、龍尾，黃色的面積已經不再消退了。

現在子滑已經沒有餘力打出泥漿，周圍環繞的眞氣氣流也越來越弱。

「我們可以怎麼幫你？」亞靖問，白虎奔到巨龍的腳下，額頭上的白光清楚照出四周景色，現在潮水已經完全退去，顯露出礁岩底下有個海蝕洞。

「我要把子滑和闇石的力量推出我的體外，我不知道怎麼處理這個力量，我要你們幫忙，不要讓這個力量散到各地，害到無辜的人。」儀萱說，巨龍尾巴的黃色部分又往上延伸到背上。

「儀萱，你最好聽話，不要再跟我對抗了，不然我們兩敗俱傷，同歸於盡。」子滑不再軟言相求，口氣變得凶狠。

「儀萱你要小心啊！」曄廷的語氣充滿擔心。

「不要讓子滑傷到你！」宗元大喊。

控制白虎的亞靖抬頭看天，剛才惡鬥的強勁氣流吹散了烏雲，現在天空清明，繁星閃閃。

「我們來幫儀萱。」紫珊說。另外三隻神獸點頭，牠們有了默契。

青龍、朱雀、白虎、玄武分別站在灰黃巨龍的東南西北四個方位，四隻神獸同時施法，真氣盈貫，在巨龍的周圍形成一圈氣流巨網。

只見巨龍在這網裡面扭轉掙扎，灰黃兩色你來我往，互相爭鬥。

忽然，黃色的部分全部不見，巨龍全身被灰色的鱗片蓋住，子淯發出一聲冷笑。

四隻神獸大驚。發生什麼事？儀萱怎麼了？

下一秒，只見巨龍全身上下金光四散，子淯的冷笑變成痛苦的哀號，灰色的鱗片變成一塊塊硬掉的泥塊，泥塊碰上金光立刻剝落，伴隨金光一閃，散成細細的灰色粉塵，這些粉塵聚在空中，像是霧氣幽魂一樣，到處飄蕩，企圖闖出四隻神獸圍住的氣流網，但是怎樣也走不出去。

眼前的巨龍全身是閃亮晶瑩的黃色，牠在空中翻個身，落了下來，雙腳著地，變回儀萱的樣子，四隻神獸也穩穩落地，變回紫珊、宗元、曄廷、亞靖。

「儀萱！你成功了！」曄廷拉著她的手激動的說。

「嘿，真有你的！」宗元搥了一下她的肩膀。

儀萱看看大家，指著像幽魂的灰色粉塵，「子淯還有闇石的力量還在那裡，你們的氣流關不了他太久的。」

亞靖往前跨一步，目光盯著那些粉塵，「我來。」

他的手中鏡一閃，讓大家看到鏡中另一面鏡子的影像出現。

鏡背上寫著：「吾作明鏡映空無，鎮邪避禍迎祥福，七星朗耀通三界，一道靈光照萬年」。

亞靖喚出當年徐福做的鎮邪鏡，雖然鏡子的本體已經化成鎮鎖的法力跟著闇石藏於海蝕洞中，但是「七乳透光鏡」跟這面鎮邪鏡來自同一塊地底紅銅，同時得到徐福的法力，所以鎮邪鏡的影像可以顯現在亞靖的手中鏡上，鎮鎖的法力也還在。

亞靖喚出鎮邪鏡的力量，加上自己的法力，手中鏡中現出一道光芒。

他右手畫個圓，掌心對著海蝕洞的方向，只見深邃黑暗的海蝕洞底一陣明亮，大家看到一顆橘子大小的灰黑石頭嵌在洞底。

那就是闇石。秦朝的時候降落人間，如今又在臺灣的北海岸現身，這是一顆把他們五個人的命運牽在一起的奇石。

每個人都忍不住深吸一口氣。

亞靖手中的光芒密密包圍著石頭，石頭從底下的洞口慢慢的浮起來，離開海面，來到大家眼前的礁石上。

「我們一起把子滑的力量封進闇石裡。」亞靖說。

五人圍繞在闇石周圍，真氣氣流在身後圈成一道保護膜，大家一起運氣施法，金、木、水、火、土，五行之氣純正雄厚，白、青、黑、紅、黃五道光線，一齊射在中間的闇石上。

只見闇石中心裊裊升起一道五色輕煙，輕煙緩緩上升，向著灰色粉塵而去。煙霧一包裹住粉塵，然後再回到闇石裡，最後，石頭呈現五彩顏色，圍繞在五人周圍的氣流也同時消失。

「這顆石頭怎麼辦？」儀萱問。

「再放回原來的地方嗎？」紫珊看著海蝕洞。

「我覺得應該找另一個地方藏起來。」宗元建議。

「你有更好的建議嗎？」儀萱問。

「我還是覺得玉山是不錯的選擇。」宗元說。

「還是拿到畫裡交給畫仙？」曄廷問。

「月升這一生，從人變成畫仙，終其一生都要待在畫裡，這一切都是因爲這顆闇石而起，我們就不要再讓她操這個心了。」紫珊說。

大家七嘴八舌的討論著。

「我想，」亞靖說，「我們可以一起解決這件事。」

其他人看著他，鼓勵他說下去。

「我需要你們幫我。」亞靖說，「闇石來自外太空，我們就把它送回去。」

四人不知道亞靖要怎麼做，但是都很有默契的相信他，四人運氣，把法力盈貫全身，同時四隻手掌按在他的背上，把眞氣緩緩傳入他的體內。

只見他手心向上，一束光射入天空，他融合四人傳給他的法力，運氣施法，口唸咒語：「吾作明鏡映空無，鎭邪避禍迎祥福，七星朗耀通三界，一道靈光照萬年。」

光束直上而去，天上的北斗七星彷彿等待多時一般，亮度馬上增加許多，晶亮閃爍。然後七星也射下七道光芒，通過銀河宇宙，浩瀚蒼穹，來到地球，收到手中鏡裡。

亞靖的手再一轉，鏡光反射映在石頭上，石頭感受到這股力量，慢慢脫離地心引力的束縛，浮在空中。

亞靖穩穩吸吐一口氣，讓四人的眞氣，加上自己的眞氣，運行全身的法力，全力灌注到手上。石頭在空中刷的一聲，散成無數個五彩細點，分成七道細光束，朝著北斗七星而去。

伴隨石頭升空，天地間閃著奇異的光芒，舞動閃爍，約莫十分鐘後，北斗七星才又恢復到原來的亮度。

天空清亮，繁星點點，無雲無雨，只有海風颯颯，海浪來回拍打著礁石。

「我們快上岸，海水上漲了！」紫珊說。大家回過神，果然海水早就漫過海蝕洞，淹到腳下。

28

五人走回岸上後，不約而同在沙灘上坐下來。

四周一片寧靜，只有風聲和海浪聲，大家仰望天空，享受難得的平靜。

「我有一個問題。」宗元首先發聲。其他四人都轉頭看他。

「從地球到北斗七星有多遠啊？」宗元問。

「你問這個幹麼啊？」儀萱白了他一眼。

「沒人知道？」宗元左右看看其他人。

「北斗七星到地球的距離，每一顆星都不一樣，大約落在八十到一百二十光年，最遠的是天樞，一百二十三光年。」亞靖平穩的說，他在學校時一直對天文很有興趣。

「我還以爲這七顆星星是在一起的，全部一樣遠。」曄廷說。

「不是這樣。」亞靖說。

「那你手上的光怎麼可以馬上傳到北斗七星，又馬上傳回來？不是至少要經過八十光年那麼久？」宗元用一種實事求是的口氣問。

「你好無聊喔，糾結這種問題！」儀萱翻白眼。

「亞靖傳過去的，不只是鏡子的光，還有法力。」曄廷說。

「對啊，不能用科學來解釋的。」紫珊說。

「光年是長度單位，不是時間單位。」亞靖說，他看其他人好像不是很懂這個概念，「光年是指用光的速度在一年中所經過的距離，所以雖然叫光年，但是指的不是時間，如果法力比光的速度快的話，的確不需要八十年或一百年。」

「這樣說，那顆被粉碎的闇石也不用等到八十或一百年才能到北斗七星上吧？可能現在就到了。」宗元歪著頭看著星星。

亞靖聳聳肩，沒有回答。

「法力難測，外面世界的力量更難測。」紫珊若有所思的說。

大家對這句話都點頭同意。

「子淯拿到闇石的力量，變成大龍，爲什麼我們也變成神獸的樣子？」宗元又問。

「我想，是因爲我們從月升那得到法力，她當年跟子淯一樣得到闇石的力量，所以當闇石的力量再現時，我們跟闇石之間的連結，也讓我們多少得到那份力量。」紫珊說。

「還有，當初月升設定，如果闇石的力量重現的話，我們這些後代體內的隱靈法也會讓我們的法力再現，用來對抗闇石。」曄廷說。

「相生相剋。」亞靖說。

「子滑在我身體裡，很驚訝我可以反抗他，他忘了，他的力量增加，我的力量也增加了呢！」儀萱得意的說。

「不知道月升有沒有也感受到不同？」曄廷問。

「應該會吧！」紫珊說。

「只是可惜現在闇石被送走了，我不能再變成龍了。」宗元語帶惋惜的說。

「看到自己身體變成神獸，的確是滿特別的經驗。」其他四人也有同感。

「我還有一個問題。」宗元故意誇張的舉手發問。

「你問題還眞多。」儀萱又白了他一眼。

「你管我，我的問題是問亞靖又不是問你。」宗元絕不會錯過跟儀萱鬥嘴的機會，

「亞靖，秦始皇的那面鏡子，眞的可以看到人心險惡嗎？心念不正的人，眞的會顯現什麼烏雲密布？」

亞靖看著他，笑了笑，「其實當年，徐福在鏡子上施法，不管是誰站在鏡前，都只會出現祥雲瑞氣，他不會設計那種鏡子讓秦始皇有藉口濫殺無辜的。」

「我懂了，只有心術不正的人心虛，才會不敢站在鏡子前。」宗元說。

「就跟子滑一樣。」曄廷說。

「還好你聰明，反應快，用計把子滑逼出原形。」紫珊說。

「儀萱，你還好嗎？子滑有沒有在你身上留下傷害？」曄廷看著儀萱。

儀萱深呼吸幾下，轉轉頭，動動肩膀，「好像沒有，至少目前沒事。」

「有事要說喔。」宗元也表示關心。

儀萱感激的點點頭。

「我覺得我們需要跟畫仙報告這件事。」曄廷說。

「子滑不在我身體裡，畫仙應該不會再想殺我了吧！」儀萱大眼睛眨了眨。

「你不要擔心，應該沒事的，而且她身上的闇石力量也沒了啊！」紫珊安慰她。

「那我們什麼時候去你家？」宗元問。

「都可以啊，這星期六早上？」曄廷說。

大家都點頭說好。

海面上映著點點星光，每個人的心都滿滿的。

＊＊＊

「哇！這裡山巒相疊，感覺好幽靜啊！」宗元驚嘆。

「好有意境的地方啊！」儀萱也讚嘆的說。

五人進入《搗練圖》之後，月升帶他們來到一幅山水畫中。

這裡一層層的山勢迭起，遠峰高聳，像個三角形，直上而去。山勢到了中段，形成一個由溪水切穿的山谷，谷中的森林間圍繞著幾間茅屋，屋中有一人坐在蒲團上，另一人坐他的對面，兩人低聲交談，認眞又閒適。

他們幾個人站在山腳處平坦的岸邊，有些小樹叢從石頭間冒出來。臨著江水，對岸的石岸間有幾棵樹枝蜿蜒的松樹，其中一株橫臥著，姿態別有趣味。

「這是巨然的《秋山問道圖》。」月升看著他們問，「發生什麼事了？」

除了亞靖，其他四人輪流說著子淯附身，以及闇石力量重現的過程。

「最後，亞靖用手中鏡的法力，跟北斗七星的力量，把闇石送回外太空去了。」宗元口沫橫飛的說。

月升看著他，宗元再度解釋，「就是它當時從天而降，現在又送回天外去了。」

月升抬頭看著天，看著山，臉上表情清淡，看不出是怎麼想的。

「這樣處置闇石你不開心嗎？」曄廷小心的問。

「你們來之前，我在《寒香詩思圖》練眞氣，」月升沒有馬上回應他的問題，繼續說下去，「忽然，我感到眞氣湧上，像火一般的燒起來，我努力鎮定，去到《早春圖》，全身浸在冰冷的水裡，過了許久後眞氣慢慢平緩，而且有一種從來沒有的清靈之氣從丹田升起，直上腦門，然後我過去所有的記憶都回來了。現在我才知道，原來是闇石的力量被釋放，然後又被送走了。

「秦朝時我和子滑先後遇到闇石，後來闇石又被我師兄徐福帶來臺灣，我以爲這樣萬無一失了，結果它的力量維持了幾千年，影響這麼多人，發生這麼多事情。如今這樣的結局當然是好的。」月升說。

她語氣平淡，但五人都知道月升的個性便是如此，她已經給了這結局最大的肯定。

「不知道闇石到其他的恆星系統又會發生什麼事。」曄廷問。

「這個闇石來到地球數千年，但在它的星河生命中可能只是微不足道的一小段時光，現在用不同的型態，去到不同的星球上，未來的命運已經不是我們五個人可以知道的了。」紫珊說。

「說不定在其他的星球，有其他的高等生物，可以好好的使用闇石的力量，成就好事，畢竟那個力量很大，只是我們不知道怎麼用而已。」宗元說。

其他人聽他這麼說都覺得很新奇，一直以來他們只想著怎麼解決這個壞的力量，沒有用這樣的角度去思考。

「哎！你這次講的很有道理喔，」儀萱拍了他一下肩膀，「我們把它當成可怕的黑暗力量，如果我們法力強一點，說不定可以好好控制它，用在好的地方，那多好。」

「比如說，世界上每個人都有法力，身強體壯，幫助別人……」宗元發現自己的想法受到肯定，得意的繼續說下去。

「只是人心總有自私的，一定會有人用法力欺騙他人、欺負弱小、做盡壞事，像子滑那樣。」曄廷說。

「現在這樣最好。」紫珊說。

月升看著山頭，陷入沉思，完全不在意闇石以後會如何，對使用闇石的力量也不感興趣。

過了一會，她看向五人。

「在宋朝的時候，我曾打算撤回隱靈法，當時沒有成功，因爲是我創的隱靈法，所以當然也有闇石的力量在裡面，導致隱靈法反噬。」月升說。

「你現在還打算撤回隱靈法嗎？」亞靖問。他知道那是當年高羽的願望。

「那我們還會有法力嗎？」儀萱輕聲問。

「我們的法力是畫仙給的，如果她想把法力都撤掉，那也是理所當然，而且以後也用不到了。」曄廷說。

「你不想再進入畫裡嗎？」宗元問，「法力本身又沒有錯，只是看用的人的心態。」

「我跟宗元的想法一樣。」儀萱說。宗元咧著嘴笑。

「我都可以。」紫珊說，然後她看了一眼亞靖，亞靖點一下頭，她知道他們兩人都對於有沒有法力感到無所謂。

「我們聽畫仙的想法。」紫珊說。

大家都看著月升，等待她的決定。

「我把隱靈法撤掉，你們不再有每代只能單傳的限制，法力也不會再傳到下一代。」月升說，「你們知道怎麼把法力用在對的地方，可以讓人放心，所以現在有的法力，我不會撤掉，但是下一代就不會再有法力了。」

五個人都點頭，同意這樣的做法。

月升讓他們圍著她坐下，這幅畫是巨然的作品，他是一名有道高僧，繪畫技巧高超之外，畫中富有禪意，也盈滿正面的力量。

五人盤坐，閉眼，在月升的引導下運氣施法。

月升揮動拂子，在五人頭上一點，同時手掌一按，每個人感到一道涼氣從腦門進入，馬上覺得思路順通，頭清腦明。這股氣進入體內後跟原本的力量相牽引，在全身繞轉一圈，衝過周身百骸，打通每個穴道，從身體到四肢，再從四肢回到丹田，上升到胸口。

五人同時覺得一口氣提上來，忍不住口一張，只見五個顏色的氣體分別從五人的口中吐出，白、青、黑、紅、黃，五色煙裊裊飄動，然後消失在空中。

「好了。」月升說。五人感到全身輕鬆，站了起來。

「隱靈法已撤除，你們不再受這個法力的限制了。」月升說。臉上帶著難得一見的微笑，清麗的身影，顯得更是仙氣美麗。

「謝謝畫仙。」大家不約而同的說。

「你們回去吧。我在這裡多待一會。」月升的話一向不讓人有異議。大家知道她喜靜，跟她告辭後，曄廷帶著儀萱、宗元、紫珊、亞靖回到他家。

眾人回到曄廷房間後，似乎還不想馬上回家，每個人隨意坐在地上，輕鬆的聊著。

「沒有闇石，我們以後的日子會不會很無趣啊？」宗元問。

「我們還是有法力，詩境、詞境、畫境都可以自由進出，龍兮行、陰氣靈、畫鬼也都還在，我們還是不時去監督一下比較好。」曄廷說。

「至少大魔頭子滑不在了！他比闇石更難纏。」宗元說。

儀萱看著大家，「雖然說被子滑附身我也是被強迫的，不過給你們弄出這麼多事，我還是覺得很抱歉。尤其是紫珊，無緣無故被我挾持，對不起啊！」

「也不算無緣無故啦，誰叫我知道怎麼從玉冊上找到闇石！」紫珊半說笑的眨眨眼，看到儀萱的表情帶著尷尬，又推推儀萱的手臂，「沒事啦，不然你請我吃蛋黃酥，我們就算扯平了。」

「那有什麼問題，我明天買給大家吃！」儀萱開心的點頭。

「哎呀，爲什麼要吃這麼噁心的東西啦！」曄廷哀號。

「什麼噁心！就這麼決定，我們去買一大盒蛋黃酥，五個人一起慶祝勝利。」宗元興奮的高舉雙手，大家都笑起來。

「對啊對啊！我們五個人一定要好好慶祝！開心一下！」儀萱拍著手笑著說。

「我看啊……」宗元似笑非笑的看著儀萱，「沒有隱靈法，你最開心了，這樣就可以跟曄廷在一起，以後還可以多子多孫！」

「喂！你講到哪去！」曄廷瞪了他一眼。

「亂講一通。」儀萱也翻個白眼，踢他一腳。

「幹麼踢我！」宗元誇張的又叫又跳，「我講的是吉祥話啊！你們看，亞靖祖先那面鏡子背面就是刻著『努力治事，日給月異。終身順護，至恭必富。宜子孫。』『宜子孫』耶！不僅流傳到今，還被展示在故宮裡。我哪有講錯話！」

「你還說！」儀萱踢得更用力了。

亞靖看著他們，臉上也帶著微笑。現在他不會因爲要跟別人說話而畏懼了，但是他還是覺得聽聽大家閒聊說笑就好，重點是，他有朋友了。

他感到輕鬆許多，某種藏在心裡的害怕消失了，他跟這幾個朋友一起對抗闇石力量的同時，也勇敢的對抗心裡的恐懼。

「你在想什麼？」紫珊輕輕的推他一下。

亞靖看了她一眼，「我在想，法力眞是奇妙的東西，當年高羽施法讓我害怕，但是最終法力也讓我克服害怕。」

紫珊抿著嘴，想了想，「法力是幫了你，不過也是靠你自己去面對才能解決問題。我覺得你很勇敢。」

「我恐懼了好幾年才回來臺灣。」亞靖搔搔短髮，不好意思的說。

紫珊戳戳他，「可是你還是回來了啊，你並沒有逃避。勇敢不代表沒有恐懼，勇敢是你能面對恐懼，你願意挑戰恐懼。」

亞靖看著紫珊，臉上綻開微笑，她懂他。

「好啦，你們也眞是的，」紫珊轉過頭瞪了其他三人一眼，「幾個會法力的人還用腳踢來踢去，太丟臉了，你們是小孩子啊？要我說，現在還有時間，我們一起去故宮，好好的看看玉冊和那面『七乳透光鏡』，有需要『宜子孫』的可以順便『宜』一下，然後再去士林夜市吃晚餐，最後買蛋黃酥慶祝，對，曄廷也要吃！」

「好，走！」其他人同聲應和。

「我可不可以不要吃蛋黃酥？」曄廷用可憐兮兮的口氣問。

「你闇石都不怕了，怕什麼蛋黃酥？不行！」紫珊嚴格的說。

其他三人笑得更開心了。

五人拿錢包的拿錢包，拿外套的拿外套，一起離開曄廷家，笑笑說說鬧鬧，一路開心的朝著故宮而去。

轉生到宋朝變成文青，過著風雅生活

文／高雄市陽明國中歷史教師．作家　吳宜蓉

《鏡道》一開場，經過了幾百年的修習，月升終於恢復了法力，從《搗練圖》現身宋朝街道上。然而，如果是你！假如有一天獲得了一個神奇外掛，可以讓你自由轉生穿越至任何一個中國歷史朝代，你想回到什麼時代生活呢？

這時候只要歷史沒有很好，就很容易踩到地雷選項呢！

人家都說大唐盛世風華燦爛，去唐朝可以吧？

嘿嘿，可別以為大唐盛世自由開放，唐朝社會其實仍然保留了相當嚴苛的等級制度，人民區分良賤！萬一你不小心轉生成唐朝某大戶人家的奴婢，你就只是他們家的私人財產，完全沒有任何的法律保障！主人隨時可以把你賣給隔壁老王，賞給親戚小黃。

不然，去清朝好了！只要不搞宮鬥，就毋須步步驚心，康雍乾盛世值得我們一睹風采吧？我覺得不行！要付出的代價可能是天天早睡早起，從此失去了夜生活。清代實施嚴格的宵禁政策，起更後（晚上七點以後），不論你是貴族或平民都不得

無故出門。違規者，不僅得挨打，還要罰錢。整個京城晚上七點過後，大街上一整個空虛寂寞冷！

讓我告訴你吧！如果想隨心所欲的過生活，就是宋朝了。生活品質唯一保證，穿越轉生幸福首選！除了宋朝，沒有之一。

無限風光在汴京，世界第一大城

宋朝是個商業貿易發達的時代，全盛時期全國人口大於十萬的城鎮超過五十座。其中，北宋的首都汴梁城更是富甲天下，人口多達百萬。這個汴梁城，又稱為汴京，是今天中

宋　宋徽宗《文會圖》（國立故宮博物院）

國河南省的開封市，北宋時稱「東京」，它絕對是當時全世界最繁華的城市！你要知道呀，同一時間點，歐洲的倫敦、巴黎，人口可連十萬都沒有。

沿著汴京城裡船隻往來的大運河——汴河岸邊行走，便是整個京城裡最熱鬧的大街。好幾間大型酒樓（正店）就蓋在汴河北岸，南臨河，北面街，張揚氣派！你可以把宋朝的酒樓想像成今天的五星級餐廳，不僅裝潢奢華，服務貼心到位，餐點更是各家大廚用心演繹，保證美味精緻才敢端出的一流菜餚。當時，汴京城裡共有七十二家大酒樓，其中，「樊樓」被稱為汴京城的七十二酒樓之首。它由東、西、南、北、中五棟樓宇組成，樓高三層，各棟間皆連有飛橋供客人穿梭來往。皇親國戚、名流富商們最喜歡選在這裡辦派對，宴請親朋好友，格外顯得自己有面子。相傳文青皇帝宋徽宗與當時的京城第一花魁李師師便常在這裡相會。

就算我們轉生回去只是一介平凡小民，五星級的酒樓正店吃不起，在宋朝也還有許多價格平實的小酒館可以前往，稱之為「腳店」，沿街叫賣的攤販更是到處都有。任何價位，各種選擇，多到讓人眼花撩亂。最驚人的是，什麼 foodpanda、Uber Eats，你以為是二十一世紀才有的外送服務嗎？您的外送員在宋朝已上線！汴京城的小吃店早就開始提供「逐時施行索喚」[1]的服務了。也就是說，他們會依照接到訂單的先後順序派人外出送餐，不出門也能點外賣，這麼舒服的宋朝生活，不來嗎？

除此之外，臺灣大街小巷開了滿滿的手搖飲料店，在宋朝的汴京城裡也是滿街茶坊、茶肆、茶樓，走到哪裡就能喝到哪裡！不過宋朝人不像我們現代人插根吸管就開始喝了起來！他們喝茶可雅致得很，你若穿越到宋朝，就要當個道地的茶藝青年，學一學如何「鬥茶」。首先，我們得先擺上各式茶具，秀出頂尖的硬體裝備！接著煮水點茶，開始比誰的水甜？誰的茶香？誰的手藝最精巧？「鬥茶」就是鬥誰家的茶最好喝，何人的茶品最高段？沒有一條懂品茗的舌頭，沒有一顆可賞鑑的腦袋，這個遊戲還真的玩不起。

那麼在宋朝有沒有機會 party party

1《武林舊事》，周密。

宋　劉松年《攆茶圖》（國立故宮博物院）

all night？一路玩個通宵，暢快到天明呢？不管是宋朝以前，還是宋朝以後的朝代，只要天色一黑，老百姓們便會乖乖回家，準備睡覺。只有在宋朝，即使夜幕低垂，大街上仍然燈火通明！吃宵夜，逛夜市，那可是宋朝人才有的特權。當然，你大概是買不到珍奶雞排地瓜球，但是街上逛個一圈：「香辣罐肺、香辣素粉羹、臘肉、細粉科頭、姜蝦、海蜇鮓、清汁田螺羹……」[2]，這些宋朝風味小吃統統任你選。

各類勾欄瓦舍，無限美麗的夜生活

不過，我也知道逛夜市，想必是沒辦法逛個一整晚。吃飽喝足了，還有沒有什麼地方可以晃晃呢？來，我們去「瓦子」看表演！瓦子，又稱瓦舍、瓦肆、瓦市，是宋朝的一種大型文化娛樂中心。就像今天的臺中國家歌劇院、高雄的衛武營國家藝術文化中心，瓦子裡面有各種可以供演藝人員進行歌舞、說唱、戲劇演出的舞臺，也有許多攤販市集、小吃店駐紮，是一種集文化、娛樂、貿易為一體的多功能場所，好玩到讓人「終日居此，不覺抵暮」[3]。

其中，瓦子裡面最能吸引流量的人潮熱點，便是「勾欄」。勾欄指的是由欄杆搭起來有頂棚的舞臺。每個勾欄設有戲臺（演出的舞臺）、戲房（表演人員準備的後臺）、腰棚（觀眾席）。你想得到的表演幾乎都有，這裡可以欣賞戲劇、唱曲、雜技、魔術、蹴鞠、相撲、說書、講史，連馬戲團都有。大型的瓦子裡可容納多達五十座以上的勾欄，大勾欄能夠擠進一千名觀眾，中小型勾欄，平均也能容納個三、四百人。一整天下來，觀眾進進出出，人流可達上萬人。既然勾欄的表演是流量密碼，這些演出的藝人就跟今天的大明星、網紅一樣，具有高知名度，吸粉無數。當紅的主流藝人或團體，不僅要把檔期留給汴京裡的各大瓦子，還得經常到各地巡演滿足全國粉絲的期待。在重大節慶時，還會受邀到宮廷為皇族們進行特別演出。

4K畫質高清大圖——《清明上河圖》

有讀者看到這，可能會說：「沒圖沒真相」，講了再多，會不會都只是憑空想像！這時候，我就一定要把張擇端的《清明上河圖》請出來。這是一幅被認為世界上知名度最高的中國古畫！專門研究這幅畫的論文有近五百篇，還為此召開了好幾次國際型的學術研討會，它被譽為是中華第一神品，到底有多神啊？

2《夢粱錄》，吳自牧。

3《東京夢華錄》，孟元老。

在時光機發明之前，我們暫時沒有辦法真的回到宋朝，用手機拍下他們實際的生活面貌。但張擇端用《清明上河圖》這幅大作穿越時空完成了宋代生活的直播。在這幅長約五點二公尺，高約零點二五公尺的《清明上河圖》中，畫裡約有八百多人、牲畜六十多匹、船隻二十八艘、房屋樓宇三十多棟、車二十輛、轎八頂、樹木一百七十多棵。在沒有攝影技術的年代，張擇端用畫筆完成了「人物特寫」、「城市風光」、「社會紀實」的全方位紀錄。

想看人物特寫，你可以在這幅圖裡，找到打架玩耍的孩子，喝得醉醺醺的士兵們，送外賣的店小二，乘轎的文官遇上騎馬的武官，在路上互不相讓。或想欣賞城市風光：圖裡不僅有著汴京城裡的熱鬧街景，汴河上往來船隻運輸卸貨的繁忙樣貌，亦可一覽無遺京郊的農村風情。

宋　張擇端《清明上河圖》局部（北京故宮博物院）

若要探索社會紀實，畫中明確的寫出了許多店鋪的名稱，連廣告詞都畫了下來。對於船隻桅杆的形狀、堤岸的結構，也都畫得栩栩如生，就連在汴河上的行船，張擇端都為呈現出船隻的載重量畫出了不同的吃水程度。

如果你是歷史學家，《清明上河圖》提供了我們考察中國社會史、生活史、服裝史、建築史、交通史、商業史的各種可能。它不僅僅是藝術作品，更是難能可貴的歷史材料。如果你是準備要穿越回去宋朝的人，《清明上河圖》則是一本務必隨身攜帶的旅遊指南、美食攻略、地圖大全，千萬別搞丟它啊！

如果我們既沒有要考據歷史，更沒那個福氣轉生到宋朝，只想在家當個平凡人滑滑手機，那麼《清明上河圖》裡面各式各樣淘氣鮮活的人物，也能成為現代哏圖、迷因的最佳素材，錯過真的太可惜！

少年天下系列 —— 083

鏡道（仙靈傳奇6）

作　者｜陳郁如

責任編輯｜李幼婷
封面插畫｜蔡兆倫
封面設計｜莊謹銘
行銷企劃｜葉怡伶、林思妤

天下雜誌群創辦人｜殷允芃
董事長兼執行長｜何琦瑜
媒體暨產品事業群
總經理｜游玉雪
副總經理｜林彥傑
總編輯｜林欣靜
行銷總監｜林育菁
副總監｜李幼婷
版權主任｜何晨瑋、黃微真

出版者｜親子天下股份有限公司
地址｜台北市 104 建國北路一段 96 號 4 樓
電話｜（02）2509-2800 傳真｜（02）2509-2462
網址｜ www.parenting.com.tw
讀者服務專線｜（02）2662-0332 週一～週五：09:00~17:30
讀者服務傳真｜（02）2662-6048 客服信箱｜ parenting@cw.com.tw
法律顧問｜台英國際商務法律事務所・羅明通律師
製版印刷｜中原造像股份有限公司
總經銷｜大和圖書有限公司 電話：（02）8990-2588

出版日期｜ 2023 年 4 月第一版第一次印行
2024 年 9 月第一版第十二次印行
定　價｜ 420 元
書　號｜ BKKNF076P
ISBN ｜ 978-626-305-418-9（平裝）

訂購服務
親子天下 Shopping ｜ shopping.parenting.com.tw
海外・大量訂購｜ parenting@cw.com.tw
書香花園｜台北市建國北路二段 6 巷 11 號　電話（02）2506-1635
劃撥帳號｜ 50331356 親子天下股份有限公司

國家圖書館出版品預行編目資料

仙靈傳奇. 6，鏡道 / 陳郁如文. -- 第一版. --
臺北市 : 親子天下股份有限公司, 2023.04
344 面 ; 14.8x21公分. -- (少年天下系列；83)
ISBN 978-626-305-418-9 (平裝)

863.59　　112000751

附錄圖片出處：
《文會圖》國立故宮博物院
《撵茶圖》國立故宮博物院
《清明上河圖》by Zhang Zeduan , Public domain, via Wikimedia Commons